weissbooks.w

Jeroen Brouwers
Das Holz
Roman

Aus dem Niederländischen
von Christiane Kuby
unter Mitarbeit von Herbert Post

weissbooks.w

Das Holz

Gefördert durch den Nederlands Literair Productie- en Vertalingenfonds

Denn wenn man das tut am grünen Holz,
was wird am dürren werden?
Lukas 23,31

I

Die Kutte kratzt.

Das Lumpengewand des Franz von Assisi, der mit Wölfen sprach.

Die in seinen Orden eintreten, tragen ein Habit, das die Form eines Kreuzes hat. Mit einer Kapuze versehen, zieht es schwer an den Schultern, es reicht bis zu den Füßen und hüllt den ganzen Körper in ein fäkales Braun, der Stoff ist rau und scheuert. Man muss etwas darunter tragen, damit der Juckreiz, der die nackte Haut peinigt wie Termiten, einen nicht wahnsinnig macht.

Was trägt ein Klosterbruder unter der Kutte? Ein bis zur Hüfte reichendes Hemd, eine Trainingshose, eine Unterhose, beide mit verstellbarem Gummiband.

Über der Kutte trägt er das Skapulier, ein Tuch von gleicher Länge, gleichem Stoff und gleicher Farbe wie die Kutte, mit einer Öffnung für den Kopf. Man trägt es über Brust und Rücken, wie ein Zelebrant die Kasel. Alles einheitlich, ohne Schnitt, alles in der gleichen Übergröße, sodass es wirklich jedem passt.

Samstags muss alles in die Wäsche, das ist der Aufgabenbereich von Plechelm, der auch für frischen Ersatz sorgt. Wir Klosterbrüder verzichten nach dem Vorbild unseres Ordensgründers auf persönlichen Besitz, haben also auch keine eigenen Kleider. So tragen wir, wie der Zufall es will, die Strümpfe, die Unterhose, die Kutte, die ein Konfrater eine Woche zuvor am Leib getragen hat. Ich allerdings halte mich nicht streng an diese Regel: die Klosterunterhose habe ich noch nie angehabt.

Als Gürtel für den Lumpenrock des heiligen Franziskus dient ein weißer Strick mit drei Knoten, die uns an unsere Gelübde erinnern.

Der erste Knoten: Armut. Der zweite: Gehorsam. Der dritte: Keuschheit. Tja, leichter gesagt als getan. Franziskus, der Poverello, hat darüber Gedichte verfasst, sie hängen eingerahmt im Refektorium.

Anfang April, Dienstag in der Karwoche. Weil vorgestern Palmsonntag war, stecken noch frische Buchsbaumzweige hinter jedem Kruzifix und Weihwasserbecken. Kaum Frühling und schon ist es so heiß, als würde Bruder Sonne vor Zorn kochen. Eine glühende Hitze wie siedende Kotze, die überall eindringt, sogar durch die Mauern der für gewöhnlich kühlen, ja frostigen Kapelle. Dort knallt die Sonne durch die bunten Fenster mit den Szenen aus dem Leben des heiligen Franziskus, deren Farben in dem wie Feuer lodernden Licht verblassen. So heiß wie bei den Küchenherden von Bruder Severin und seinem Juvenisten, der noch keinen Klosternamen hat. Wenn es schon in der Kapelle kaum auszuhalten ist, wie wird das erst in dem Zimmer unterm Dach sein, wo ich inmitten der lärmenden Jungen in ihren Kojen in meiner dicken Kutte Aufsicht über den Schlafsaal führe.

Der kleine für mich bestimmte Raum ist zwei mal vier Meter groß, Sperrholz-Wände, ohne Zimmerdecke. Wenn über meinem Tisch die Glühbirne brennt, die aus dem Lampenschirm gerutscht ist und bis auf die Tischplatte hinunterbaumelt, wirft sie einen rechteckigen Lichtfleck an die Decke des Schlafsaals über meiner Zelle. Eine schwache Glühbirne, nichts, verglichen mit der Sonnenglut und trotzdem scheint von ihr die Hitze auszugehen, die auch nachts nicht aus meiner Kutte weicht. Ich starre in den matten Schein, ich habe Durst, doch die Thermoskanne, die Severins Küchengehilfe mit Tee gefüllt hat, ist bis auf den letzten Tropfen leer. Im Gegensatz zu mir. Was ich von dem kalten, bitteren Tee in kleinen Schlucken getrunken habe, sickert mir jetzt in dicken Tropfen aus allen Poren meines Leibes, meines unwürdigen Leibes, ich bin von Kopf bis Fuß in Schweiß gebadet. Hemd und Hose habe ich abgelegt, das Skapulier auch, den Strick auch, die Kutte natürlich nicht. Auch vor meinem Verschlag hängt ein Vorhang, der aber nur bis einen halben Meter über dem Fußboden reicht. Wer das Bett verlässt, was nur in Ausnahmefällen gestattet ist, kann meine bloßen Füße in den Sandalen sehen, mehr Nacktheit kann ich mir als Aufseher nicht erlauben. So sitze ich nackt in der

Kutte, der raue Stoff piesackt mich überall, als würde ich in einem Jutesack stecken. Ich versuche, mich nicht zu bewegen, damit das Kamelhaarzelt an möglichst wenigen Stellen mein Fleisch berührt, mein unwürdiges Fleisch, das ich mit dem Gürtelstrick geißeln müsste. Ich werde mich hüten.

Ich knipse die Lampe aus. Meine Augen flimmern, wie ich durch das Fenster spähe, das offen steht, obwohl ich es wegen der Hitze besser schließen sollte.

Die Nacht ist eine schwarze Masse explosiver Schwüle. Keine Sterne zu sehen. Auch Schwester Mond ist nicht da. Unter mir liegt der Schulhof mit den Kastanien. Auf der anderen Seite der gepflasterten Fläche das Schulgebäude, im äußersten Fenster rechts im zweiten Stock brennt noch Licht. Da sitzt Mansuetus, der seinen Namen Mansuuwetuus ausspricht. Er ist der Leiter der Gymnasialklassen. Jungen von zwölf bis sechzehn, siebzehn, über die ich hier im Schlafsaal Wache halte.

Denk bloß nicht, dass ich dich nicht höre, Bruinsma! Sofort nachdem ich meine Lampe ausgeschaltet habe und der Lichtschein an der Decke verschwindet, kommt Leben in die Bande. Bruinsma hüstelt übertrieben. Ahem, ähemm. Aus einer anderen Koje kommt ein Grunzen. Dich auch, Weytjens! Schlaf, Bursche, wir sind doch nicht im Schweinestall. Ich klopfe mit dem Kreuz meines Rosenkranzes auf die Tischplatte. Ich habe das Ding in der Hand, nur um etwas in der Hand zu haben. Wir müssen die Perlenschnur täglich bis zum Ende murmeln, da wir uns nach den Regeln des heiligen Franziskus, selber ein Frauenhasser, obwohl er laut apokrypher Quellen etwas mit der heiligen Klara hatte, der Muttergottes geweiht haben.

In der vorläufig wieder eingekehrten Stille schwirrt die Luft vor Hitze. Wie ein bedrohliches Tier. Hinter dem Schulgebäude glüht der Schein der Außenwelt, wie wir das autistisch nennen. Sie umfasst den ganzen Planeten und das Universum. Die Gebäude bilden eine Enklave, umgeben von Mauern, wir leben getrennt von der Außenwelt, zu der wir nicht gehören. Wir sind eine autonome Männerklostergemeinschaft mit einem Jungeninternat, unser Institut im abgelegensten Südosten der Niederlande heißt Sint Jozef ter Engelen. Um uns herum liegt das Bergbaudorf Blijderhagen, aus dem manchmal, gedämpft durch die Entfernung, Musik von Blaskapellen herüberdringt. Manchmal Stimmen und Gelächter. Ich kämpfe mit sündigen, rebellischen Gedanken und heimwehkranken Gefühlen, die gegen den dritten Knoten verstoßen. Die Straße nach rechts endet am Schlagbaum vor der deutschen Grenze. Wer in diese Richtung blickt, sieht das Licht in Mansuetus´ Zimmer brennen. Zwei Neonröhren. Das erleuchtete Fenster hinter den Zweigen der Kastanien hängt wie ein gelber Lappen im Pfaffenschwarz der Nacht. Mansuetus wird den schwachen Schein meiner Lampe kaum sehen.

Wenn du jetzt nicht sofort mit dem Grunzen aufhörst, Weytjens! Brüllen tue ich nicht. Alles hier hat etwas von einer Strafanstalt. Bruder? Ja, Weytjens? Mark Freelink ist immer noch nicht da. Grunz, grunz. Ahömm. Gekicher aus mehreren Kojen. Ruhe! Jetzt wird geschlafen! Ich trommle wieder mit dem Kreuz der Ave-Maria-Schnur auf die Tischplatte. Was die Glühbirne zum Klirren bringt, auch die Thermoskanne rührt sich.

Ich stehe nicht vom Stuhl auf, erstarre wieder. Tropfen an Ohren und Nase. Einer perlt vom Nacken zum Steiß. Ein anderer vom Brustbein nach unten, dorthin, wo es juckt. Schon am Morgen war das Klostertaschentuch klatschnass. Es trocknet hinter mir auf dem Bettgestell, nachdem ich es unter dem Wasserhahn ausgespült hatte. Die Brüder auf den Kartoffel- und Gemüsefeldern zu beiden Seiten der Gebäude machen Knoten in die vier Zipfel des Taschentuchs und spannen es sich über den Kopf. Gott weiß, was sie sonst noch mit den Taschentüchern anstellen. Ich weiß es auch, der Stoff sollte dabei vorzugsweise trocken sein, feucht ist es nicht angenehm.

Mark Freelink musste nach den Schulaufgaben nachsitzen.

Mansuetus war in der Tür des Studiersaals erschienen, hatte sich erst ausgiebig geräuspert und dann mit seiner schnarrenden Stimme das eine Wort ausgestoßen: Freelink! Immer wenn Mansuetus auftaucht, wird es mit einem Schlag mucksmäuschenstill. Selbst nachdem sich die Tür wieder geräuschlos hinter ihm geschlossen hat, genauso geräuschlos wie beim Hereinkommen, sind alle noch sekundenlang wie erstarrt. Die Schüler, aber genauso wir, seine Mitbrüder, die wir ihn auch außerhalb des Schulgebäudes erleben.

Mansuetus ist ein Hüne von einem Mann, der alle, auch im Sitzen oder Knien, überragt. Das Franziskanerkleid reicht ihm nur bis zur Mitte der behaarten Unterschenkel. Doch dieser Koloss lässt nicht etwa, wie man erwarten würde, wenn er sich fortbewegt, den Boden erzittern. Er ist unhörbar, dabei schleicht er nicht, er scheint mit großen Schritten zu schweben. Auf einmal ist er da, auf einmal steht er vor oder hinter einem, sodass man sich fast zu Tode erschreckt. Nein, vor Furcht erstarrt. Der kugelige Kopf mit den kleinen lauernden Augen über feisten Wangen. Bruder Eber. Seine Stimme ist ein Dröhnen. Und bevor er etwas sagt, ist da immer erst dieses fast röchelnde Aggromm. Schon bei diesem Ton verstummen Mensch und Natur, wobei der Mensch obendrein noch leichenblass wird. Unsere Klostergemeinschaft sieht ihn nur in der Kapelle, allerdings nicht bei allen Gebetsstunden, und im Refektorium in der Burg. Die Burg ist der Teil des Hauptgebäudes, den außer den Brüdern niemand betreten darf. In der Burg, getrennt von den Schülern, haben wir unsere Essräume und Freizeiteinrichtungen und jeder von uns eine eigene Zelle. Bett, Weihwassergefäß mit Palmzweig am Fußende, Tisch, Stuhl, Betschemel, Kruzifix, Schrank. Auch ich schlafe in einer solchen fensterlosen Zelle, außer, wenn ich wie jetzt Nachtdienst habe.

Mansuetus hat seine eigenen Räumlichkeiten auf der gegenüberliegenden Seite, Arbeitszimmer und Kammer. Er ist Leiter der Schule und dort Tag und Nacht anwesend, inspizierend, spähend, kontrollierend, immer ein Buch in der Hand, in das er sich Notizen macht. Na, faulenzen wir wieder, Bursche? Er zieht an einem Ohr und dreht es zehn Mal wie einen Lichtschalter linksherum und rechtsherum. Was machst du während des Unterrichts im Flur, Bursche? Aus der Klasse geschickt? Er schlägt dem Jungen mit der flachen Hand ins Gesicht, was man in allen Klassenzimmern hören kann. Kneift wie eine Eisenzange in die Haut am Hals und dreht hin und her. Du musst mal einen Nachmittag ins Loch. Über dein Verhalten nachdenken. Noch schlimmer ist der Schüler dran, dessen Namen er belfert. Freelink! Der muss sich nach den Hausaufgaben und dem Lernen bei ihm melden. Der

Schulleiter, kahlköpfig mit ein paar rostigen Wimpern und spärlichen Augenbrauen, liebt blondes Haar. Wenn er unterrichtet, Deutsch, paradiert er im Klassenzimmer zwischen den Bänken, und wenn er nicht gerade Maulschellen verteilt, legt er – zum Entsetzen des Opfers – seine schwere Hand auf den strohgelben Kopf des Musterknaben. Der fühlt, wie sein sorgfältig zurechtgemachtes Haar durch ein paar unsanfte Handgriffe verhunzt wird. Mansuetus´ spezielle Sympathiebezeugung. Mark Freelink ist honigblond. Ein schmächtiger Junge, noch kindlich, gerade vierzehn geworden.

In dem stufenweise ansteigenden Studiersaal stand ich zufällig neben seiner Bank. Nur mit den Augenbrauen und dem Kinn fragte ich ihn, was denn so Ernsthaftes passiert sei, dass er zum Eber müsse? Der sucht sich täglich einen oder auch zwei, drei für die Zwiesprache aus, von der der Betreffende dann krumm und konfus, vom vielen Brüllen nach Luft schnappend zurückkommt. Der ohnehin schon wie ein Cherub auf alten Gemälden sahnig bleiche Mark war noch weißer geworden, beinahe aschfahl. Kopf eingezogen, geduckt über sein Heft. Öffnete die Hände, die Innenseiten nach oben, als Geste der Ratlosigkeit, keine Ahnung von irgendeiner Übertretung oder Verfehlung. Schüttelte den Kopf und sah mich beklommen an. Klare blaue Augen. Ihm den Arm um die zerbrechlichen Schultern legen? Bloß nicht. Um dem Jüngelchen Mut zu machen? Bloß nicht. Ich fasse die Schüler nicht an. Ich nicht. Ich betrachtete seinen schmalen, gebeugten Nacken mit der geschweiften Klammer des Haaransatzes. Internatshemd nach Vorschrift bis oben geschlossen, Internatskrawatte viel zu eng geknotet. Bei dieser Temperatur. Schweiß im Gesicht, im Haar, an den Händen, wie bei den anderen Jungen, die alle zu ihm hinsahen, im Bilde, Bescheid wissend, aber bei ihm floss und triefte es, nicht mit den Ärmeln wegzuwischen. Hast du kein Taschentuch? Nein, hatte er nicht. Durch einen Schlitz in der Kutte angelte ich meines aus der Hosentasche und legte es ihm hin. Etwas kleiner als ein Geschirrtuch. Kann viel aufnehmen. Ich hatte es im Laufe des Tages schon unter den Wasserstrahl gehalten und ausgewrungen, selber vor Hitze dampfend, und damit Gesicht und Nacken getrocknet. Übrigens auch für das andere, im Gedanken an die Unerreichbare. Das Taschentuch war so gut wie trocken, als ich es Freelink reichte, und ziemlich nass von Rotz und Schweiß, als ich es nach den Hausaufgaben zurückbekam.

Neben Mark Freelink sitzt Wil van Lanschot. Nicht flennen! Das sagte er laut, während er sich an seinen Nachbarn lehnte. Legte die Hand auf dessen Hand mit dem Taschentuch und drückte sie, hielt sie fest. Ich flenne nicht, piepste es zurück. Zum Teufel mit ihm! Auch nachher nicht flennen, das würde ihm nur Spaß machen. All das mit lauter Stimme im Studiersaal, wo höchstens im Notfall geflüstert werden darf. Mit dem Kreuz des Rosenkranzes, mit dem ich der Form halber herumlief, die Hände auf dem Rücken, klopfte ich laut auf die Bank und sah van Lanschot strafend an. Anderswo zog jemand mit dem bekannten Grunzton die Nase hoch, aber noch bevor das Schnauben und Kichern anschwellen konnte, stand auf einmal wieder die verheerende Stille in der Tür, der ich den Rücken zukehrte. Von unten aus dem Saal sprang es mich an wie ein elektrischer Schlag, mich fröstelte. Da war er wieder, Mansuetus, die Vorderseite seines Skapuliers über die Schulter geworfen, der Knotenstrick hing ihm unter der Wampe. Ein muffiger, aufgedunsener Übermensch.

Dann fangen wir mal mit dir an, von Landschott, schnorchelte er. Knurr. Ich heiße van Lanschot, murmelte der Angesprochene. Und zu Mark, flüsternd: Gleich! An der Hecke. Auch für mich verständlich. Dabei hob er ganz kurz den Daumen.

Hier! Mansuetus zeigte mit ausgestrecktem Zeigefinger gebieterisch auf seine Zehen. Die Gestapo hielt sich Hunde, die auf einen in diesem Ton ausgesprochenen Befehl hin sofort vor Angst pinkelten. Mit der anderen Hand schlug er sich ungeduldig auf den Oberschenkel. Bisschen plötzlich! Sein Gebrüll erfüllte den wie erstarrten Raum.

Wil van Lanschot, den obersten Hemdknopf nicht geschlossen, Krawatte nicht eng zugezogen, stand behäbig auf, strich die kurze Uniformhose, aus der er herauswächst, glatt und stieg gemächlich die Stufen hinunter. Unten angekommen hätte er vom Eber eine gepfeffert bekommen, wenn er nicht rechtzeitig in die Knie gegangen wäre. Mansuetus´ Hand schlug ins Leere, wenn er auch brüllte: Die haste schon mal, du Niete. Der Junge wurde an der Krawatte in die Höhe gezogen. Du willst Wil heißen? Du hast nichts zu wollen. Nichts, gar nichts. Du mit deiner pickligen Visage. Er packte Wil van Lanschot an der Kehle und kehrte ihn dem Saal zu, wo die anderen, wächsern wie Statuen, angespannt dem Geschehen folgten, außer Mark Freelink, der das Kinn tief auf die Brust drückte. Hier, zeig deinen Kameraden mal, wie potthässlich du bist, knurr, du mit deinem Pickelbart. Und so was heißt Wil. Die Nachgeburt eines Stinktiers, das bist du. Ein Schleimpfropf. Dich gibt es gar nicht. Luft bist du, stinkende Luft. Fenster auf! Was willst du? Der Einzige, der hier was zu wollen hat, bin ich.

Der Junge wurde auf den Flur hinausgezogen, sein Hinterteil in den zu kurz gewordenen Hosen leuchtete auf wie der Spiegel eines Rehs. Die Schüler waren trotz der Hitze zu Eis erstarrt, man hörte das Gebrüll des ehrwürdigen Erziehers. Es verlagerte sich zum Ende des Flurs und verstummte hinter einer Tür. Maria, voll der Gnade, der Herr ist mit dir. Der Naziterror liegt acht Jahre zurück. Ich höre noch das Brüllen, das Hämmern und Stampfen. Jetzt stehen überall die Freiheitsdenkmäler.

Dreimal knipste ich mit den Fingern. Die Zeit war um. Es folgte nicht der übliche Radau, das erleichterte Johlen, das Zuschlagen der Bänke. In der allgemeinen Beklommenheit blieb es angespannt still. Als alle aus dem Saal geschlichen waren, blieb Mark Freelink zurück, ein Häufchen Elend, zusammengekrümmt, kalkweiß zwischen den dunklen Bänken, fast genau in der Mitte des großen Saals, acht Stufen über mir. Eine Hand zwischen Hals und Hemdkragen, Hals und Krawattenknoten, als würde sich der Ertrinkende an seine eigenen Kleider klammern. Was ihn erwartet, vollzieht sich immer nach dem gleichen Schema.

Der Eber steht in der Tür und winkt mit dem behaarten Finger. Wenn der Übeltäter vor ihm steht, schraubt unser Bruder seine Klaue um dessen Nacken oder Ohr oder fasst ihn an der Krawatte und zwingt ihn, tief vornübergebeugt neben ihm her zu stolpern. Durch den langen Korridor. Hinein in die Strafkammer, Mansuetus' Zimmer, wo der Sünder den Oberkörper auf den Schreibtisch legen muss. Das Werkzeug liegt bereit. Jeder weiß, grunz, grunz, davon, bestimmt die Hälfte der Schülerschaft hat es am eigenen Leib erfahren. Und mir hat Mansuetus es höchstselbst demonstriert. So machst du sie dir gefügig, Bonaventura. Aber, ach, du bist allzu unmännlich, weichherzig.

Wenn es wieder so weit ist, wie heute Abend, bleibt es stiller als sonst auf dem Schulhof, wo man noch etwas herumhängt, bis es Zeit ist, schlafen zu gehen. Zweiter Stock, rechtes Fenster, das einzige, in dem das Licht an bleibt, wenn das Schulgebäude wie ein feindliches Kriegsschiff in der Dämmerung dahintreibt. Auch wer gegen einen Ball tritt, behält das Fenster stets im Auge. Man kann die Neonröhren sehen, deren Geknister man hört, wenn man direkt unter ihnen steht. Die Lust auf Fußball will nicht so recht aufkommen, und nicht nur, weil es viel zu warm ist. Denn sonst spielen sie immer Fußball, immer nur Fußball.

Was hatte Mark angestellt, dass er bestraft werden musste? Keiner wusste es oder konnte es sich vorstellen. Netter, verlegener, stiller Junge, der er war. Nie wird er in eine Mannschaft gewählt, er läuft immer nur irgendwie mit, auf welcher Seite, auf welcher Position auch immer, ohne irgendjemandem in die Quere zu kommen. Weißt du es auch nicht, Wil?

Wil van Lanschot war nach zehn Minuten, einer Viertelstunde, länger dauern Mansuetus´ Züchtigungen meist nicht, auf dem Schulhof erschienen. Er zuckte die Achseln, den Kopf gesenkt. Weinte er? Wil van Lanschot und flennen wie ein Mädchen? Lieber beißt er sich die Zunge ab. Hinter dem Krawattenknoten, jetzt ordentlich gebunden, das Hemd bis oben geschlossen, bewegte sich sein großer Adamsapfel. Er schluckte. Und schluckte. Ich darf in der Klasse nicht mehr neben Mark sitzen, murmelte er, wir dürfen auch nicht mehr miteinander reden. Eine Freundschaft wie die von David und Jonathan, durch dick und dünn. Verboten, verdächtig. Die Jungen des Internats müssen immer mindestens zu dritt sein, nie zu zweit, und sie dürfen sich nicht anfassen.

Ein Kreis von Schülern stand um uns herum. Hast du Prügel gekriegt mit dem Holz, fragte Roelof Smits van Waesberghe. Prügel. Ein Wort wie Brennnesseln. Und das Holz. Allein schon die Andeutung ist schlimmer als der Tritt eines hundertfünfzig Kilo schweren Keilers. Aus der Gruppe ertönte lautes Grunzen. Lasst es gut sein, sagte ich.

Wil van Lanschot starrte immer noch vor sich hin, auf die Steinplatten, auf das Gitter um den Fuß einer Kastanie. Biss sich auf die Unterlippe, die davon weiß wurde. Aber was hat Mark denn ausgefressen, fragte ich wieder. Der hätte inzwischen auch wieder da sein müssen. Wil drehte sich um. Seine Hose wurde wirklich allmählich zu kurz und zu eng, sie spannte an seinem Hintern. Was Mansuetus eine Handlung erspart hat. Erst mit der einen, dann mit der anderen Hand rieb sich der Junge dort mit einer flüchtigen, streichelnden Bewegung. Hinten auf seinem Oberschenkel war ein roter Striemen. Er versuchte, sich tapfer zu geben, das sahen alle. Bloß nicht. Bloß nicht Wil van Lanschot aus Mitgefühl an meine Franziskanerlumpen ziehen. Brüder könnten es sehen. In der Klostergemeinschaft herrscht nicht die Liebe, die der Ordensgründer besang, die heilige Liebe, die alle teuflischen und fleischlichen Versuchungen und Ängste vertreibt. Auf einmal war es totenstill auf dem Schulhof. Jenseits der Mauer fuhr ein Auto vorbei, und eine tiefe Melancholie überfiel mich. Dann hörte man wieder das Aufprallen des Balls.

Bruder Wiro, auch Nachtaufseher, erschien. Es ist wieder so weit, sagten wir zueinander, beziehungsweise sagten es nicht, nur unsere Blicke sprachen. Wer?, fragte Wiro. Er roch nach irgendetwas. Überrascht stieß er aus: Mark Freelink? Ich traue ja jedem hier alles Mögliche zu, aber doch nicht der brave Freelink! Er zündete sich einen zerknautschten Zigarettenstummel an und hielt dabei überflüssigerweise die Hände schützend um die Flamme. Weiß bestäubte Hände. Nahm einen tiefen Lungenzug. Der kleine Mark Freelink, ach je, jaja. Die Worte drangen mit dem Rauch aus seinem Mund. Nach einem weiteren Zug kniff er die Kippe aus, legte sie in die Streichholzschachtel mit der Schwalbe drauf und steckte diese in die Brusttasche. Wäre ich doch eine Schwalbe. Der Frühling saugt an mir. Olla uogala, hinase hic. Was hält mich eigentlich davon ab? Im eisigen Licht des Obergeschosses schob sich Mansuetus´ Silhouette am Fenster vorbei. Fleischliche Ängste. Schlag ihn nicht krankenhausreif, sagte Wiro. Er hatte wohl die gleichen Assoziationen wie ich. Der Johannes Vianney von der Krankenstation, vor dem muss man sich auch vorsehen. Wonach riechst du bloß, fragte ich. Was ist das Weiße an deinen Händen und

Ärmeln? Du riechst wahrscheinlich Teig, sagte Wiro und klopfte sich ab. Das ist Mehl und Vanillezucker. Er habe Dienst bei Lebuin und Hubert in der Bäckerei. Die machen Überstunden wegen des hohen Besuchs übermorgen.

Wil van Lanschot lehnte mit dem Rücken an der Mauer der Kapelle. Daumen hinter dem Hosengürtel, den Blick ununterbrochen auf das Fenster mit den Neonröhren gerichtet. Mit vorgestülpter Unterlippe blies er sich das Haar aus dem pickligen Gesicht. Er ist im Stimmbruch und auf seiner Oberlippe wächst der erste Flaum. Alles andere als blond. Wil ist der Rabenschwarze. Und auch sonst der Gegenpol zu seinem schmächtigen, schüchternen Busenfreund, von dem er sich unterscheidet wie Stein von Luft. Wird immer als Erster in eine Fußballmannschaft gewählt. Nie Tränen. Von Christus ist auch nicht überliefert, dass er vor Schmerz brüllte, als sie ihn geißelten und mit Nägeln durchbohrten. Wil drückte immer mal wieder kurz den Hintern an die Mauer, wie um den Schmerz zu mildern, den er noch ein paar Tage fühlen wird. Doch auf einmal stieß er sich ab, der Ball rollte auf ihn zu. Er stoppte ihn und stellte seinen Fuß darauf. Ohne Anlauf, Daumen noch immer hinterm Gürtel, lädiert oder nicht, versetzte er ihm einen solchen Tritt, dass es laut widerhallte. Oje!, hörte ich Wiro sagen. Der Ball rauschte Richtung Mansuetus´ Fenster, als sei es eine erleuchtete Zielscheibe, verfehlte es nur um wenige Zentimeter, knallte gegen die Hauswand und von dort ein paar Mal, doing, doing, auf den Sims, bevor er zur Erde zurücksprang. Auf dem Schulhof war es so still wie während der Eucharistie. Wil schluckte. Und schluckte. Sein Gesicht hatte alle Farbe verloren, seine Hände aber ballten sich am Gürtel zu Fäusten, die er gegen den Bauch drückte; mit vorgebeugtem Oberkörper schrie er zum Fenster hinauf, dass ihm der Speichel nur so aus dem Mund flog. Mark! Was er sonst noch rief, war nicht zu verstehen, denn ich rettete ihn mit der Glocke. Unter der stand ich gerade, die Hand schon um das Lederstück des Klöppels. Über das Geläute hinweg hörte man zwar noch sein heiseres Wüten, aber die Worte gingen unter. Lass deine dreckigen Schweineklauen von Mark. Schrie er das? Hinter dem Fenster rührte sich nichts. Bekam Bruder

Eber von alledem nichts mit? War er nicht in seinem Zimmer? Wo dann? Und wo blieb Mark?

Auf das Glockengeläut hin teilten sich die Schüler in zwei Gruppen. Wil van Lanschot gehörte zu der von Wiro, die über die Steintreppe zum Schlafsaal Pius XII. polterte, ich stieg mit meiner Horde über die Holztreppe zu Innozenz III. Der eine ist der heutige Papst, der andere erteilte Franziskus im Jahr zwölfhundertsoundsoviel den Segen der Kirche für seine Ordensgründung. Von Mark Freelink immer noch keine Spur. Hört auf mit dem Krach. Das murrende Volk. Ab jetzt Silentium bis morgen früh, aber der Flegel Bruinsma wagte es, im Flüsterton zu singen: Ist es nicht fein, ein Ferkel zu sein. Andere sangen den Refrain: Grunz, grunz. Ahumm! Aggromm! Mit jeder Treppenstufe nahm die Hitze zu. Die Jungen lockerten die Krawattenknoten und fingerten an den Knöpfen ihrer Hemden herum. In diesen Treppenschächten hing der Schweiß von Jahrhunderten, von all den jungen Körpern. Natürlich auch meiner, ich roch mich selber, während die Hitze wie Dampf unter meine Röcke drang, der Schritt meiner Hose war feucht, mein hervorgekramtes Taschentuch ebenfalls.

Im Waschraum spritzte man sich in Unterwäsche nass. Köpfe unter dem Hahn, Füße unter dem Hahn. Ich schöpfte Wasser mit den Händen und warf es mir in Gesicht und Haare, doch das Wasser, das sehr nützlich ist und demütig und kostbar und keusch, wie unser Ordensgründer dichtete, Schwester Wasser brachte keine Abkühlung, als hätte ich Fieber. Ich wusch das Taschentuch, wrang es aus, hängte es ans Bett zum Trocknen.

Die Atmosphäre ist unruhig, es rumort länger als sonst, mein Trommeln auf der Tischplatte hilft nichts. Also muss ich mich doch aufraffen, Lampe anmachen, den Stuhl mit lautem Schrammen zurückschieben, damit sie wissen, dass ich komme. In meinen leicht knarrenden Sandalen gehe ich unter den Nachtlampen an den Betten entlang, den Rosenkranz aus Gewohnheit zwischen den Fingern, die Ave-Maria öden mich an. Natürlich sehe und höre ich sie, wie Mäuse huschen sie aus den Kojen, wo sie getuschelt, im Licht einer Taschenlampe Karten gespielt oder Dinge getan haben, die gebeichtet werden müssen. Obwohl es vernünftiger wäre, darüber Stillschweigen zu bewahren. Mit dir selber oder mit einem anderen, fragt der geile Kleriker den Beichtenden. Beschreib es bitte in allen Einzelheiten. Wie oft mit dir selbst, mehrmals am Tag, nachts, welche Fantasien hattest du dabei? Mit einem anderen, jemand vom gleichen oder anderen Geschlecht? Wo sollte man bitte innerhalb der umpanzerten Kloster- und Internatsmauern das Fabelwesen eines anderen Geschlechts herholen? Wer ist es, mit dem du die Sünde begangen hast? Der Beichtlauscher gehört nicht zum Franziskanerorden, es ist ein Schwarzrock. Seine Soutane ist immer grünlich vom Schlabbern der Suppe und der Endivie an seinem eigenen Tisch in unserem Refektorium. Der ehrwürdige Theologe van Santen, Spitzname Schnüffel, niemand weiß, warum, wie auch niemand weiß, warum dieser sechzigjährige sabbernde Leisetreter von seinen Oberen zum geistlichen Betreuer unseres Klosters und der Internatsschüler abgeordnet wurde. Er muss an irgendeinem Priesterseminar, wo etwas vorgefallen ist, unterrichtet haben. Unkeuschheit, so lehrt der Katechismus, ist eine Todsünde, verstößt gegen das sechste und neunte Gebot. Das sechste Gebot lautet: Du sollst keine Unkeuschheit treiben. Das neunte: Du sollst keine unkeuschen Gedanken haben. Das sechste Gebot, man muss alles auswendig herunterleiern können, verbietet laut Katechismus alle äußerlichen Sünden der Unkeuschheit, es verbietet auch unsittliche Handlungen, Blicke, Gespräche, Lieder und Lesestoff, Theater- und Filmaufführungen, die zu Unkeuschheit führen können. Was verbietet das neunte Gebot? Alle innerlichen Sünden der Unkeuschheit, nämlich unkeusche Begierden und Gefallen an unkeuschen Gedanken. Verstanden? Vom Altar aus predigt Schnüffel am liebsten, das heißt eigentlich immer, über Unkeuschheit. Der Verständlichkeit halber erklärt er, das sei die Todsünde, die man mit dem Körperteil begeht, den man beim Schwimmen mit der Badehose bedeckt. Da ich seit meinem Eintritt in das Kloster weder Schwimmbad noch Strand gesehen und auch die erwähnte Hose um die erwähnten Körperteile nicht getragen habe, behalte ich für mich, worauf Schnüffel so begierig ist. Na, nie unkeusch?, fragt er mich in dem stickigen Beichtstuhl. Nicht in Wort, Tat, Vorhaben und Gedanken? Nach langem Schweigen flüstere ich: Selten, wirklich höchst selten beschleicht mich so ein merkwürdiger Gedanke. Worauf er nachhakt: Ein Gedanke, der das eigene Fleisch betrifft, einen Mitbruder oder einen der Jungen oder gar jemand vom anderen Geschlecht? So jemand heißt Frau, denke ich immer, aber schon allein das Wort gilt als unkeusch, und übrigens hatte ich bis vor Kurzem so gut wie nichts mit dem anderen Geschlecht zu tun. Ich antworte, dergleichen Einflüsterungen seien immer dermaßen kurz, dass sich keine rechte Vorstellung einstellen will. Dann höre ich ihn enttäuscht seufzen und sehe den Speichelfaden zwischen den grauen Zähnen und den oberen Knöpfen seiner Soutane. Als ob ich ihm das auf seine Triefnase binden würde.

Hin und wieder ziehe ich den Vorhang einer Koje auf. Pyjamas sind Pflicht, aber die meisten liegen nackt unter den Laken. Ich lasse es auf sich beruhen. Mir ist vieles gleichgültig, und wie die Bande weiß, dresche ich nicht drauflos wie andere sogenannte Erzieher in unserer Gemeinschaft. Mit der flachen Hand, mit der Faust, mit beiden Fäusten, mit einem Kleiderbügel, einer Sandale, dem Rosenkranz, dem Griff eines Handbesens, den Knoten unseres Büßerstricks, Mansuetus mit dem Holz. Bei der Vorstellung dreht sich mir der Magen um, ich zittere, als würde ich trotz der Hitze plötzlich frieren.

Alard Haagen schluchzt wieder ins Kissen. Drei Nächte noch, in vier Tagen bist du wieder zu Hause, sage ich. Komm, sei ein Kerl. Ich gehe nicht hinein, setze mich nicht auf sein Bett und streichle ihm nicht über das Borstenhaar. Ich nicht. Im Fenster hinter seinem Bett ist die Außenwelt schwarz, aber der Eisenturm der Kohlenzeche, hoch oben das sich drehende Rad, ein ganzes Stück entfernt, aber nah im Dunkeln, leuchtet wie eine Vision. Drumherum die kleinen Fenster der Wohnhäuser, in denen Lichter brennen, aus dem Drahtfunkradio kommt ein Hörspiel oder Musik. Dort wohnt sie. Von Traurigkeit überschattete Sehnsucht nach ich weiß nicht was. Obwohl ich es nur allzu gut weiß. Ich werde einen Entschluss fassen. Ich traue mich nicht, den Entschluss zu fassen. Ich zaudere und grüble, ich wäge ab, bin drauf und dran, mich zu entscheiden, diesmal endgültig, seit Monaten schon schnürt mir die Angst die Kehle zu. Ist jetzt endlich Ruhe! Bin ich sicher, dass ich es nicht mir selber zurufe?

Die Nachtlampen hängen sieben Schritte auseinander. Mein Schatten, das bin ich, schleicht vor mir her. Dann schrumpft er zusammen, ich sehe mich unter meinen Sandalen verschwinden. Und dann, als würde ich mich an meinen Knöcheln fortschleppen, erwache ich hinter mir aufs Neue, tauche wie ein Gespenst wieder vor mir auf, größer als ich bin, an der Wand, wo ich mich umdrehe, um mir in meiner Verwirrung nicht den Kopf zu stoßen und in meinem eigenen Schatten zu ertrinken. Ich bin mein eigener Schatten.

Mark Freelinks Koje. Der Vorhang ist nicht zugezogen. Das Bett vorschriftsmäßig gemacht, aber er liegt nicht darin, das ist beunruhigend. Die Tür seines Spinds steht einen Spalt breit offen. Meinem Schatten zufolge schleiche ich, als ich die Enklave betrete, wo kein Körper atmet. Korrektur: Ich atme. In der zwischen den Holzwänden aufgeschichteten Hitze schnappe ich nach Luft. An der Seitenwand des Spinds hängt das Weihwassergefäß, ein molliger Porzellanengel des anderen Geschlechts, vor dem Bauch eine Muschel, die er mit den nackten Armen umfasst, während er schief in dem viel zu großen Palmzweig hängt, der hinter seinem Rücken aufragt. In der Muschel ist kein Wasser. Abends vor dem Einschlafen und morgens gleich nach dem Aufwachen soll man die Fingerspitzen hineintauchen und sich mit dem gebenedeiten Wasser bekreuzigen. Von der Stirn zur Brust, linke Schulter, rechte Schulter. Das hat Mark also zwei Tage lang versäumt. Ich mache es nie. Wo er nur bleibt? Im Spind sieht alles mustergültig aus. Kleider ordentlich aufgehängt und gestapelt. Ein Topf Brylcreem. Eine angebrochene Rolle Lakritze. Verboten! Nascherei wird bestraft, erst recht in der Fastenzeit. Zwischen den Handtüchern steckt etwas, das offenbar nicht gefunden werden soll. Ein Buch? Ich habe es schon in der Hand. Jede Lektüre, die nicht für das Klassenzimmer oder die Kapelle bestimmt ist: verboten! Zumal ein solches Heft. Ein Comic. Mein Rosenkranz fällt zwischen die schmuddeligen Seiten, als ich mich aufs Bett setze. Mark, Mark, was hast du nur alles ausgefressen?

Vor einiger Zeit hing am Schwarzen Brett unseres Aufenthaltsraums ein rot umrandeter Zeitungsausschnitt, von Benedikt, unserem Superior, dem Einzigen in unserer Gemeinschaft, der die *Volkskrant*, die

Tageszeitung für die katholischen Niederlande, auf seinen Schreibtisch bekommt. Zeitungen stammen aus der Welt, aus der wir ausgeschlossen sind, unser Oberhaupt wählt das aus, was er für beachtenswert oder für erbaulich hält. Was das Erste betrifft: In Zeeland und Südholland hat sich eine schwere Flutkatastrophe ereignet, unsere verehrte Königin hat sich in Gummistiefeln ein Bild von der Lage gemacht. Ebenfalls erfahren durften wir, dass Anfang des letzten Monats Josef Stalin gestorben ist, der Antichrist, der Satan in Menschengestalt. Für sein Seelenheil brauchten wir nicht zu beten. Der rot umrandete Zeitungsartikel, den Bruder Benedikt noch mit einem Pfahlwerk aus Ausrufezeichen versehen hatte, legte dar, warum Bildergeschichten verderblich für die Jugend sind. Sie würden sie lesefaul machen und, schlimmer noch, auf moralische Abwege führen. Dergleichen Lektüre sei verantwortlich für Sittenverfall und Kriminalität. Sogar für Selbstmord, oft durch Erhängen. Glaube ich das? Ich glaube sowieso nicht mehr so viel. Jedenfalls sind Comic-Hefte bei uns tabu. Auch das harmlose, seit Kurzem erscheinende Kinderwochenblatt, in dem eine Ente im Matrosenhemd, aber mit entblößtem Unterkörper, mit drei ähnlich gekleideten Neffen Abenteuer erlebt. Von früher erinnere ich mich an Bildergeschichten von einem Bären, der nur mit einem Karojackett bekleidet ist. Als Freund hat er eine Katze, die sogar gänzlich unbedeckt durchs Leben geht. Tarzan, der Affenmensch aus einem anderen Comic, streift so gut wie nackt durch den Urwald, unten herum trägt er nur ein Stück Leopardenfell. Und vermag doch einen Schrei auszustoßen, der durch zehn Bilder bis in die Tiefe des Dschungels dringt. Unvermeidlich, dass die Jugend da auf verhängnisvolle Gedanken kommt.

Mit was für einem Comic ich es zu tun habe, ist bei dem spärlichen Licht nicht festzustellen. Das Heft ist ziemlich zerknittert, es ist bestimmt schon durch viele verschwitzte Hände gegangen. Ich stecke es in die Innentasche meiner Kutte, wohin eigentlich auch der Rosenkranz gehört. Doch der gleitet an meinem Körper entlang nach unten. Perlen zwischen meinen Schenkeln.

An die Kojenwand sind Fotos der Familie Freelink geheftet. Vater in einem Straßencafé, mit Kapitänsmütze und Schnurrbart bis hinter die

Wangen. Mutter fröhlich lachend in Gummistiefeln, zwischen denen ein kleiner Hund hervorschaut. Sie lässt vom Rheinkahn einen Eimer an einem Seil ins Wasser. Zwei Schwestern, älter als Mark, auf einer Blumenwiese. Die eine liegt auf dem Bauch, Beine in die Luft gestreckt, Füße verschränkt, die andere, Blume im Haar, sitzt im Schneidersitz daneben. Ernstes Lächeln. Wieder das Hündchen. Im Hintergrund, weit unter ihnen, die breite Biegung eines Flusses. Ich betrachte das Foto im matten Licht der Nachtlampe, dessen Schlagschatten schräg wie das Fallbeil einer Guillotine die Wand in zwei Hälften teilt. Die Schnappschüsse hängen in dem fahl beschienenen Teil, wo Mark sie auch nachts vom Bett aus sehen kann, zur dunklen Fläche hin verschwimmen die Ansichtskarten mit den Städten und Orten, in denen das Schiff ein paar Tage angelegt hat. Grüße aus Köln. Antwerpen. Ach, Rotterdam. Die Hef-Brücke. An der bin ich noch hochgeklettert. Wiesbaden. Marseille. IJmuiden. Die Karten hängen unter- und nebeneinander wie Comic-Heftseiten in Großformat. Dazwischen Tim aus *Tim und Struppi*. Blond wie Mark Freelink. Adrett gekleidet, wie immer in Knickerbockern, befreundet allerdings mit einem fluchenden Säufer, einem Schiffskapitän wie Mark Freelinks Vater. Verdächtige Freundschaft. Überhaupt all diese Männerbeziehungen in den Comics. Immer ein Älterer mit einem beträchtlich jüngeren Pfiffikus. Was mag das bedeuten? Der Verfasser des Zeitungsartikels, ein blutleerer Redemptoristenpater, violette Furchen unter den Augen, hat uns, den Erziehern unter den Brüdern, mal ein Referat darüber gehalten, mit dem er in Gemeindehäusern und Klosterinternaten hausieren geht. Deutscher Akzent. Lichtbilder, auf denen die geschlechtslose Nacktheit von Comicfiguren gezeigt wurde, die mit diesen Männerfreundschaften in irgendeinem Zusammenhang stehen sollte. Verwirrend für die männliche Jugend in der Zeit ihres Heranreifens. Enge Freundschaften müssen mit Argwohn beobachtet werden! Das verbindende Element zwischen Onkel Donalds Matrosenmütze und der Kapitänskappe des Seebären Haddock, so der Prediger, seien deren Sentimentalität und Wutanfälle. Haddock, der in Rage mit Gegenständen um sich schmeißt und Verwünschungen ausstößt. Sein junger Freund Tim ist nicht weniger hitzköpfig. Auch Onkel Donald weiß seine Leidenschaft nicht zu zügeln. Die empfängliche Jugend nimmt sich selbstverständlich an diesem abscheulichen Verhalten ein Beispiel. Können wir von der Ungezogenheit und Frechheit der Entenneffen hier in diesem Internat nicht auch ein Liedchen singen? Weg mit den Comics, diesem zu Verbrechen und Aggressivität anstachelnden Schmutz für Auge und Geist, verboten, ja verbrannt gehören sie! Und wer nicht hören will … Hier zeigte der geweihte Redner das letzte Lichtbild: die Ente, die maritime Kopfbedeckung schief auf dem Schädel, hat die drei Lausebengel von Neffen auf die Knie drapiert, die Hinterteile wie Schaumgebäck, und haut mit einer Kleiderbürste lustig drauf los. Mansuetus dankte dem Pädagogen für den erbaulichen Vortrag.

Mein Blick ist an den Mädchen haften geblieben, vor allem an dem mit der Margerite hinterm Ohr. Etwa zwanzig? Wie sie wohl heißt? Gusta heißt sie, beschließe ich. Ihr Hals, ihr wellenförmiger Körper. Ihre Schwester taufe ich Paulien, im Namen des Vaters, des Sohnes und des Heiligen Geistes. Wie in Mondlicht posierend erwidern sie meinen Blick, und der Schmerz ergreift wieder Besitz von mir, die Sehnsucht, die Unschlüssigkeit. Die Fotowand zittert, weil sich auf der anderen Seite ein Körper herumwirft. Vielleicht habe ich durch mein zu lautes Atmen, meine Seufzer um Gusta, obwohl in Gedanken bei einer ganz anderen Frau, dort, wo sie nicht verblasst, jemanden in seinem Schlaf gestört. Als ich aufstehe, bleibt der Rosenkranz kurz an meinem Bauch hängen, bevor er an den Knien entlang weiter hinabrutscht, er rasselt zwischen meinen Füßen auf den Fußboden. Erektion. Lebendes Kunstwerk am Körper des Mannes, auch an dem eines Klosterbruders. Mein Pfahl lehnt an der stechenden Kutte, die wie eine Wärmeglocke über mir hängt. Als ich die Koje verlasse, erwartet mich schon mein Schatten, er klettert an mir empor und packt mich an der Gurgel. Wurde unser Ordensgründer von einem Sinnenreiz heimgesucht, da jeder Heilige nun einmal als Mensch beginnt, dann stürzte er sich nackt in eiskaltes Wasser, das es hier nicht gibt, sonst würde ich jetzt sofort hineinspringen. Eine Verlockung, der man widerstanden hat, ist wie ein Verlobungsring, mit dem der Herr sich inniger um unsere Seelen schließt, sagte Franziskus. Dergleichen Verrücktes sagte und tat er mehr. Am Anfang seiner Karriere als Heiliger zog er mitten in der Stadt, kein Wasser weit und breit, in einem Anfall von Exhibitionismus die Kleider aus. Er wollte nackt sein und neu anfangen. Die Versuchung dazu muss ich in diesem Moment unterdrücken.

Es ist jetzt ruhiger. Sie schlafen. Oder tun zumindest so, als ob. Auch Alard Haagen, Wange auf dem nassen Kissen, Mundbewegungen wie ein Fisch. Wieder starre ich hinüber zum Turm mit dem Rad im orangefarbenen Licht, zu den aufleuchtenden Fenstern im Dunkel über dem Dorf. Arme hängen am Körper herab. Ich denke an dich. Hände an meinem Geschlecht, wo der Kuttenstoff sich wie Schmirgelpapier anfühlt. Denkst du in diesem Moment auch an mich? Mein ganzer Körper ist schweißnass in diesem Gewand, in dem ich ersticke bei allem, was ich tue und denke. Zieh es doch aus. Höre ich dich das sagen aus der schwarzen Hitze dort drüben, Tricia? Hebe dich weg von mir, Satan, müsste ich jetzt eigentlich denken. Als ich mich umdrehe, sehe ich nur mich selbst als Negativ unter den Nachtlampen. Ich gehe in mein Zimmerchen zurück, ich könnte mich jetzt auch schlafen legen, mich ausstrecken unter der Weihwasserschale mit Palmzweig und den Orgasmus ins Taschentuch bis kurz vor die Entladung bringen, noch mal und noch mal. Einer der wenigen Orte hier und auf Erden, wo ich unbeobachtet bin, sogar ohne Schatten, denn im Dunkel ist alles Schatten. Mit mir selbst also, hinterfotziger Schnüffel, und im Kopf nichts als das andere Geschlecht.

Stattdessen entschließe ich mich, auf Mark Freelink zu warten. Warum dauert die Zwiesprache mit Mansuetus so lange, wo bleibt der Junge? Die Unterredung mit dem Streichstock. Wehe dem renitenten Schüler, der vom Eber bespielt wird wie eine Kniegeige. Aber Mark Freelink und renitent? Ich schiebe das Buch aus der Klosterbücherei, die *Geschichte der Päpste*, in dem ich zu lesen versucht habe, an den Tischrand. Auf der aufgeschlagenen Seite das Luther-Porträt von Albrecht Dürer, da trägt der Reformator noch die gleiche Kutte wie ich. Ich fühle mich ertappt, als ich das beschlagnahmte Comic-Heft aus Mark Freelinks Spind vor mich hin lege. Die ersten Seiten fehlen, von den anderen sind viele zerrissen, zerknittert oder aneinandergeklebt, allesamt sind sie vollgekritzelt und vollgemalt. Körniges Kriegspapier. Eine Inkunabel aus der Zeit der Bombenangriffe oder noch früher. Keine nur halb bekleideten Tierfiguren. Der Held ist ein Herr im Zweireiher mit Krawatte, der auf jeder Seite eine andere Person durch die Luft schleudert, zu Boden wirft, verprügelt. Patsch! Bauz! Hier, du Schuft, nimm das! Whamm! Der Held heißt Dick Bos, und da stehen auf einmal all die Onomatopöien und Ausrufe, die ich auf dem Schulhof und anderswo höre. Auch: Die haste schon mal, du Jämmerling!

Schlagartig werde ich aus der Lektüre gerissen und schaue zum Fenster gegenüber, wo fast in derselben Sekunde das Licht ausgeht. Ich rieche die Bäume und höre das Unhörbare, das doch hörbar ist wie ferne Brandung, die Stille tost. Als ich mich über die Fensterbank nach draußen lehne, ist in der Dunkelheit nichts zu sehen. Tappt Mark Freelink da unten herum? Ich rufe seinen Namen, leise, keine Antwort, im Laub raschelt eine Taube. Was nun? Zuerst im Waschraum die Thermoskanne füllen gegen den beißenden Durst. Das laue Wasser, das mir über den Kopf strömt, lässt mich das Gesicht verziehen, als wäre es mit etwas wie Firnis in Berührung gekommen, der jetzt in der Hitze abblättert. Aus meinem Haar tropft es unter die Kutte, über Rücken und Brust, wo es sofort verdampft. Durstig wie ein Hirsch, aber wie viel ich auch trinke, es beißt weiter.

Ich muss Freelink suchen. Allerdings wird hier dann das Chaos ausbrechen, noch bevor ich die Treppe halb unten bin. Doch da laufe ich schon in meiner sich blähenden Kutte, nichts darunter, was sich an den Beinen und höher merkwürdig anfühlt. Licht an im Treppenhaus, obwohl ich kein Licht brauche, ich finde die Stufen und Windungen auch so, Hand am Geländer mit den Messingknöpfen in regelmäßigen Abständen. Rittlings die Geländer hinunterrutschen, lässt das junge Volk deshalb auch bleiben. Oben ist es noch ruhig. Mark Freelink wird mir wahrscheinlich gleich auf der Treppe entgegenkommen. Aber nein. Unten lasse ich die Tür zum Schulhof weit offen als Leuchtbake, falls Mark in der Finsternis die Orientierung verliert. Sohn eines Schiffers. Ich rufe in gedämpftem Ton seinen Namen, jetzt selber in der Dunkelheit, in der meine Stimme sich anhört, als hätte ich mir ein Kissen aufs Gesicht gedrückt. Etwas weiter, jenseits der Mauer, der dünne Schein einer Straßenlaterne. Wäre ich nur dort. Keine Antwort. Baum. Nächster Baum. Ich kenne diesen Schulhof wie mein Gebetbuch, aber nachts bin ich hier noch nie gewesen, geschweige denn, dass ich eine Vorstellung von der bizarren Stille gehabt hätte, durch die ich mich jetzt vorantaste. Freelink, wo bist du? Wo steckt der Junge bloß? Vielleicht noch im Schulgebäude? Aber warum? Sollte ich nicht besser zu den neunundneunzig Schafen zurückkehren, die ich dem Evangelium zufolge zurückgelassen habe, um das eine verlorene zu suchen? Was würde Wiro oder ein anderer in dieser Situation tun?

Das Schulgebäude verbirgt sich im Dunkeln. Es atmet. Knurrt. Eine steinerne Unzugänglichkeit mit Innereien, die ich mit verbundenen Augen beschreiben kann, jeden einzelnen Raum, auch die Höhle im zweiten Stock, Ende des Korridors rechts, wo der Eber sich verschanzt. Die Eingangstür knarrt und quietscht, als ich sie öffne. Wusste ich nicht, noch nie gehört. Im Gebäude herrscht Stille innerhalb der Stille. Auch nie zuvor gehört an diesem Ort ständigen Lärms. Wo ist es jemals still? Hier, zu diesem Zeitpunkt, wo ich nicht ich selbst bin. Bin ich das sonst? Mark Freelink! Ich rufe mit verhaltener Stimme, fast flehentlich, während ich in Schweiß bade und mich gleichzeitig Schauer überlaufen. Angst. Stärker als die alltägliche Angst. Seit der Stunde, da mir diese Kutte übergehängt wurde. Das Echo kommt zu mir zurück, nicht Mark Freelink, von dem ich eigentlich sicher weiß, dass ich ihn hier nicht zu suchen brauche. Wo sonst? Trotzdem klappere ich alle Klassenzimmer ab, jedes Mal Licht an, Licht aus. Treppen, die hohen Flure mit den schwarz gerahmten Fotos aller Schüler seit der Gründung des Internats. Auf zwei von ihnen sehe ich im Vorbeigehen Mark Freelinks engelhaftes Gesicht, das blonde, lockige Haar wie eine Aureole, wo steckst du bloß, Matrose? Der Studiersaal. Ich gehe sogar die Stufen hinauf zu der Bank, wo er vor zwei, drei Stunden noch mit meinem Taschentuch saß. Was erwarte ich? Dass er dort unter der Bank sitzt, Arme um die hochgezogenen Knie, darauf die Stirn? Nicht flennen. Das Klassenzimmer, in dem vor- und nachmittags der Unterricht stattfindet, die Hausaufgaben werden abends im Studiersaal gemacht. Hier saßen Mark Freelink und Wil van Lanschot nebeneinander. Letzte Bank am Fenster. Ab morgen ist das untersagt.

Von dort kann man ein Stück der Mauer sehen, die das Gelände umgibt, man kann sogar darüber gucken. Auf der anderen Seite liegt Deutschland. Parallel zur Grenze fährt pünktlich alle Viertelstunde auf der deutschen Seite klingelnd die Straßenbahn vorbei. Schon dieses Signal der Außenwelt während des Unterrichts, der kein Ende nimmt. Einander manchmal mit dem Knie oder Ellenbogen berühren und lächeln. Jedem sein eigenes Heimweh nach was, wann und wo auch immer. Überall wo ich eine Tür öffne, Licht an, ist es leer und still, wenn ich auch immer noch rufe, immer gehetzter, unruhiger. Dieser verflixte Bengel! Wie aus einem Buch über Pietje Bell oder Dik Trom, geht es mir durch den Kopf. Dick Bos sagt so etwas nicht. Licht aus. Sogar die Toiletten kontrolliere ich, da ist er auch nicht, wie ich mit einem flüchtigen Blick feststelle. Die Lattentüren der Klos sind schulterhoch, unten reichen sie bis zu den Knien. Gegenüber hängen die Pissoirs mit ihren aufgesperrten Mäulern, als wären sie so durstig wie ich. Die Sanitäranlagen haben kein fließendes Wasser. Am Ende des Tages ist es die Aufgabe des jüngsten Novizen, die Pissbecken mit einem grünlichen Ätzpuder zu scheuern, Kot und Papierkugeln, die sich in den Abflusslöchern der Toiletten angehäuft haben, müssen mit einem armdicken Knüppel durch das Loch gestampft, danach die Schüsseln mit einem Lappen aus einem Eimer Seifenwasser gesäubert werden. Mir wurde dieser von inbrünstigem Kotzen begleitete Dienst eine Weile zuteil, manchmal konnte ich mich mit Zigaretten freikaufen. Martin Luther wurde in seinen Klosterjahren zu gleichen Tätigkeiten verurteilt, um die er den Abt sogar angefleht haben soll, um sich in Demut zu üben. So demütig bin ich nicht. Natürlich hat sich der Schlingel nicht hier in den Latrinen versteckt, wo ich mir unbewusst die Kutte abklopfe, um den Gestank nicht in meinem Habit von entsprechender Farbe weiter mit mir herumzutragen. Man hat ihn doch nicht etwa in den Karzer gesteckt und dann vergessen? Der Karzer, das ist der Kohlenkeller unter der Haupttreppe. Bestenfalls dringt dort ein bisschen Tageslicht aus dem Schüttloch herein. Hinauskriechen kann man nicht, denn davor befindet sich ein Gitter, außerdem ist es über den rutschenden und einbrechenden Kohlenberg nicht zu erreichen. Wer dort eingesperrt ist, kann nur auf den obersten Stufen stehen oder sitzen, weil der Bunker bis zur Hälfte der Treppe mit den schwarzen Eiern vollgeschüttet ist. Kein elektrisches Licht. Bevor er die Tür abschließt, schraubt Mansuetus die Birne aus der Fassung und legt sie draußen irgendwohin. Denk hier mal über dein Verhalten nach! In diesem dumpfen Verlies, im Winter abscheulich wegen der sensenscharfen Kälte, muss der Bestrafte stundenlang bleiben, er verliert jedes Zeitgefühl, schreit, brüllt, aber niemand hört ihn, Gesicht und Kleider schließlich so schwarz wie die Dunkelheit um ihn herum, in der er unsichtbar geworden ist. Wie beim Gänsespiel muss er dort bleiben, bis er erlöst wird. Mansuetus neigt dazu, das manchmal zu vergessen. Die Angst, vergessen zu werden, gleicht der Todesangst. Sie werden mich tot aus den Kohlen graben. Ein ehemaliger Schüler, Arjaan Vleutens, hat einmal dort gesessen, von der ersten Unterrichtsstunde an, verdreckt und verwirrt, bis er abends im Schlafsaal vermisst wurde, wie Mark Freelink jetzt. Mansuetus war an dem Tag zerstreut gewesen. Aber Mark Freelink steckt nicht im Verlies. Die Tür, deren Schlüssel Mansuetus immer bei sich trägt, steht offen, die Lampe brennt. Das Rufen seines Namens schallt dumpft über die Kohlen, die matt glänzen wie geronnenes Wasser.

Und auf einmal fühle ich, wie die Hitze, die draußen noch durch die Sohlen meiner Sandalen eingedrungen ist, sich hier in dem steinernen Flur in Kälte verwandelt. Das Atmen des Gebäudes kommt aus mir selber. Ich höre mich keuchen, nachdem mir die eisige Stille, die ich störe, die Luft aus der Kehle gepresst hat. Ich erstarre, und mein Schweiß wird eiskalt vor Schreck, vor Angst, wenn ich es auch schon geahnt habe. Am Ende des Korridors hat sich eine Tür geöffnet. In der grellen Lichtlache auf den Fliesen liegt wie mit Tusche gezeichnet der Schatten des Golem. Nicht der eines Klosterbruders, denn er trägt keine Kutte. Eine grob modellierte Riesengestalt, deren Schatten auf dem Boden zu belfern beginnt. Das vertraute Grunzen, der vertraute Tonfall, die vertraute Lautstärke, die von den Wänden und der Decke verstärkt wird. Sogar vom Fußboden, der Schall weht mir über die Füße, unter die Kutte, über die Knie. Bonaventura! Was machste hier? Selber unsichtbar, muss er mich hinter der Tür belauert haben. Ich suche Mark Freelink, bringe ich heraus. Meine Stimme krächzt. Wie bitte was? Mark Freelink, sage ich. Trockener Hals. Was ist mit Mark Freelink? Ich antworte: Er ist weg. Wieso weg?, brüllt er, aber doch mit einer Spur Unsicherheit in der Stimme. Mark Freelink ist nicht zurückgekommen, nachdem er. Ich habe mich der Lichtlache genähert, jetzt bekomme ich gar nichts mehr heraus. Sehe Bruder Mansuetus wie eingerahmt in der Tür unter den raschelnden Lichtstäben. Wohin gucken? Der Schulleiter ist nackt bis auf die Klosterunterhose, die unter dem Planeten seines Bauchs um seine Lenden spannt. Behaart wie ein Wildschwein. Das knurrt: Nachdem er waswaswas? Nach den Hausaufgaben sich bei Ihnen melden musste. Ich krächze es, sieze ihn, obwohl wir Brüder uns duzen, weil es in unserer Gemeinschaft Hierarchien nicht gibt. Wir sind Kommunisten und tragen alle die gleiche Unterhose. Auch er erschrickt, als er mich so nah sieht, wahrscheinlich hat er damit gerechnet, dass ich in respektvoller Entfernung bleibe. Er verschwindet hinter der Tür mit seinem verschwitzten Rotkohlkopf, seinem prallen Körper. Um seinen Nabel wächst das Haar wie Bewölkung, die einen Ringmuskel um Schwester Mond bildet. Geh! Ich habe ihn selten etwas so gedämpft sagen hören, beinahe flüsternd grunzt er es. Der Junge ist nicht mehr hier. Der Junge knurr. Geh, Bonaventura. Deine Aufgabe ist der Schlafsaal, wo ist dein Verantwortungsgefühl. Die Tür schließt sich. Lautlos. Nicht bevor ich noch gesehen habe, dass das Holz am Schreibtisch lehnt, auf dem der Eber mit den Osterzeugnissen beschäftigt war. Sowie ich den Schulhof betrete, sind meine Füße wieder warm. Bei jedem Schritt wiederhole ich in Gedanken Tricia Patricia Tricia. Ich fasse Entschlüsse.

Im Schlafsaal ist nicht, wie erwartet, das Chaos ausgebrochen. Dass meine Abwesenheit unbemerkt geblieben wäre, ist natürlich ein naiver Gedanke. Jemand wird Schmiere gestanden haben. Ivar Oostrom huscht aus Roeland Henegauwens Koje. Tuscheln, Murmeln ist zu hören, jemand sagt etwas, worüber andere kichern. Ich mit trockener Stimme: Ich habe dich gesehen, Oostrom, ich höre dich, Weytjens. Die Nachtlampen. Mein Schatten. Vor mir her. Hinter mir her. Mark Freelinks Bett ist leer. Der Turm mit dem Rad leuchtet hellorange. Bei jedem Schritt denke ich an dich, dich, an dich. Es ist jetzt still, meine Herren, rufe ich. Morgen wieder Klassenarbeiten. Schlaft jetzt. Ich will nichts mehr hören. Irgendwo ertönt noch ein knurr! Ach, was sind wir wieder lustig.

Wieder an meinem Tisch bin ich zu unruhig für irgendwas. Die Hitze schwirrt wie das bedrohliche Tier. Gegenüber ist das Licht aus. Hinter dem unsichtbaren Schulgebäude die schwache Glut der Außenwelt, wo die Straßenbahn fährt. Überall ist Außenwelt. Ich sitze hier. Im Dunkeln. In der Zwangsjacke des Franziskus, die meine Haut schmirgelt.

Der Wecker.

Sobald ich ihn unter meinem Kopfkissen höre, muss ich mit nassen Fingerspitzen das Kreuzzeichen machen und neben dem Bett auf die Knie sinken, um dem Allmächtigen dafür zu danken, dass ich noch lebe. Ein andermal. Ich stelle dieselbe Erektion fest wie gestern. Natürlich nicht dieselbe, sondern eine neue, wie ja auch das Brot immer wieder frisch vom Bäcker kommt. Eine frische Erektion, warm wie ein Brötchen in der Hand. Will sie wenigstens kurz mit Stolz fühlen, für mehr reicht die Zeit, fünf Uhr dreißig, nicht. Sie erschlafft auf der Stelle, als das, was gestern passiert ist, mir wie ein Wirbelwind durch den Kopf rast. Schmuddelige graue Flocken. Ich selber bin so eine graue Flocke. In nach Schweiß stinkendem Hemd und Trainingshose ab in den Waschsaal, wo ich mich tastend mit dem Schaber rasiere und so viel Dreck wie möglich mit dem franziskusbraunen, sandhaltigen Seifenstück von mir abkratze. Wasser auf Kopf und Arme, wo es sofort trocknet. Es ist wieder genauso heiß. Ich stelle die Thermoskanne, gestern hier in meiner Verwirrung stehen gelassen, auf den kleinen Tisch, wo der Küchenjunge sie gleich abholen und heute Abend mit dem scheußlichen Klostertrank wieder hinstellen wird. Kutte an, Gürtel um, Skapulier darüber, ich schwitze schon wieder wie ein Zugtier. Das Taschentuch, heute Nacht nicht zum einsamen Sündigen benutzt, stecke ich ein. Es ist fünf Uhr fünfzig. Draußen ist es so hell, als hätte es die Nacht nie gegeben, durch die ich rufend irrte. Auf meiner Fensterbank landet eine Taube, Creator spiritus, aber sie scheißt nur und flattert wieder davon. In den Kastanien beginnt das Weiß der Kerzen schon Rost anzusetzen. Der brave Küchennovize sollte Dick Bos besser nicht zu Gesicht bekommen. Boing! Der sitzt, Freundchen! Martin Luther auch lieber nicht, wenn sein Porträt auch in der *Geschichte der Päpste* steht, aus der unsere Oberen Seiten herausgeschnitten und in der sie ganze Passagen mit schwarzen Balken zensiert haben. Der war ein Mönch wie ich, hängte seine Augustinerlumpen an den Nagel und heiratete eine Nonne, der auch alles zum Hals raus hing. Die wussten noch, wie man Entschlüsse fasst. Ich klappe das Buch zu. Auf dem Deckel der Vatikan, umgeben von einem Pfauenreif aus Strahlen. Ich lösche die Nachtlichter und gehe durch die Schlafstille zu Mark Freelinks Koje. Da liegt er wie sonst im Bett, hoffe ich, aber es ist immer noch unberührt. Leicht eingedrückt an der Stelle, wo ich gesessen habe. Dick Bos lasse ich wieder zwischen Marks Handtüchern verschwinden, mit der Fingerkuppe streichle ich Gusta, auf dem Fußboden finde ich meinen Rosenkranz wieder. Sehr besorgt. Unruhig geschlafen in der schlauchenden Hitze voller Traumgedanken, in denen Mark Freelink häufig vorkam. Als zerbrechlicher nackter Bub. Warum nackt? Ich träume nie von nackten Buben. Ich nicht. Die Angst, die von ihm ausging, übertrug sich auf mich. Ich wurde zu seiner Angst. Was war ihre Ursache? Meine kenne ich. Auf meiner Klosterarmbanduhr verfolge ich, wie der Sekundenzeiger über den letzten Strich auf sechs springt. Jetzt müsste ich die Bande mit einem lauten Gelobt sei Jesus Christus! wecken, worauf sie zu antworten hat: In Ewigkeit, Amen! Ich mache ein Guten Morgen, meine Herren! draus und wiederhole das mehrmals, händeklatschend, während ich an den Kojen vorbeigehe. Darauf hat mich Julian, der Präfekt, schon angesprochen. Wir haben uns an die uns auferlegten Regeln zu halten, Bonaventura, ich werde dies melden müssen. Immer muss alles gemeldet werden. Die großen Sünden genauso wie die kleinen. Die Brüder denunzieren einander. Die Schüler haben Weisung, es ihnen gleich zu tun, manche sind dafür berüchtigt. Das übliche Gepolter und Gerenne. Es gibt im Saal nur ein einziges Vorkriegsklo, nur zum Wasser lassen, auf dem sich alle sofort dringend erleichtern wollen, was ich schon getan habe. Es verursacht ein Gerangel vor der Tür. Im Waschsaal pinkeln einige in die Zinkrinne, in die das Leitungswasser prasselt und an deren Ende es wieder abfließt, sodass die anderen gelbe Bäche unter sich vorüberplätschern sehen; manchmal fällt aus Versehen ein Waschlappen hinein. Verdammt noch mal!, schreit Johan van Straten. Piss doch woanders, du Ferkel. Ich sehe und höre alles und wende mich ab. Silentium, van Straten, sage ich in geziemend barschem Ton. Und solche Wörter nehmen wir hier nicht in den Mund. Jemand flüstert: Wo ist Mark? Wo ist Mark Freelink, Bruder? Was soll ich sagen? Ich antworte daher gar nicht erst. Den obersten Knopf zu, van Beinum, und den Krawattenknoten nicht auf Halbmast. Du auch, Landeweerd, und deine Hose ist noch auf. Sechs Uhr dreißig poltert alles die Treppe hinunter und in Reih und Glied über den Schulhof zur Kapelle. Am Altar spult Schnüffel die Messe ab ad deum qui laetificat juventutem meam. In den Bänken der leere Platz, wo Mark Freelink knien sollte. Wiro und ich tauschen Grimassen aus. Er: Sein Blick wandert vom leeren Platz fragend zu mir, sein Kinn geht hoch. Ich: Zucke die Schultern, Augen himmelwärts. Es holpert auf einmal im immer gleichen Ablauf der Dinge, tagaus, tagein, Stunde um Stunde unveränderlich gleich, jeder an seinem Platz oder aus gutem Grund abwesend. Auch der Platz, an den Frits Oldenampsen gehört, ist leer. Er hat etwas ausgefressen und muss deshalb die ganze Woche während der Messe in militärischer Haltung im Mittelgang stehen. Es herrscht Unruhe, wo doch der Ablauf der Dinge in der Kapelle sonst immer aus Gähnen und Langeweile besteht. Das Geflüster schwillt an. Was wohl mit Mark Freelink passiert ist, nachdem es beim Isegrim Prügel gesetzt hat? Und warum die Prügel? Wil van Lanschot dreht sich sogar in der Bank um und zischelt mit den beiden hinter ihm. Ich tue so, als merkte ich davon nichts. Schlage fromm im *Missale Romanum* eine Seite um und stoße auf das getrocknete Blütenblatt. Heilige schauen von allen Säulen auf mich herab. Im Gewölbe über dem Altar Christus am Kreuz, die offenen Augen auf die unter ihm gerichtet. Ablenkung für alle ist der Gang zur Kommunion, wo man kniend die Zunge rausstreckt. Schnüffel legt die Hostie darauf, den Leib unseres Herrn Jesus Christus. Wer sich auf seinem Platz zusammenkauert, statt nach vorne zu gehen, verrät sich. Er befleckt seine Seele mit dem Makel der Todsünde und bleibt vom mystischen Kannibalismus ausgeschlossen, bis er seine verderblichen Gewohnheiten gebeichtet hat. Mit dir selbst? Und hast du dabei an etwas oder jemanden gedacht, mit Gedanken, die womöglich noch sündiger sind als die Tat? Natürlich gehe ich jeden Tag zur Kommunion, Kopf im Nacken, Augen geschlossen, Zunge wie ein Wimpel raus. Ich begehe keine Todsünden. Was also kann ich Schnüffel im Beichtstuhl erzählen, was er ruhig wissen darf? An mir hat er einen langweiligen Kunden. Dass ich beim Gebet dreimal mit den Gedanken woanders war, dass ich mir auf Kosten eines Mitbruders am Sonntag selbstsüchtig Schmalz aufs Brot geschmiert habe, einen Bruder in Gedanken verwünscht und einem Schüler Unrecht angetan habe, indem ich ihn unverdientermaßen einen dummen Schnösel nannte, oder versäumt habe, den Rosenkranz zu beten. Nie gegen das sechste oder neunte Gebot verstoßen? Diese Neugier lasse ich ungestillt. Ob er selber noch imstande ist, da unten was hinzukriegen? Dass mir dieser Gedanke kommt, ist an sich schon sündig. Auf der Hostie darf man nicht herumkauen. Den Leib des Herrn muss man sich knitterfrei einverleiben. Und nüchtern muss man sein, wenn man an diesem Sakrament der Sakramente teilnimmt, damit der Heiland nicht zwischen Rübstielchen und gekochtem Speck landet. Wenn der Leib des Herrn einem am Gaumen oder an den Zähnen kleben bleibt, darf man ihn nicht wegstochern, man berührt Gott nicht mit unwürdigen Pfoten, er wird es schon richten. Als ich mich mit gefalteten Händen in der Kommunionbank umdrehe, fällt mir auf, dass auch Mansuetus′ Platz leer ist. Der Eber thront sonst immer oben auf der Empore vor der Orgel. Dort beugt er sich übers Geländer zu dem Meer von Knabenköpfen unter sich und kontrolliert, wer von den Zöglingen nicht nach vorne geht, um das heilige Brot des ewigen Lebens zu empfangen, wer demnach der Todsünde verfallen ist, ohne sie gebeichtet zu haben. Das notiert er sich mit seinem Bleistiftstummel in sein schwarzes Buch. Im Stand der Todsünde zur Kommunion zu gehen ist ein Sakrileg und eine zweite Todsünde obendrein. Wil van Lanschot bleibt sitzen. Notiert. Mansuetus selber geht täglich ostentativ sündenlos zur Kommunion. Die Brüder lassen die Schüler vorgehen. Obwohl es üblich ist, sich nach dem Verzehren des Leibes die Augen mit der Hand zu bedecken, um in stiller Absonderung die

Freude der intimen Einswerdung auszukosten, schiele ich durch die Finger. Auch Plechelm ist immer dabei und Hyacinth und Johannes Vianney von der Krankenstation, der ist aber heute auch nicht da, und die unzertrennlichen Alten Silvester und Ambrosius und Laurentius von der Verwaltung. Todsünden begehen sie nie, und wenn, dann beichten sie sie sofort oder gar nicht und machen danach genauso weiter wie vorher. Mit sich selbst, wie man das nun mal nennt. Miteinander. Mit den Schülern. Was Mansuetus wohl gerade macht? Geißelt er seinen feisten Körper mit dem Zingulum? Schämt er sich? Vor sich selbst? Vor mir? Für etwas ganz anderes? Hat er Dispens vom Besuch der Messe? Er als Einziger erhält ihn sehr oft. Ite, missa est, sagt Schnüffel, was so viel heißt wie: Geht, wir sind fertig. Gott sei Dank, antworten alle. Deo gratias.

Sieben Uhr dreißig. In zwei Gruppen raus aus der Kapelle, wieder über den Schulhof zum Speisesaal. Wiro mit seinem lustlosen Trupp voran. Bei der Lourdesgrotte durchbricht er das Silentium, ich höre ihn laut rufen, eine Meuterei scheint ausgebrochen zu sein. Wil van Lanschot macht sich armschlenkernd und mit den Ellenbogen um sich stoßend aus der Reihe los und rennt Richtung Klostergarten, zu den Kartoffel- und Gemüsebeeten, den Obstbäumen. Streng verbotenes Terrain. Dort ist der Schulhof von einer Hecke begrenzt, über die man nicht sehen kann, über die der Fußball aber regelmäßig fliegt. Wil nimmt das Hindernis mit federnd hochschwingendem Bein wie Walt Davis, Hochspringer, zwei Meter vier, olympische Sommerspiele voriges Jahr. Yes Buddy!, schreien die anderen ihm nach. Und als Wiro ebenfalls einen Sprint einlegt, um den Jungen einzufangen: Hopp Zátopek! Spitzname: Die tschechische Lokomotive, drei Mal Gold. Hopp Fanny! Die fliegende Hausfrau. Vor fünf Jahren vier Mal Gold. Die Große Litanei kennt ihr nicht, moniert Schnüffel in seinem Dauersermon, aber alle Namen und Leistungen von Sportlern. Die Begeisterung für Sportidole beiderlei Geschlechts, wie neue Heilige angebetet, das ist Götzendienst. Das Gleiche gilt für Filmschauspieler und Liedersänger beiderlei Geschlechts. Ohne das Wort Geschlecht geht es nicht, obwohl man an die spezifischen Körperteile ja nicht denken darf.

Wiro kommt keuchend ohne Wil zu seinem Pulk zurück, in den keine Ordnung mehr zu bringen ist. In meinen ebenso wenig. Aufgeregt rennen die Jungen durcheinander, in Euphorie versetzt durch ein unerhörtes Ereignis: Es ist wieder einer durchgebrannt! Wo er wohl hin ist? Wiro fragt es mich ganz aufgelöst. Ich sage: Der sucht Mark, wetten? Und wo ist der? Don´t know, sage ich. Heut Nacht schon hab ich ihn überall gesucht. Erzähl ich dir gleich. Wiro rückt seine Kapuze zurecht, zieht den Knotengürtel fester an. An seiner Sandale ist das Fersenband gerissen. Mit unserer Faschingskluft sind wir im Mittelalter hängengeblieben.

Nachdem wir die Meute im Speisesaal einigermaßen gebändigt haben, ist unsere Aufsicht an sich vorbei, aber Julian, der Präfekt, der uns ablösen müsste, ist nirgends zu sehen. Auch das ist ungewöhnlich. Mit lauter Stimme hebt Wiro an: Im Namen des Vaters! Alle bekreuzigen sich. Wir danken dir, o Herr, für diese Gaben und erflehen deinen Segen für die Opfer der Flutkatastrophe. Amen. Guten Appetit. Nach diesem Gebet ist das Silentium aufgehoben, und an den langen Tischen geht das Stimmengeplätscher los, aufgeregt, laut, die Unruhe schlägt an die kahlen Wände mit dem knabenhohen Kruzifix auf der einen, dem Piusporträt auf der anderen Seite. Letzterer wird in der *Geschichte der Päpste* noch nicht erwähnt, weil sein Vorgänger noch nicht gestorben ist. Wiro schlappt auf seiner kaputten Sandale zwischen den Tischen herum. Mark Freelinks und Wil van Lanschots leere Plätze. Keine Butter in der Karwoche. Roggenbrot mit Käse und ein Becher Buttermilch.

Ich stelle mich an ein Fenster. Trotz der blendenden Sonne starre ich auf die Halde, die sich über die Landschaft erhebt. Ein Vulkan, der nicht zum Ausbruch kommt, obwohl aus seinen Flanken Rauch quillt. Gestein und anderer Grubenabfall werden unaufhörlich über steile Gleise auf den Hang gekippt. Im Rauch wachsen lila blühende Disteln. Von dort nur wenige Straßen und einen kleinen Platz weiter. Ein Laden mit Zeitschriften und Schreibwaren. Heute ist Mittwoch.

Julian kommt herein, sein asketisches, wie von Toorop gezeichnetes Gesicht noch strenger als sonst. Hinter ihm Wil van Lanschot. Der setzt sich blass an den Tisch, im Saal verstummen die Gespräche und alle drehen sich nach ihm um. Er hat einen Schuh in der Hand, nicht seinen, legt ihn neben sich auf die Bank. Der Präfekt sagt: Bring deine Krawatte in Ordnung, van Lanschot. Für den Rest der Woche kein Fußball. Du schreibst jeden Tag hundert Mal, was ich dir gleich diktieren werde. Flegel. Die Krawatte hängt dem Jungen lose, vor der Brust gekreuzt, vom Hals. Mit beiden Fäusten, mit ebenfalls gekreuzten Armen, hält er die Enden so fest, als wollte er zuziehen.

Julian sieht mich aus seinen farblosen Augen an. Schüttelt den Kopf, besorgt, beunruhigt. Zischt mir zu: Was ist denn hier los, Bonaventura? Ausgerechnet jetzt. Wo doch morgen der Bischof.

Dann beginnt er, von den Umschlägen, die er – sämtlich aufgeschnitten – in der Hand hält, die Namen der Glücklichen vorzulesen, die Post bekommen haben. Jochem van Kol. Leo Mastenbroek. Dolf Koningsbrugge. Alard Haagen. Ritsaert Stassinon. Roelof Smits van Waesberghe. Als könnte er mit dieser minutenlangen monotonen Litanei das drohende Unheil abwenden.

Und hier noch etwas für Wil van Lanschot, sagt er in verändertem Tonfall. Eine Ansichtskarte. Von Mama an ihren Sonnenschein. Die können wir uns sparen. Schade um die schöne Briefmarke. Österreich. Zuerst reißt er die Ecke mit der Briefmarke ab, für die Mission, die wird in den Ärmelaufschlag gesteckt. Dann zerreißt er die Karte. Die Hälften noch einmal. Und noch einmal. Gesehen, van Lanschot?

Vor anderthalb Jahren wurde im Turnsaal ein Konzert gegeben. Zwischen den Kletterwänden und den an die Decke hochgezogenen Ringen musizierte eine Kapelle aus Rodakerken anlässlich der sechzigjährigen Professfeier von Bruder Lambert, der vorne sitzen durfte.

Lambert hatte in der Kapelle immer die Orgel gespielt und dabei den Chor der Schüler und Brüder dirigiert. Bis seine Hände, sein Kopf und seine Gedanken derart zitterten, dass es nicht mehr ging, und Eduard seine Aufgaben übernahm. Ständig die frommen Chorwerke von Lorenzo Perosi, dem Hofkomponisten der Piusse. Ständig das beschwörende gregorianische Summen. Ich selber kann keinen Ton halten, singe also nicht mit, liebe aber Musik. Die man hier nie zu hören bekommt. Nur Schnüffel hat ein Radio und in Benedikts Zimmer steht auch eines, das über einen Lautsprecher mit dem Refektorium der Brüder verbunden ist. Wir bekommen die katholischen Nachrichten zu hören und sonntags den apologetischen Kurs eines gelehrten Paters, dem niemand zuhört, eingeleitet von Mozarts *Ave verum*. An Ostern den Papst mit seinem Urbi et orbi, dem wir auf Knien lauschen. Alles andere ist außenweltlich und geht uns nichts an. Ich bin fürs Klosterleben nicht geeignet. Zu spät gemerkt. Manchmal denke ich, für gar kein Leben.

Während jenes Konzerts wurde normale Musik gespielt. Eine Humoreske von Dvořák, die Moldau von Smetana, eine Polka von Johann Strauss, ein Lied von Franz Lehár, von einem Tenor mit Künstlermähne gesungen, der am Schluss noch mal mit *Wie schön ist unser Limburg* aufs Podium zurückkam. Ich sehnte mich nach Dizzy Gillespie und Louis Armstrong mit seinen All Stars. Bruder Lambert wurde in seinem Rollstuhl nach vorn geschoben und brummelte ein Dankeswort. Als

Publikum und Musiker stehend *O König der Ewigkeit*, das Wilhelmus der katholischen Glaubensgemeinschaft, anstimmten, schlug er mehr schlecht als recht mit dem Bogen eines Cellos den Takt. Sich aus seinem Gefährt zu erheben, wollte Lambert nicht gelingen, wie sehr er auch zappelte und sich abmühte; beim Mitsingen verzog sich sein Mund, die Laute, die er hervorbrachte, passten zu dem weinenden Kind, das er wieder geworden war. Er weigerte sich hartnäckig, dem Musiker seinen Bogen zurückzugeben und fuchtelte noch mit ihm herum, als er über den Schulhof hinter die Burg geschoben wurde. Im Laufe dieses Tages nahm Mansuetus den Bogen an sich. Auf dem Weg zu seinen Räumen im Schulgebäude schlug er sich leicht damit auf die Finger, dann ans Bein, der Streichstock lag ihm gut in der Hand.

Das Holz.

Dies war der ultimative Stock. Die Schülerschaft sollte ihn noch mehr fürchten als den bisher vom Schulleiter benutzten.

So ein Bogen ist aus Pernambukholz gefertigt, ist elastisch, eignet sich zum Peitschen. Er macht ein surrendes Geräusch, wenn man ihn durch die Luft sausen lässt.

Dies führte Mansuetus, Namenstag 19. Februar, mir vor. Zisch. Hieb. Schrei. Der Junge vorgebeugt, Mansuetus´ Hand wie ein Schraubstock um den Nacken oder den auf den Rücken gedrehten Arm des Jungen, mit der anderen holte er weit aus. Sein Gesicht zur Grimasse verzerrt, bleckte er die Zähne, was bei mir noch größeren Abscheu hervorrief; mit zugeschnürter Kehle wandte ich den Blick ab.

So geht es vonstatten: Je fester mein Mitbruder, Jünger unseres Ordensgründers, des sanftmütigen Franziskus, zuschlägt – für mehr Bewegungsfreiheit hat er sich das Skapulier über die Schulter geworfen –, desto lauter schreit der Junge. Mansuetus überbrüllt ihn. Mehr Lärm, als der Raum in dem toten Licht fassen kann. Gehorsam und Zucht! Du hast keinen Willen! Ich habe einen Willen! Du tust, was ich will! Bei jedem Wort ein immer wütenderer Hieb mit dem schlimmen Holz. Wie der Junge sich auch windet, der Erzieher schlägt mit studierter Präzision immer auf die gleiche Stelle, zwanzig Mal, mehr als zwanzig Mal. Als ich Zeuge sein musste, protestierte ich, auch wenn meine Stimme in dem Geschrei unterging: Es ist genug, Bruder. Der

Junge jaulte wie ein Hund, Wasser, Rotz, Spucke, das Gesicht auf die Tischplatte gepresst, zappelte er wie wild mit den Beinen.

Einem Jungen auf Hans Holbeins Zeichnung in Erasmus´ *Lob der Torheit* wird mit einem Rutenbündel der nackte Hintern versohlt. Eine Vergrößerung hängt zwischen zwei Regalen in Mansuetus´ Büro, es ist das Erste, was er sieht, wenn er den Blick vom Schreibtisch hebt.

Säuerlicher Magensaft strömte mir in den Mund. Mansuetus reichte mir das Holz. Jetzt du, Bonaventura. Er hob den Jungen am Gürtel hoch, bis die kurze Hose über den Pobacken spannte, die Schenkel nackt unseren Blicken ausgesetzt waren. Das Gleiche hatte er am Anfang der Züchtigung schon einmal getan.

Wie man jemandem ein Messer mit dem Griff nach vorne hinhält, so streckte der Eber mir den Bogen entgegen. In der Musiksprache, hatte er mir einmal didaktisch auseinandergesetzt, wird der Streichstock am Frosch gehalten. Pack ihn am Frosch und zieh ihm eins über, dem frechen Bürschchen, hier auf seinen kessen Wertesten – Blick auf die zur Schau gestellten Körperteile. Ich schüttelte heftig den Kopf, wehrte den Bogen ab, an dem das Altweiberhaar in Strähnen herabhing, blickte Mansuetus nur schweigend an. Obwohl mir viel auf der Zunge lag. Ich schluckte es herunter, es schmeckte nach Rost. Nach Eisenbeschlägen. Wie unter Gestapostiefeln, und im Übrigen unter allen Schuhen zur Schonung von Sohlen und Hacken. Mit Verachtung in der Stimme grunzte er: Allzu unmännlich, weichherzig. Meine Verachtung für ihn war größer. Meinen Hass auf diesen Mitbruder müsste ich eigentlich beichten, aber dafür will ich keine Vergebung. Mansuetus hatte die Hand auf den strammen Hosenboden gelegt und befühlte ihn mit krummen Fingern, als prüfe er Obst. Dann eine Art Streicheln über die Innenseite der entblößten Oberschenkel, dabei hielt er mir den Frosch die ganze Zeit hin. Als hätte dort nicht ein sich windender Schüler gelegen, sondern ein Gegenstand. Ohne die geringste Hemmung vor mir als Zuschauer, der sich genauso gedemütigt fühlte wie der Junge, nur ohne dessen physischen Schmerz. Mit sich selbst, dachte ich, während er sich mit einem anderen, wesentlich Jüngeren desselben Geschlechts ohne dessen Einverständnis verlustiert. Schnüffel weiß es bestimmt, wie viele andere, die es am eigenen Leib erfahren haben oder die wie ich zuschauen mussten, zwecks Erlernung der pädagogischen Methode. So bringst du sie auf Vordermann. Je lauter sie schreien, desto besser behalten sie es, Bonaventura! Denn gesegnet ist das Holz, durch welches Gerechtigkeit geschieht. *Buch der Weisheit*, fügte er hinzu. Das Buch kannte ich nicht.

Mein Mitbruder zog den Jungen rücklings an Hemdskragen und Krawatte hoch. Geh mir aus den Augen, Rotzbengel, bevor ich, bevor ich knurr, grunz!, rief Mansuetus. Mit der anderen Hand fuhr er noch einmal über Schenkel und Hintern. Ich wollte es nicht mit ansehen und sah es doch und wusste ein für alle Mal Bescheid. Ich war mitschuldig. Laut weinend lehnte der Junge am Schreibtisch, auf dem der Streichstock in Griffnähe lag, schlenkerte die Beine seitwärts und versuchte, hinten die Naht aus seinem Schritt zu friemeln und die kurzen Hosenbeine herunterzuziehen. Der Schulleiter brachte sein Skapulier in Ordnung. Streckte dann dem Schüler die Hand hin. Dieser musste die seine hineinlegen und sagen: Ich danke Ihnen für diese gerechte Züchtigung, die mir zur Belehrung und tieferen Einsicht verabreicht wurde. Vermutlich will Mansuetus so sein Gewissen beruhigen. Der Junge jedoch tat nichts dergleichen, er schlüpfte an dem Koloss vorbei. Ich stand an der Tür, machte einen Schritt zur Seite und öffnete sie einen Spaltbreit. So brauchte der Junge in seiner Panik nicht erst nach dem Türgriff zu suchen, sondern konnte machen, dass er wegkam. Wir hörten ihn auf seinen mit Nägeln beschlagenen Schuhen durch den Flur rennen. Mansuetus hatte die Arme noch griffbereit ausgestreckt, bleckte die Zähne und zog die Nase kraus. Mir fielen seine schmalen Knöchel in den Sandalen auf, aber auch beim Wildschwein sind die Beine ja verhältnismäßig dünn.

Wiro sieht mich mit großen Augen an.

In der Unterhose?

Wir flüstern. Andere Brüder sitzen mit uns am Tisch im Refektorium, das Frühstück steht auf Holztellern vor uns. Trockenes Roggenbrot in dieser Woche, in der wir des Leidens unseres Heilands gedenken. Mit dem nur entfernt nach Tee schmeckenden lauwarmen Wasser herunterwürgen. Mir schlägt es auf die Blase.

Bestürzt verzieht Wiro den Mund, als er hört, was heute Nacht passiert ist. Der Bogen lehnte, Frosch nach oben, am Schreibtisch. Griffbereit sozusagen. Letzteres sage ich nicht, denke es nur. Die Haare sind inzwischen alle vom Streichstock abgeschnitten worden. Er wirkte ganz konfus, flüstere ich Wiro ins Ohr. Der Junge ist hier nicht, geh weg! Ich versuche, das dazugehörige Grunzen nachzuahmen, was aber im Flüsterton nicht so recht gelingen will. Einige Konfratres schauen sich beunruhigt um. Ist der Gefürchtete wieder da? Aber am Tisch sitzt er nicht, und auch in der Messe war er nicht. Ist er krank? Wir hoffen es.

Jetzt schlurft Bartholomäus herein. Wenn er überhaupt redet, dann in der Regel fast nur über den Zustand der Gewächse auf den Äckern, wo er das Zepter schwingt, Fuß am Spaten, geknotetes Taschentuch auf dem Kopf. Stämmig, kraftvoll, bedächtig. Ich suche gelegentlich seine Gesellschaft. Nimm doch mal nicht die Hacke, sondern die Finger zum Auflockern der Erde um die Radieschen, rät er zum Beispiel. Dann findest du deine Ruhe wieder. Jetzt aber ist er völlig durcheinander. Alle sind hier heute durcheinander, auch wegen morgen, aber Bartholomäus?

In den harkenförmigen Fingern sein dreckiges Taschentuch. Er wischt sich das Gesicht damit ab, Hals und Nacken. Legt es auf den Tisch. Jemand gießt ihm Tee ein. Er zerbröselt das Schwarzbrot, isst aber nichts – sein Mund ein geschlossener Reißverschluss im verwitterten Gesicht. Einer fragt: Ist was, Barto?

Morgens steht Bartholomäus noch vor den anderen auf, um in aller Ruhe sein Reich zu inspizieren. Kaninchen in einer der Schlingen? Was haben die Vögel angestellt? Sie scheren sich einen Dreck um die mit Mönchslumpen bekleideten, kreuzweise befestigten Latten auf dem frisch eingesäten Feld. Im Salat treibt ein Maulwurf sein Unwesen. Blühen die Obstbäume schon? Er nennt den Maulwurf so wenig Bruder wie die Ratte Schwester, die ihre Jungen im Heuschober geworfen hat. Alles spießt er unter dem Nenner Scheißviech mit der Mistgabel auf. Franziskus, der mit Vögeln redete, hatte keine Ahnung von Ackerbau und Obstzucht.

Heut Morgen, fängt er endlich an. An der Pforte.

Die befindet sich in der Festungsmauer um das Kloster und ist, außer dem von Pförtner Domitian bewachten Haupttor, der einzige Ein- und Ausgang. Eine verwitterte Gartenpforte, neben der auf unserer Seite eine Weide steht. Im Sommer versteckt hinter den tief hängenden Blättersträhnen. Bartholomäus hat einen Schlüssel, um Lieferanten in unsere heiligen Hallen einzulassen. Vor meinem Eintritt ins Kloster hatte ich auch einen.

Heute Morgen, es war noch dunkel, murmelt Bartholomäus, Blick irgendwo in die Unendlichkeit. An der Pforte. Da war der Junge. Der blonde. Mit der Mädchenstimme. Singt manchmal allein im Chor. Solo, wirft Bruder Andreas ein. Mark Freelink? Es läuft mir kalt über den Rücken, meine Stimme ist wieder so heiser wie letzte Nacht, als der Schatten des Golem auftauchte. Ja, danke, Andreas, sagt Bartholomäus. Zu mir: Weiß ich nicht, Boon. Ich kenn all die Jungen nicht beim Namen. Immer freundlich. Aber ich bin ganz schön erschrocken. Was machte der Junge da? Der gehörte zu dieser Stunde doch noch ins Bett und überhaupt hatte er da nichts verloren, das weiß der genau. Erschrocken, sag ich euch. Der Junge.

Das Brot in immer kleinere Krumen zerbröselnd, Erde unter den Fingernägeln, brummelt Bartholomäus über unsere Köpfe hinweg, Mark Freelink habe in einer merkwürdigen Haltung unter der Weide gelegen. Auf dem Rücken, aber eigentlich auch wieder nicht. Vielmehr auf dem Hinterkopf. Der Körper ein Bogen zwischen Hinterkopf und Füßen, an denen ein Schuh fehlte. Der neben ihm im Gras lag. Die Hose heruntergerutscht, vorne nass. Der Gürtel so heftig aus den Schlaufen gezogen, dass einige gerissen waren. In dieser Haltung lag der Junge, wenn man es auch schwerlich liegen nennen konnte, wie zu einer Statue erstarrt, ein Anblick wie eine Brücke über eine Gracht. Gezittert habe die Statue, Arme und Beine zuckten. Die Hände am Hals. Um den nicht nur die Krawatte fest zugezogen war, sondern auch der Gürtel. Sein Gesicht war blau und weiß wie Blumenkohl! Er bekam keine Luft. Er erstickte fast! Bartholomäus greift sich mit beiden Händen an den Hals und streckt die Zunge raus.

Hinter ihm hängt die Reproduktion einer Franziskustafel aus dem dreizehnten Jahrhundert. Zwanzig Szenen aus seinem Leben. Wie ein Comicstrip. Wenn man so etwas nur häufig genug betrachtet, könnte man sich direkt umbringen wollen, und am liebsten durch Erhängen. Mark Freelink? Andere Assoziationen drängen sich auf. Plötzlich sehe ich Szenen aus meinem eigenen Leben vor mir.

Den Gürtel bekam ich leicht auf, fährt Bartholomäus fort. Aber die Krawatte, da war ein Schifferknoten drin. Ich musste sie durchschneiden. In der Pforte steckte ein Küchenmesser. Im Türspalt. Damit hatte er wohl versucht, das Schloss aufzubrechen. Ich weiß es nicht. Es muss noch Nacht gewesen sein. Was hat der Junge da bloß gemacht?

Bei mir fehlt schon eine ganze Weile ein Messer, unterbricht ihn Severin. Hab dem da die Schuld gegeben. Er zeigt mit dem Kinn auf den Juvenisten, der noch keinen Klosternamen hat, den Burschen, der mir abends die Thermosflasche bringt. Er kam von Mansuetus, sage ich, und sofort schlägt Stille im Refektorium ein, wie eine Napalmbombe, die nicht hochgeht. Die Konfratres tauschen Blicke. Man weiß Bescheid. Armes Männeken, seufzt einer.

Bartholomäus: Da bekam der Junge wieder Luft. Aber das Gliederzucken hörte nicht auf. Kaum lag er mal ruhig da, schnellte der Körper schon wieder hoch. Die Zuckungen wurden heftiger. Schaum vor dem Mund. Trat wie wild um sich. Der Junge ist krank. Auf einer Karre, mit der er sonst die Kisten mit Gemüse, Kartoffeln, Äpfeln und Birnen transportiere, habe er Mark Freelink zum Kloster gefahren und Dickerle übergeben. Dickerle, das ist Johannes Vianney, der viel zu fett ist für seine geringe Körpergröße. Das erklärt, warum auch er heute Morgen nicht in der Kapelle war. Was ist hier bloß los, irgendwas stimmt hier nicht, murmelt Bartholomäus. Hebt ein Stück Brot an den Mund, legt es wieder hin. Ich bringe die Karre wieder zurück, da sehe ich einen anderen Jungen. Rennt durch den Portulak. Direkt auf die Pforte zu. Als hätte er erwartet, dass sie offen ist. Wer bist du denn? Wil und noch was. Van Lanschot sagen Wiro und ich im Chor. Bartholomäus nickt. Ja. Was treibst du hier? Schau dir mal an, wie du meinen Portulak zugerichtet hast. Der Junge keucht. Redet wirres Zeug. In den Händen hält er einen Schuh. Ob ich einen Jungen hier gesehen habe. Ich sage, den hab ich grad mit dieser Karre hier weggebracht, sag ich, dem ging es gar nicht gut. Was ist bloß los, Junge?, frag ich den Jungen, den Wil. Doch der schnauft nur und schnappt nach Worten, immer wirrer, immer verworrener. Ruhig, sag ich noch. Immer mit der Ruhe. Aber da rennt er schon wieder davon. Mit dem Schuh in der Hand. Gott sei Dank diesmal nicht durch die Beete. Ich bin vielleicht erschrocken, kann ich euch sagen. Hier stimmt doch was nicht. Und mit diesem Satz macht Bartholomäus den Reißverschluss in seinem Gesicht wieder zu. Jetzt iss endlich was, Barto, sagt einer. Die Ambrosia der Fastenzeit. Wir lachen gequält, aber die gedrückte Stimmung ist mit keinem Weihwedel zu vertreiben. Der Teufel. Entfesselt. Napalmbomben werfen die Amerikaner auf Korea, wo schon in der Zeit vor meinem Eintritt in das Kloster wieder ein Krieg wütet. General Eisenhower, der uns befreit hat, ist inzwischen Präsident und lässt Napalmbomben abwerfen. Wiro und ich schauen uns an, nicken wortlos, jaja, wir meinen und verstehen das Gleiche. Es spricht sich herum, man weiß es, aber man schweigt in heiliger Weisheit, die den Satan und all seine Bosheiten zuschanden macht, wie Franziskus sich in seinem Lehrgedicht über die Tugenden ausdrückt.

Alles hängt mit dem Holz zusammen. Wie auch Christus am Holz hängt, auch wenn er kein Cello spielte. Aber Leute verdreschen tat er schon auch. Und er umgab sich mit jungen Männern. Natürlich behalte ich diese Gedanken für mich. Frustriertes Verlangen nach Sex, das zu Sadismus führt und mehr, das ist es, was mit dem Holz zusammenhängt. Das Wort Sex, das Wort mit dem x, kenne ich seit ein paar Wochen. All das obsessive Gerede über Unkeuschheit. Was ist jetzt wieder mit Mark Freelink passiert? Was Dickerle betrifft, wissen wir auch, worüber wir schweigen.

Auf einmal fühle ich mich um Monate zurückversetzt. Vergangenen Herbst. Einmal im Monat dürfen die Schüler am Wochenende nach Hause. Außer denen, die zur Strafe im Studiersaal Seite um Seite aus dem Katechismus abschreiben müssen. Und außer den paar Jungen, die aus unterschiedlichen Gründen nicht nach Hause können. Die Eltern des einen leben in Kenia, wo der Vater Diplomat ist. Der Vater des anderen ist Militärpilot und findet keine Möglichkeit, einmal im Monat von Samstagmittag bis Sonntagabend seinen Sohn aufzunehmen, die Mama liegt in einem österreichischen Sanatorium. Ansichtskarten mit schönen Briefmarken. Der französischsprachige Schüler, der hier ist, um Niederländisch zu lernen, wohnt zu weit weg, und dann haben wir auch noch Schüler aus Skipperfamilien, deren Schiff nicht immer in der Nähe liegt. An so einem einsamen Wochenende dürfen die, die keine Strafe absitzen, etwas, was sonst absolut verboten ist, nämlich im Klostergarten Fußball spielen. Fußball spielen oder Bartholomäus beim Jäten und Birnenpflücken helfen. Ausnahmsweise brauchen sie dann das Jackett mit dem Monogramm der Schule nicht anzuziehen, der oberste Hemdknopf darf offen bleiben, die Ärmel dürfen bis zu den Ellenbogen hochgekrempelt werden, und die Krawatte spielt auch weiter keine Rolle. An einem solchen Nachmittag, bei freundlichem Herbstwetter, hatte ich Aufsicht. Ich setzte mich mit einer aus der Klosterbibliothek ausgeliehenen, rührseligen Biografie der vor Kurzem von Pius heiliggesprochenen Jungfrau Maria Goretti auf eine Gartenbank. Mark Freelink bugsierte eine schwankende Leiter an eine Baumkrone. Ein viel zu hohes, viel zu schweres Ungetüm für das Kerlchen. Die Leiter lehnte auf einem Bein schief im

Geäst, wo sie ungenügend Halt fand. Wil van Lanschot, vom Militärpiloten seinem Schicksal überlassen, half prustend mit, sie schrien und alberten herum. Wil war viel stärker als Mark. Er hielt die Leiter fest, während Mark hinaufkletterte. Doch noch bevor er halb oben war, löste sie sich vom Baum und riss im Umfallen massenhaft Laub mit. Mark landete bäuchlings auf den Sprossen. Musste ich jetzt nach dem Rechten sehen? Es war nicht nötig, da drüben brüllten sie schon wieder vor Lachen. Wil van Lanschot stürzte sich auf Mark Freelink. Die Hände fest an der Leiter, drückte er sich an den unter ihm liegenden Körper. Als es Mark gelang, sich auf die Seite zu drehen, lagen sie Brust an Brust. Schauten sich an. Und plötzlich merkten sie etwas, wie die Auster merkt, dass das Sandkorn, das in ihre Muschel eindringt, zur Perle werden kann. Sie umklammerten einander, rollten durchs Laub, mal der eine oben, mal der andere, Beine verhakten sich, andere Jungen feuerten sie an. Ich verfolgte alles aus der Entfernung, Maria Goretti steckte mir im Hals wie eine ungeschälte Walnuss, was für eine fürchterlich eingebildete Göre muss das gewesen sein. Doch so etwas lese ich jetzt, statt wie früher Hölderlin und Rilke. Heinrich Böll. F. Scott Fitzgerald und William Faulkner. Albert Camus. Simon van het Reve. Am schwarzen Brett hängt höchstens hin und wieder eine Glosse von Godfried Bomans. Wil van Lanschot hockte auf Mark Freelinks Brust und drückte dessen Hände ins Gras, Marks Arme ausgebreitet wie die unseres Heilands am Kreuz, ihre Gesichter nah beieinander, so verharrten sie reglos und blickten einander an.

Kurz darauf machten sie sich schon wieder am Schloss der Gartenpforte zu schaffen. Wil spähte durchs Schlüsselloch auf das winzige Stück Straße. Dort bin ich früher geradelt. Meine Sehnsucht ist die gleiche wie die der Jungen. Mit einem Stöckchen stocherten sie im Schlüsselloch herum. Beratschlagten. Wie kriegen wir das auf? Mit einem Messer? Hast du eins? Ich kann eins beschaffen. Sie berührten einander im Gesicht, zupften einander Fussel aus dem Haar. Rannten davon. In entgegengesetzte Richtungen. Wil, die Krawatte mit beiden Händen um die Gurgel zuziehend, als wollte er sich strangulieren. Er kickte den Ball, der ihm vor die Füße gerollt war, so hoch in die Luft, dass am Himmel für einen Moment ein Punkt schwebte, kleiner als eine Mücke. Mark versteckte sich hinter den Schleiern der Weide, umfasste sie mit den Armen und drückte sie an sich. In ihm arbeitete es, das war ihm anzusehen.

Und Bruder Dickerle: Obwohl er über keinerlei medizinische Kenntnisse oder entsprechende Qualifikationen verfügt, müssen die Jungen, die wegen einem Wehwehchen zu ihm kommen, sich immer ganz ausziehen, darauf besteht er. Leg dich hier mal hin. Hier, das ist ein Brett mit einem Laken unter drei Neonröhren. Um ganz sicherzugehen, muss ich dich gründlich untersuchen. Die Schüler geben es einander flüsternd weiter und verzichten lieber auf eine Konsultation. Der nackte Junge auf dem Brett spürt, wie ihm die molligen Hände des Untersuchers die Augen aufsperren. Streck mal die Zunge raus. Leichtes Klopfen auf Rippen und Brustbein. Die Hände kneten den Bauch und nähern sich dem Glied. Hier wächst ja schon ordentlich viel Haar, stellt der Bruder fest und rührt mit dem Finger darin herum. Richtiger Kerl bist du schon. Der Penis muss betastet werden, der Spalt enthüllt. Kommt schon Fett raus, wenn du abends unter der Decke damit spielst und fühlst, dass er groß wird? Igitt, urteilte Patricia, als ich es ihr erzählte. Als ob man darin Pfannkuchen oder ein Spiegelei braten könnte. Nicht vergessen zu beichten, fügt der Bruder scheinheilig hinzu. Dann wühlt er zwischen den Schenkeln des Jungen herum, der sich währenddessen auf den Handrücken blasen muss. Mein Konfrater befühlt das Skrotum. Wie gelähmt starrt der Junge an die Decke, er war doch nur wegen eines Furunkels am Ellenbogen hergekommen. Und jetzt muss ich noch deine Temperatur messen, um wirklich ganz sicherzugehen. Du fühlst dich etwas fiebrig an. Der Junge bäuchlings. Gemessen wird rektal. Zwischen seinen kurzen Fingern macht Bruder Johannes Vianney, so genannt nach dem heiligen Pfarrer von Ars, die Öffnung sichtbar. Die Spitze des Thermometers bewegt er kreisförmig im Eingang des verkrampften Ringmuskels, bis die Spannung nachlässt. Er schiebt es ständig hin und her, rein, raus und wieder rein, mit dem Daumen, dem Zeige- und Mittelfinger hält er die Pobacken auseinander, er genießt es. Jetzt bleibst du zehn Minuten so liegen und rührst dich nicht. An seinem Schreibtisch, von wo er die Rundungen im Auge behält, zwischen denen das Thermometer herausragt, sowie den Hodensack im Schatten darunter, macht sich Dickerle zu schaffen, Kleider rascheln, dann ist das rhythmische Quietschen des Stuhls zu hören, der Bruder hält die Luft an und keucht, wenn es vorbei ist. Vergiss nicht zu beichten. Dann, nach dem Herunterschlagen des Thermometers, der wissenschaftliche Befund: Du bist kerngesund, Kerlchen, alles in Ordnung. Auf den Furunkel tun wir etwas Salbe und ein Pflaster.

Ich konzentriere meine Gedanken auf Mark Freelink.

Wiro spricht zur anderen Seite des Tisches. Darf ich gleich mal bei dir vorbeischauen, Crispin. An einer Sandale ist mir der hintere Lederriemen gerissen. War mir schon aufgefallen, sagt Crispin, unser Bruder Schuster. Ich bin den ganzen Tag da. Komm einfach vorbei.

Das Frühstück ist vorbei. Was ist deine Aufgabe heute, frage ich Wiro, als wir das Refektorium verlassen. Wieder die Bäckerei, antwortet er. Wegen morgen. Morgen? Morgen ist Gründonnerstag, dann kommt, er sagt es ironisch, seine Exzellenz der hochwürdige Herr Bischof zu Besuch. Hast du das etwa vergessen? Wo bist du bloß mit deinen Gedanken. Ach ja, sage ich, obwohl ich es nicht vergessen habe. Ich bin mit den Gedanken noch bei gestern, sage ich. Es schwelt noch in mir. Ob seine Exzellenz der hochwürdige Herr Bischof, auch ich sage es ironisch, Bescheid weiß darüber, was hier so vor sich geht? Darauf reagiert Wiro nicht, das heißt, seine Miene erstarrt, das ist alles. Wir gehen schweigend weiter, dann frage ich ihn: Weißt du übrigens, wer Dick Bos ist? Na klar, sagt Wiro, Lächeln durchbricht die Starre. Wie kommst du denn jetzt darauf? Das ist der Jiu-Jitsu-Kämpfer mit dem edlen Herzen und der Eisenhand. Braucht nur mit der Handkante mal kurz so, mein Mitbruder demonstriert es, und der Gegner liegt ausgeknockt am Boden. Hast du so ein Heft beschlagnahmt? Die Jungs verschlingen das und geben es weiter. Glaubst du, die lesen noch *Puckchen und Muckchen*, wenn sie überhaupt was lesen, den *Schutzengel* oder *Die Katholische Jugend*? Die haste schon mal, du Jämmerling!, zitiere ich. Ich dachte, du liest nur erbauliche Bücher, sagt Wiro.

Von rechts durch den hohen Gang nähert sich Benedikt. Unser Superior wirkt unter seinem puderweißen Haar auch nicht gerade heiter. Er streckt zwei Zeigefinger aus. Der eine ist auf Wiro gerichtet. Du vor neun bei mir, Wiro. Der andere auf mich. Du um fünfzehn Uhr dreißig, Bonaventura. Ich muss ein ernstes Wort mit dir reden, aber dazu muss ich erst. Mit wiegendem Kopf trippelt er weiter. Erst muss er.

Ach je, sagt Wiro. Ich sage nichts. Bei der nächsten Gabelung geht Wiro nach links. Ich nach rechts, durch den Gang mit den schwarzweißen Fliesen, den neugotischen Fenstern zu beiden Seiten, am Ende die elektrische Uhr. Von Sekunde zu Sekunde. Nächste Sekunde. Und die nächste. Noch eine. Was mache ich bloß aus meinem Leben?

Durch die Fenster auf der einen Seite sieht man den Schulhof, die Glocke hat gerade geläutet. Die Schüler stellen sich in Reihen auf. Julian bedient sich dafür einer Trillerpfeife. Mansuetus´ Burg betritt man im Marschschritt, links, rechts, im Takt der schrillen Pfeifentöne. Nach deutscher Manier, wie auch die Internatsuniform etwas Deutsches hat. Alles ist bräunlich angehaucht in unserer Einrichtung. Und bei uns. Wir sind Teil der Ordensgemeinschaft der Armen-Brüder des heiligen Franziskus. Ins Leben gerufen im dritten Viertel des neunzehnten Jahrhunderts von einem frommen Pädagogen in Germisch irgendwo in der Nähe von Köln. Der zog sich eines Tages die Franziskanerkutte an und gründete eine Bildungsstätte für die männliche Jugend. Wir sind deren niederländischer Ableger. Unter der Schirmherrschaft des heiligen Josef, der den Heiland nicht selber zeugte, sondern das einer Taube überließ. Ein keuscher Gehörnter. Wegen seiner Keuschheit all denen innerhalb der Klostermauern als Vorbild hingestellt, die wie er das unterbäuchige Kleinod angeblich nur zum Pinkeln benutzen. Sint Jozef ter Engelen. Die Schüler werden Engelskinder genannt. Überall riecht es nach Sperma. Schulfest am Namenstag des heiligen Josef, 19. März, abends ein Film in der Turnhalle, haben wir gerade hinter uns. Im Exerzierschritt zum Schulgebäude. Mit deutschem Drill. Gib ihnen ein Gewehr und ein paar Handgranaten, und alles kann wieder von vorne anfangen. Hitler ist erst acht Jahre tot.

Auf der anderen Seite des Gangs gehen die Fenster auf den Burggarten und die Ländereien dahinter und den Turm mit dem Rad und die Halde. Großartige Sonne über der ganzen Welt, der Innen- wie Außenwelt. Die Gartenpforte. Auch wenn man sie von hier aus nicht sehen kann, ich weiß, wo sie ist. Da. Ganz hinten in der Mauer, zur Straße hinaus, die parallel zu der mit fünf Rollen Stacheldraht bewehrten Grenze verläuft. Auf der anderen Seite dieser Notenlinien, die die Straße längs durchtrennen, fährt die Straßenbahn vorbei, sie klingelt, wenn sie um die Ecke kommt. Einigkeit und Recht und Freiheit, diese drei, aber die größte unter ihnen ist die Freiheit. Was mache ich bloß hier? In Gottes Namen und im Namen des heiligen Franziskus und des heiligen Josef. Warum stehe ich hier, als könnte ich wie Luther nicht anders?

Ich schaue den Spatzen vor dem Fenster zu, wo jemand mit dem Gartenschlauch herumgegangen ist. Die Erde ist vor Hitze geborsten. Alles, was im Garten wächst, verdorrt. Wie ich. Jetzt aber sind ein paar Pfützen entstanden, um die sich die Vögel drängen. Eine Taube verjagt die Spatzen, die sich neu gruppieren und mit größerer Anzahl die Taube vertreiben, wie am D-day.

Alles Gefiederte macht sich davon, als Plechelm und seine Helfer auftauchen. Kittel über den Kutten, Kubuskörbe stemmend, die sie am Rand des großen Rasens abstellen. Die Wäsche. Mittwoch ist Unterhosen-, Handtücher- und Taschentüchertag. Bestimmte Kleidungsstücke an einem bestimmten Tag. Wir bevölkern unser Kloster mit zweiunddreißig Mann. All die Weißwäsche, erst noch mit einem dumpfen Schlag ausgeschüttelt, mit Holzklammern an den Wäscheleinen befestigt. Die Gedanken, die in meinem Bewusstsein auftauchen, verdunsten nicht wie der Dampf, der in der Hitze aus der Wäsche aufsteigt. Meine Unterhose hängt auch dazwischen, alle gleich mit weiten Beinen. Mansuetus könnte die tragen, die ich vorige Woche getragen, beziehungsweise nicht getragen habe. Denn ich gebe sie immer ungebraucht, aber, um keinen Argwohn zu erwecken, ziemlich zerknautscht bei Plechelm ab, wo sie sofort in dem Berg der Kleidungsstücke verschwindet, die in Kesseln ausgekocht werden. Mein Taschentuch wasche ich immer selber, bevor ich es abgebe. Den Brüdern ist es egal, ob ihres noch nach getrocknetem Nasenschleim und anderen Körperflüssigkeiten stinkt. Plechelm, Mund voller Klammern, hebt die Hand. Ich erwidere seinen Gruß. Wir sind alle Brüder. Manche sind Ferkel. Mein Dienst besteht hin und wieder darin, Plechelm in seinem übel riechenden Wäscheladen zu helfen. Verschwitzte Kleider in einer Grüneseifesuppe umrühren. In heiliger Demut. In heiligem Gehorsam.

Plechelm hat folgende Methode: Er nimmt sich einen Jungen vor und sagt: Also nein, was hast du denn da für einen blöden Fleck auf der Hose. Komm mal her, damit kenne ich mich aus. Reibt. Reibt heftiger. Fühlt. So geht es nicht, sagt er. Weißt du was, zieh die Hose mal aus. Ach! Deine Unterhose hat ja den gleichen Fleck. Wo hast du bloß gesessen, du Bengel? Runter damit. Bruder Plechelm streichelt, was sich entfaltet. Legt die Hand unter das Murmelsäckchen. Knetend redet er dem verlegenen Pimmel zu: Was bist du doch schon für ein Prachtkerl. Wird er noch größer? Das gefällt dir, was ich da mache, oder?

Einmal war ich aus einiger Entfernung stummer Zeuge dieses Vorgangs. Als ich mich bemerkbar machte, sprang Plechelm aus der Hocke auf, wobei sich seine Kutte wie eine Teemütze über seine Schenkel stülpte. Den Finger auf den geschlossenen Lippen, zwinkerte er mir anzüglich zu, was mich mitschuldig machte. Ich werde das melden müssen, sagte ich. Was ich sonst nie sage. Du hältst deinen Mund, sagte er. Du hast nichts zu melden, denn du hast nichts gesehen und nichts gehört. Wo und wem sollte ich es melden?, schoss es mir durch den Kopf. Den Oberen unseres Klosters und manch anderen Brüdern sind solche und ähnliche, wenn nicht noch schweinischere Praktiken ja nicht fremd. Der Junge tat mir leid, er bekam von Plechelm eine Tafel Schokolade. Mund halten, hörst du. Und jetzt geh wieder Fußball spielen.

Wir sind heilige Brüder des armen Franziskus, von dem man nicht weiß, ob er eine Unterhose trug, seine Biografien schweigen sich darüber aus. Nur seine aus Stofffetzen zusammengeflickte verlauste Kutte wird in Assisi aufbewahrt.

Die Taube, sekundiert von einer zweiten, kehrt zur Tränke zurück. Die Spatzen weichen zeternd zur Seite. Dann nähert sich von der Weide, wo die Kühe, die Ziegen und das Pferd grasen, eine Krähe, Corvus corone, größer als die Tauben. Lässt sich mit dünkelhaftem Gekrächze am Wasser nieder, hält sich selbstredend für bedeutender als der Pöbel, der auf der Flucht über die eigenen Flügel stolpert. Haut bloß ab, ihr. Der Größte mit der lautesten Stimme hat das Sagen.

Ich bin sechsundzwanzig Jahre alt. Ein schönes Alter für einen Mann, sagt F. Scott Fitzgerald in *Zärtlich ist die Nacht*. Der Höhepunkt der Junggesellenjahre, sagt er. In intellektueller Hinsicht bin ich eine Taube, doch mein Platz ist zwischen den Spatzen, und Mansuetus ist der Corvus. Ich darf die Wäsche aufhängen, die Töpfe, Teller, Brettchen abwaschen und abtrocknen, bei der Heuernte helfen, in der Kapelle etwas reparieren, Aufsicht führen. Nur in der letzteren Funktion bin ich eine kleine Krähe mit Autorität, die ich aber gar nicht haben will.

Wo bleibt Theo Woltgens? Er müsste jetzt unter der Uhr auftauchen, vom Haupttor kommend, wo er sein Fahrrad abstellen darf. Ich halte mich nicht ohne Grund in dem stillen Gang mit den Damebrettfliesen auf, wo man mich zur Rede stellen kann. Es ist jetzt nicht die Zeit, hier meditierend auf und ab zu gehen, die Kapuze hochgezogen, die Hände in den Ärmeln, erst von weißer Fliese zu weißer Fliese, dann zurück nur auf den schwarzen. Auf die Frage, was ich hier tue, müsste ich eine Antwort parat haben. Wo bleibst du, Theo? Da ist er endlich. Außer Atem. Hebt das Kinn und verzieht das Gesicht zu einer Grimasse, was bei ihm als Gruß gilt, kommt aber nicht näher. Obwohl es Mittwoch ist. Er läuft mit seiner Büchertasche weiter, über den Schulhof, durch das Licht ohne Schatten. Er wird noch zu spät kommen, nachdem die letzten kleinen Soldaten im Schulgebäude verschwunden sind. Meine Enttäuschung brauche ich nicht zu beschreiben. Sie packt mich an der Gurgel, wie ein Kind bin ich, den Tränen nah, zitternd und bebend. Tricia? Theo Woltgens, Spitzname Tito, niemand weiß warum, ist unser einziger Laienlehrer. Erdkunde. Wohnt in Rodakerken, eine Viertelstunde mit dem Rad. Anhänger von VB Sparta. Wie auch ich noch bis vor ein paar Jahren. Wieder: Was mache ich hier? Ich setze Rost an wie die Kerzen der Kastanien, die Blütenblätter wirbeln um Theos Füße. Wie steht es um meinen Entschluss? Von hier zum Haupttor sind es etwa fünfzehn Schritte, von hier zur Gartenpforte gut dreihundert Meter, vorbei an dem jungen Brabanter Zugpferd, das manchmal von hinten eine Kuh bespringt. Die Brüder auf ihren Melkschemeln drehen sich um, machen ihre Witze und feuern das Pferd an. Hü, hott. Bravo. Vorbei an Bruder Kasimirs Druckerei, wo man die Presse stampfen hört. Theo Woltgens ist in mein Geheimnis eingeweiht und verachtet mich, weil ich immer wieder zögere, grüble, hinausschiebe, nichts tue, verzage. Einfach zum Haupttor hinaus und nach rechts, sagt er. Wenn du noch länger wartest, verlierst du den Pot. Ich verliere den Pot, wenn ich noch länger warte. Es ist Mittwoch. Neun Uhr. Jetzt öffnet Patricia ihren Laden. Zeitschriften, Schreibblöcke, Briefumschläge, Poesiebilder, Schreibwaren. Ich denke an dich. Du denkst auch an mich. Bin ich mir sicher. Ganz bestimmt. Hoffentlich.

Nichts zu tun, Bruder? Benedikt trippelt wieder heran. Ich bin auf dem Weg zur Kapelle, Bruder, antworte ich prompt, zurück aus meinen Gedanken, wieder da, wo mein Körper ist. Kreuzgang. Sonnenlicht quillt herein, die Zuckerwatte um Benedikts Kopf scheint zu schmelzen. Mit erhobenem Zeigefinger wiederholt er: fünfzehn Uhr dreißig, Bonaventura. Ich nicke. Ernstes Gespräch. Was steht mir nur wieder bevor? Frühere ernste Gespräche in Benedikts Zimmer habe ich noch in wortwörtlicher Erinnerung.

Ich merke, dass ich auf den schwarzen und nicht auf den weißen Fliesen zur Kapelle gehe. Ich merke, dass ich die Treppe hinaufgehe, noch eine Treppe, und dass ich im oberen Stock die Tür zu meiner Zelle öffne. Es ist verboten, sich hier in den Stunden der Arbeit oder des Gebets aufzuhalten.

Ich setze mich auf die Pritsche, die Strohmatratze knirscht, ich starre auf die weiße Wand. Vier weiße Wände. Ellenbogen auf den Knien, Kopf zwischen den Händen, betrachte ich meine nackten Zehen wie Gegenstände auf dem weißen Fußboden, der nicht an den Wänden aufhört, sondern sich in meiner Vorstellung grenzenlos ausdehnt. Eine weiße Ebene bis hinter alle Horizonte. Dort gehe ich fröstelnd in der Hitze, ohne dass die Gegenstände, auf denen ich gehe, einen Abdruck in der Endlosigkeit hinterlassen. Ich heiße nicht Bonaventura. Wie ich eigentlich heiße, soll im Nichts und Nirgendwo des Unpersönlichen verloren gegangen sein, denn wir sind auf ein Nichts reduziert, nur Gott ergeben, dem Unpersönlichen. Alles aufgeben, auch den eigenen Namen, das ist die Regel für diejenigen, die sich für das Leben im Kloster entscheiden. Auch Franziskus hieß nicht Franziskus, sondern Giovanni Bernardone. Pius hieß Eugenio Pacelli. Und ich hieß vor dem Eintritt ins Kloster Eldert Haman. Dieser Name ist verschwunden. Genauso wie mein Fahrrad. Wer seinen Namen ablegt, hat kein Leben mehr, buchstäblich, er ist tot, wie es auf Friedhöfen namenlose Gräber gibt. Franziskus spricht vom Körper, der sich unterwerfen muss, als sei er gestorben. Abseits der Welt leben wir ein Leben der Entsagung, ohne eigene Gedanken, geschweige denn eigene Auffassungen oder Ansichten, die wir als Eitelkeiten verwerfen. Und da wir keine Vergangenheit haben, haben wir auch keine Erinnerungen. Man erreicht den Zustand der Heiligkeit nur durch den Verzicht auf alles Irdische, einschließlich des Körpers, der nicht mehr uns selber gehört, sondern ein Tempel des Heiligen Geistes ist.

Und da sitze ich nun, Eldert Haman, als gäbe es mich gar nicht. Natürlich gibt es mich, denn ich sehe mich ja durch all das Weiß gehen. Ich bin entstanden, komme irgendwoher und habe Erinnerungen. Dies sind Szenen aus meinem Leben:

Geboren in Rotterdam. Dreizehn, als die Bomben fallen. Ich hatte einmal eine Mutter. Sie starb im Jahr davor. Friedhof Crooswijk. Sie war Deutsche, sodass ich teils mit dieser Sprache aufgewachsen bin, aber doch Scheveningen ohne deutschen Akzent ausspreche. Vater, Hafenarbeiter, wurde eines Abends – Aufmachen! Abführen! – aus der Wohnung geholt. Auf Nimmerwiedersehen. Ich kam zu Onkel Barend und Tante Suzan, der Schwester meines Vaters. Bei ihnen roch es nach Farbe, und man hörte das Meer. Ich kannte die Namen aller Fischerboote. Pädagogische Hochschule. Lehrbefugnis für Deutsch. Viel mit dem Rad unterwegs. Ich war Louison Bobet, Spitzname Zonzon. War Fausto Coppi, Gino Bartali, der Fromme, der Mönch, Wout Wagtmans, Wim van Est. Durch ganz Deutschland. Dort leben die Eltern meiner Mutter noch heute. Frankreich. Griechenland. Auf meiner Orbea Opal 20 Speed. Wie die Welt an meinen Augenwinkeln vorbeibrauste! Jetzt sitze ich hier, warm in einem wollenen Habit, der mir wie eine Rüstung, nicht aus Wolle, sondern wie aus Eisen, auf den Körper drückt, starre auf meine Füße und weiß mir keinen Rat.

In der Zeitung stand ein Stellenangebot für einen Deutschlehrer im Jungeninternat Sint Jozef ter Engelen in Blijderhagen, tiefste Provinz in Limburg an der deutschen Grenze. Ich wurde angestellt. Junggeselle und ausreichend katholisch. Der damalige Schulleiter war der asthmatische Hyacinth, der sich mittels einer Atempumpe mit Gummiball Luft zuführt. Jetzt ist er Küster. Fummelt in der Sakristei an den Messdienern herum, bringt mit Spucke ihre Frisur in Form und tätschelt ihre Wangen. Bevor die Jungen in Talar und Chorhemd zum Altar gehen, streicht er ihnen als letzte Kleiderkontrolle vorne und hinten über den Körper. Danach noch einen Klaps auf den Po.

Bei meiner Anstellung bot man mir, Zivilist unter all den Kuttenträgern, fern der Heimat und noch ohne Bleibe, Kost und Logis im Kloster an. Im Übrigen sei ich ganz selbstständig. Ich würde im Gästehaus schlafen und dort die Mahlzeiten zu mir nehmen, ich bekäme den

Schlüssel zur Gartenpforte. Nach dem Unterricht radelte ich durch diese Tür hinaus, abends kam ich durch diese Tür wieder herein. Was war ich damals, knapp über zwanzig? Küken zwischen Adlern. Das Einzige, um das sie mich baten, waren die Marken für Zucker, Kaffee, Textilien und dergleichen, so kurz nach dem Krieg. Ich unterrichtete gerne und mit Begeisterung, in der Klasse ging es harmonisch zu, ich war kaum älter als die ältesten Schüler. Ich hielt mich, den Anfänger, für einen guten Lehrer, jedenfalls für einen, der immer besser wurde. Ruhig. Geduldig. Dem: maskulin Dativ Singular. Feminin der. Neutrum dem. An auf hinter in neben über unter vor zwischen. Obwohl die Rede davon war, dass das Unterrichten in der Sprache der Besatzer abgeschafft würde, blieb Deutsch auf dem Stundenplan.

Und danach?

Alles, was danach passiert ist, ist faktisch erst gestern passiert und muss noch verdaut werden. Aber das will nicht gelingen. Was hast du gemacht, Eldert Haman, mein Gott, wie habe ich es nur geschafft, mein Leben und mich in so eine Sackgasse zu manövrieren?

An einem Sonntagnachmittag, als die Jungen eine Wanderung durch die Limburger Hügellandschaft machten, beaufsichtigt von einer Garde Konfratres, die ich mir mit Pistolen unter der Kutte vorstellte, setzte Benedikt sich zu mir auf die Bank im Garten, wo ich es mir mit einem Roman gemütlich gemacht hatte. *Konserve* von einem jungen Schriftsteller, einem gewissen W. F. Hermans. Was lesen Sie denn da, Herr Haman? Er wolle mir etwas sagen. Erst eine Frage. Sind Sie gebunden, Herr Haman, ich meine, gibt es eine Dame, mit der Sie verlobt sind oder so? Nein, sagte ich. Ich meine, davon ist auch in naher Zukunft nicht die Rede? Keine Ahnung, sagte ich, wer weiß. Ich meine, nun also, sehen Sie, Sie sind so oft mit dem Rad unterwegs. Darauf reagierte ich nicht. Benedikt kam zur Sache, zähflüssig wie Kleister. Mir seien gewiss die Vorbereitungen nicht entgangen, die Backsteine, der Betonmischer und so weiter. Wir bauen um, wie Sie wissen, das ist jetzt entschieden, unser Bruder Sixtus hat die Aufsicht, die Genehmigungen haben wir. Ich meine, auch unser Gästehaus, da wird links das Wohnzimmer etwas länger und nach hinten wird es auch anders, und das wird eine Zeit dauern, daher heute meine Frage. Ich hatte Hermans zugeschlagen, Finger zwischen den Seiten. Ich muss umziehen, sagte ich. Tja, ich meine, sagte Benedikt. Sein Haar war damals noch weniger weiß, oben sah man allerdings schon die schimmernde Wahrheit. Dann werde ich mich nach einer Unterkunft irgendwo in der Nähe umsehen, sagte ich. Bruder Superior ließ den Strick über die Handfläche gleiten, die Finger schlossen sich um jeden Knoten, als würde er drei Mal die Fäuste ballen. Armut. Gehorsam. Keuschheit. Ach ich meine wir haben nicht die Absicht Sie zu verjagen Herr Haman im Gegenteil und können Sie ruhig bei uns bleiben. Haben Sie etwas dagegen während des Umbaus mit unseren Brüdern im Refektorium zu essen? Weswegen wir dann ausnahmsweise die Klosterregeln etwas zurechtbiegen würden statt dass unser Bruder Severin Ihnen das Essen ins Gästehaus bringt das nun ja umgebaut wird. Sie sind da im Übrigen ja nicht jeden Tag immer daher meine Frage wenn Sie es mir nicht verübeln mit dem Rad hinaus. Hermans glitt mir aus den Händen und fiel zwischen uns auf die Bank. Was Sie nicht alles lesen. Ich esse manchmal Indonesisch in Rodakerken, sagte ich. Natürlich habe ich nichts dagegen, mit Ihnen zu essen. Benedikt unterbrach mich mit der Frage: Ist das Essen schmackhaft? Ich verstand, dass er Nasi Rames meinte und nicht Severins fast tägliche Eintopfgerichte mit Speckwürfel. Aber wo übernachte ich? fragte ich. Das meinen wir ja gerade, sagte Benedikt und hörte auf, in die Knoten zu kneifen. Wenn Sie nichts dagegen haben könnten Sie bei uns im Kloster schlafen. Ein Zimmer für Sie wo Sie es sich bequem machen und sich mit Ihren Büchern zurückziehen können einfach natürlich aber ganz für sich und bequem. Können kommen und gehen wie es Ihnen gefällt nachts leise natürlich die Brüder schlafen im selben Flur früh in die Federn und früh wieder raus. Damit. Meine nur. Sie nicht sofort auf der Stelle außerhalb des Klosters nach anderer Unterkunft zu suchen brauchen und wohnen wie vorher in der Nähe Ihres Arbeitsplatzes. Bruder Superior schloss mit den Worten: Vorschlag. Vielleicht zu erwägen Herr Haman.

Die Knoten im Mönchsstrick stecken in einer Schlaufe wie die Schlinge eines Strangs, der unter dem Kinn des zum Tod am Galgen Verurteilten angezogen wird, bevor sich die Falltür unter seinen Füßen öffnet. Es fiel mir am Anfang nicht leicht, die Windungen für einen solchen Überhandknoten in den Strick zu drehen. Beim Lernen, heute kann ich es im Schlaf, fragte ich mich, womit ich eigentlich meine Zeit verschwende, nein, nicht meine Zeit, es ist meine Zeit nicht mehr, Klosterbrüder haben keine Zeit für sich, was sie mit Lebenslänglichen gemein haben. Als würde ich einen Strang für mich selber knüpfen.

Dabei dachte ich an den Tag, 1946, vor gut sechs Jahren: Onkel Barend und ich beim Radio, das er den ganzen Krieg über unter dem Fußboden seines Farbengeschäfts versteckt gehalten hatte. Herbst, das Meer war unruhig. Jede Stunde wurde in Nürnberg, nach dem Ende der Prozesse, einer der Schurken aufgeknüpft, was weltweit übertragen wurde. Man hörte einen Namen: Wilhelm Keitel. Dann Schritte. Treppe hinauf zum Schafott. Stille. Der Strick wurde ihm um den Hals gelegt. Heil Hitler!, rief er noch. Die Falltür öffnete sich, man hörte den Ruck des Stricks mit dem Knoten darin. Stille. In die hinein Onkel Barend sagte: Schwuppdiwupp!, der hängt. Nach einer Viertelstunde oder länger die Stimme des Arztes, der den Tod feststellte. Dann Geräusche und Rumoren und wieder Stille, halbe Stunden Stille, bis wieder ein Name gerufen wurde und das Ganze von vorne anfing. Joachim von Ribbentrop. Ernst Kaltenbrunner. Arthur Seyß-Inquart. Der auch, Zes en een Kwart, sagte Onkel Barend, hörst du das, Suzan. Julius Streicher. Alfred Jodl. Bei jedem Ruck des Stricks spürte ich es in den Hoden. Ja, ich hab´s gehört, sagte Tante Suzan, aber unseren Eldert bringt es nicht zurück. Sie meinte damit ihren Bruder, meinen Vater. Ob er noch lebte? Ich kann mich an meinem Mönchsstrick erhängen, ich habe gelernt, eine Schlinge zu knüpfen.

Bruder Benedikt liebkoste die Knoten seines Stricks, als er mich köderte. Nicht wahr wäre doch eine Lösung für Sie nicht wahr. Und ich, Tölpel, vertrauensselig, kaum den Knickerbockern entwachsen, zog mit meinem Koffer voller Kleider und meinem Koffer voller Bücher vom Gästehaus beim Haupttor in eine Zelle in der Burg. Mit Fenster. Blick auf den Garten und die Äcker. Ummauert. Die Mauer umschließt nicht das Kloster, sondern die Außenwelt mit ihrer Straßenbahn named desire, den Vesuv aus Grubenabfall und den nachts erleuchteten Turm mit dem Rad. Wie nett von den Leuten, dass du da wohnen darfst, schrieb Tante Suzan. Mein Rad hatte ich noch. Abends und an freien Nachmittagen mittwochs und samstags und am Sonntag fuhr ich hinaus ins Weite, Südlimburg, Deutschland. Oft ins Kino, aber davon sollte ich nichts in der Klasse und erst recht nicht den Brüdern während der Mahlzeiten oder im Aufenthaltsraum erzählen. Dass ich Vivien Leigh gesehen hatte und Doris Day, Anne Baxter, Debbie Reynolds, Deanna Durbin. All die Namen schöner Frauen, die Gesichter und Körper in den weiten Faltenkleidern und Badeanzügen, deren allerletztes Modell offenbar Bikini heißt, projiziere ich auf die weiß getünchten Wände meiner Zelle. Hinweg mit dir, Satan! Obwohl. Bleib ruhig bei mir. Sie gehören mir, all die Frauen, sie erscheinen mir in dem noch bewohnten Gebiet meines Gedächtnisses.

Wenn ich nachts zurückkam, zog ich am Anfang des Flurs die Schuhe aus. Manchmal lag in meinem Zimmer ein Brief, meistens von Tante Suzan. Jemand hatte ihn auf den Sekretär mit den Fächern und Schubladen gelegt, auf dem ich meine Unterrichtsstunden vorbereitete, Klassenarbeiten korrigierte, Briefe schrieb. Dabei hatte meine Zimmertür ein Schloss, den Schlüssel fühlte ich in meinem Anorak. Also musste noch jemand einen Schlüssel haben und ihn benutzen, während ich unterrichtete oder eine Radtour machte. Ein Roman auf dem Dielenboden neben dem Bett lag dann auf einmal anders, auf einer anderen Seite aufgeschlagen. Jemand hatte zwischen meinen Kleidern gekramt. Eines Morgens griff ich beim Waschbecken ins Leere, mein Rasierpinsel mit Elfenbeingriff und das silberne Gilletterasiermesser, die noch meinem Vater gehört hatten, waren nicht mehr rechts auf dem Waschbecken, sondern auf die Glasablage darüber gewandert. Eines Tages war die Ansichtskarte verschwunden, die am Tintenfass gelehnt hatte, Marlene Dietrich mit Zylinder auf einem Bierfass sitzend, die Hände um das Knie geschlungen, lange strapsbewehrte Beine. An einem anderen Tag lag ein Brief geöffnet auf der grünen Filzfläche des Schreibtischs. Tante Suzan. Onkel Barends Augen seien jetzt so schlecht, dass er eine Dose Firnis von der Theke über seine gute Hose gestoßen habe. Überhaupt gehe es ihm gar nicht gut. Und wie geht es dir, Junge, und wann sehen wir dich einmal. Nun adieu und einen dicken Kuss. Ich erkundigte mich bei Domitian, der am Haupttor drei Mal täglich die Briefe und andere Sendungen vom Postboten in Empfang nimmt. Die ganze Post werde direkt zum Bruder Superior gebracht. Auf dessen Schreibtisch wurde also alle ein- und ausgehende Korrespondenz gelesen! Wenn nicht von Benedikt persönlich, dann von seiner Schlupfwespe Amadeo, die alles weiß und auch alles behält. In der Federschale auf der tintenbekleckstenSchreibunterlage lag neben dem Brieföffner, der aussieht wie ein javanischer Dolch, mein Zimmerschlüssel. Brief aus Zerstreutheit versehentlich geöffnet, bitte vielmals um Entschuldigung, Herr Haman. Als Nächstes kam mein Fahrrad an die Reihe. Ich durfte es unter dem Vordach beim Tor abstellen. Ich pflegte es gewissenhaft, kontrollierte jedes Teil, ölte, putzte, streichelte es. Ich redete sogar mit ihm. Danke vielmals, dass ich auf dir fahren darf. Auf einmal, nach und nach, war an meiner Orbea Opal, der geschwinden Geliebten, das eine oder andere nicht mehr in Ordnung. Die Pedale drehten sich wie wild, eines brach einfach ab. Dann wieder lag die Kette wie ein totes Reptil im Sand. Oder ich entdeckte einen Nagel im Vorderreifen. Oder das Schloss ließ sich nicht mehr öffnen. Im gesamten Kloster mit einem Bruder Bäcker, Bruder Metzger, Bruder Koch, Bruder Buchhalter, Zimmermann, Klempner, Drucker, Schneider, Schuster, Frisör, Bauer gab es keinen Bruder Fahrradschlosser. Bruder Faktotum besah sich meine 20 Speed, zuckte die Achseln und schüttelte den Kopf. Kenn ich mich nicht mit aus. Spuckte einen braunen Strahl aus, der statt den Boden die Speichen meiner Geliebten traf. Zu Fuß ins Dorf. Kein Fahrradhändler. Aber wohl ein Theaterfrisör für die Bewohner eines Bergbaudorfs.

Alles das geht mir durch den Kopf. Nicht geordnet, sondern alles gleichzeitig. Holz Eisen Glas Kies Beton Felsbrocken Altpapier Nylonfäden Reste von Kartons Tierhaut Strick Granaten Blumenstiele Kerzenwachs Autoreifen Fahrradklingeln Zelluloid Mordäxte Plastik Hass Hostien Konkursverkauf, alles zusammengepresst zu einer Kugel, wie man sie beim Abriss von Häusern verwendet. Es donnert durch meinen Kopf, aber auch durch Magen und Darm, schlägt mir gegen den Rücken, in die Kniekehlen, zwischen die Beine, wo Satan haust. Wo bist du Eldert Haman, existierst du überhaupt? Ich existiere, denn es überläuft mich kalt. Warum trägst du keine Strümpfe und Schuhe wie ein normaler Mensch?

Laurentius, bei dem ich mir jeden Monat mein Gehalt abholte, Scheine und Münzen in einer braunen Tüte, sagte eines Tages, er habe wegen irgendetwas Buchhalterischem, ich begriff seine ausführliche Erklärung nicht, er habe also gerade kein Bargeld. Laurentius mit seiner Rechenmaschine, aus der die Papierstreifen wie lange Zungen zum Vorschein kommen und sich in Kringeln und Spiralen auf dem Schreibtisch ausbreiten. Bittet hin und wieder den Schüler, den er zu sich gerufen hat, um einen Gefallen. Hast du auch so ne lange Zunge? Lass mal sehen, beweg sie mal wie eine Katze, die Milch schleckt. Setz dich mal auf meinen Schoß, du bist doch mein guter Freund, nicht? Bruder Buchhalter zieht den Jungen rittlings auf seine Beine, mit dem Gesicht zu ihm. Der Knabe muss weiterhin mit langer Zunge die Luft lecken, während sich Laurentius, hopp, hopp, hopp, Pferdchen lauf Galopp, an den gespreizten Jungensbeinen, die er streichelt und knetet, zum Höhepunkt reitet. So reiten die Herren, so, soo, keucht er. Willst du ihn mal festhalten? Halt ihn mal fest. Hast du auch so nen Riesenkerl in der Hose? Lass mich mal fühlen. Und so reiten die Kosaken, so, soo! Der Junge bekommt einen nagelneuen Bleistift mit Radiergummi. Und Mund zu, Prachtkerl, der du bist. Verschiedene meiner Mitbrüder haben so ihre eigenen Methoden. Die Jungs genießen es, sagen sie, die Kerlchen vermissen doch Zärtlichkeit. Wir halten alle unseren Mund. Am nächsten Tag war immer noch kein Geld da. Am darauf folgenden Tag wich Laurentius meinem Blick aus. Nervös wickelte er sich den Papierstreifen um die Hand und wieder ab. Bruder Superior wünsche mich zu sprechen.

Das erste Mal, dass ich Benedikts Zimmer betrat. Kruzifix hinter seinem Kopf. Franziskusfigur auf dem Schreibtisch, mit erhobenem Finger redet der Heilige mit einem Wolf. Wir müssen uns unterhalten, Eldert. Vorname also. Du wirst dich fragen, im Duzton also, schau wie soll ich die Dinge möglichst deutlich sagen. Nach reiflicher Überlegung mit unserem Bruder Gabriel unserem Bruder Provinzial in unserer Hauptniederlassung in Germisch tja wie lange bist du jetzt bei uns acht Monate? Dein Gehalt ich meine du bekommst von uns Mahlzeit freie Unterkunft auch eigenes Zimmer. Vorzüglicher Lehrer und Erzieher für unsere Schüler tragen dich auf Händen gewiss gewiss. Aber. Ich sah zum Radioapparat auf der anderen Schreibtischecke, dunkelbraun, in der Form einer Pyramide. Gelber Stoff hinter der runden Öffnung, aus der der Ton kommt. In der Breite der Öffnung ein paar ausgesägte Wellenlinien und Sterne, das Warenzeichen der katholischen Firma Philips. Zu Hause haben wir ein rechteckiges schweres Ungetüm mit einem Zeiger, den man an hunderten Sendern entlang drehen kann, von denen aber nur Hilversum 1 und 2 gut durchkommen. Manchmal Reykjavik. Ob Benedikt sich manchmal heimlich *Snip und Snap* anhört? Jetzt nicht noch einen Schnaps, Barend. Tante Suzan nimmt ihm die Flasche aus der Hand und stellt sie in den Wandschrank. Als würde Benedikts Stimme aus dem Radio kommen.

Mein Gehalt würde einbehalten als Gegenleistung für alles, was die Klostergemeinschaft mir so großzügig gewähre. Du isst nicht wahr und trinkst doch mit uns jeden Tag drei Mal und sonntags auch wenn du nicht auf deinem Rädle zum Kino draußen. Ich besuche auch oft die Bibliothek, warf ich ein. Das Rädle wurmte mich etwas. Tja die Bücher all die Bücher was liest du bloß alles diese moderne Literatur sagen wir mal gewissermaßen. Bruder Superior machte dabei eine verdrießliche Miene. Er fuhr fort, an den Fingern abzuzählen: Und ein eigenes Zimmer mit guter Matratze und Bettwäsche und Kleiderreinigung von unserem Bruder Plechelm ich meine das ist doch.

Hier bekam das Schiff Schlagseite. Mich aus dem Staub machen. Das hätte ich sollen. Die Tür hinter mir zuwerfen. Guten Tag und Friede sei mit euch. Warum nur habe ich das nicht getan? Ich sehe mich noch unterwürfig dastehen, nicht Franziskus, sondern der Wolf redete zu mir. Der sagte noch: Ich meine verstehst du Bruder Gabriel findet auch unser Bruder Provinzial in Germisch auch der Meinung wirst du Eldert verstehen.

In einer Schublade des Schreibtischs klingelte wie aus einem Sarg ein Telefon. In einem solchen Sarg liege ich. Mich selber begraben. Hätte ich nur ein Telefon. Wir würden uns zehn Mal am Tag anrufen.

Du hast eins im Geschäft, eine vierstellige Nummer. Ich würde deine Stimme in diesem schleppenden Limburgisch hören, das mich eigentlich irritiert, aber natürlich nicht bei dir. Patricia Delahaye. Du kamst erst später in meine Lebensszenen. Das Klingeln schreckte die Klosterfigur mir gegenüber auf. Er klopfte sich die Kutte ab und zog einen Schlüsselbund hervor. Mit dem kleinsten Schlüssel öffnete er die Schublade. Mit gesenktem Kopf murmelte er: Jungensinternat Sint Jozef ter Engelen Sie sprechen mit Bruder Benedikt sprechen Sie. Dann: Moment mal bitte Gabriel. Kampf zwischen der sich kringelnden Telefonschnur und dem Knotenstrick, wobei ich mich in eine Art Hypnose versetzt fühlte. Leere im Kopf. Wie damals, als in einer anderen Lebensszene Bomben auf die Stadt fielen. Was ich hörte. Akustische Schläge, die mich trafen. Und sah. Eruptionen von schwarzem Rauch. Flugzeuge, die Bomben kackten. Dass ich meine Mütze fest auf den Kopf drückte. Dass zwei Giraffen durch unsere Straße liefen, dann ein Gnu, auch der Zoo war getroffen worden. Und über Benedikts Kopf hing Jesus Christus und wand sich wie ein Affe, der sich von Liane zu Liane schwingt. Jawohl der sitzt gerade gegenüber mich hier. Germisch am Apparat, verstand ich. Seyß-Inquart bespricht die Situation mit Himmler. Erst dann drehte ich mich um. Erst dann schloss ich die Tür hinter mir. Als Deutschlehrer wusste ich natürlich, dass mich falsch ist und dass es heißen muss: mir gegenüber. Der Gang mit den weißen und schwarzen Fliesen. Da ging ich auf meinen Schuheisen, damals noch auf normalen Schuhen, ins Kloster hinein statt aus ihm heraus. Auf der Gartenseite zwei Tauben auf dem Rasen. Wenn die graue zuerst auffliegt, weiß ich, was ich zu tun habe. Warum wusste ich das nicht gleich und auch später nicht? Das hast du von deiner Mutter. Ich höre Tante Suzan. Guter, lieber, sanfter Mensch, deine Mutter, aber sie konnte nie einen Knoten durchhauen. Nicht mal an dem Tag, an dem sie deinen Vater heiratete. Die graue blieb sitzen und sah der schwarzköpfigen, gefleckten nach, die zur Regenrinne flatterte. Ich schlafwandelte, das steht fest. Ich existierte und war wahrscheinlich sichtbar, aber in meinem Bewusstsein war nichts, eine weite Leere, und in der bewegte ich mich, als ginge ich von weiß nach schwarz, von halb schwarz nach halb weiß, nicht in gerader Linie, manchmal nach links oder rechts schwankend, von meiner Gewohnheitsmotorik abweichend, wie wenn ich die Füße von den Pedalen nehme und über die Straße schleifen lasse. Opas Uhr an der Kette in meiner Innentasche stand nach sechzig Jahren auf einmal still. Ich hatte sie wie immer vor mich auf das Pult gelegt im leeren Klassenzimmer, in das ich mich wohl im Schlaf verirrt hatte. Es war der zweite Tag der Sommerferien, alle Jungen zu Hause, Totenstille in allen Gebäuden. Im Klassenzimmer starrte ich wie betäubt auf die hintere Wand. Durch das Fenster nach draußen, die Mauer um die Anstalt. Noch genug Geld für die Heimfahrt, aber nicht für Blumen und Genever und schon gar nicht für die Rückfahrt mit dem Zug, um die ich Onkel und Tante anbetteln müsste. Was hast du dir da wieder eingebrockt, Dummerjan! Ich höre meinen Stiefvater Barend. Dann läutete es zum Angelus, ich stellte Opas Uhr auf zwölf. Essenszeit. Vergessen aufzuziehen. Sie tickte wieder. Im Unterschied zu mir. So wie es Tiere gibt, die ab dem späten Herbst Winterschlaf halten, so bin ich im Sommer in einen Lebensschlaf verfallen. Höhepunkt der Junggesellenjahre.

Wie unter einer anhaltenden Narkose setzte ich mich von nun an im Refektorium Tag für Tag zwischen die braungekleideten Franziskaner an den Esstisch. Schnüffel an seinem eigenen Tisch. Glas Rotwein neben seinem Teller. Mittags trinken wir Wasser und essen von einem Blechtablett, unterteilt in Fächer für die Kartoffeln, den Rotkohl, den Fisch am Freitag. Während des Mittagessens wird geschwiegen. Einer von uns liest aus einem Erbauungsbuch vor. An jenem Tag die Geschichte eines gewissen Juniperus, der den heiligen Franz noch gekannt hat. Zog wie dieser in aller Öffentlichkeit die Kleider aus und schenkte sie den Armen. Scheint eine franziskanische Gepflogenheit zu sein, im Angesicht eines ganzen Dorfs pudelnackt herumzulaufen. Die heilige Klara, die er besuchte, fragte ihn, ob er noch Neuigkeiten von Gott habe? Einer der Brüder am Tisch, Bartholomäus, meinte, Juniperus sei der lateinische Name für Wacholder. Die Selbstverständlichkeit, mit der ich von wir und uns sprach, als würde ich zur Gemeinschaft gehören. Ich gehörte ja tatsächlich dazu. Ohne es zu merken. Ohne es gleich zu merken. Ich blieb zwar ich, so wie Mehl Mehl bleibt, auch wenn es schon Teil eines Teigklumpens ist. Mein

Leben, das Leben eines Gefangenen, verwandelte sich in den Teig der Haus- und Ordensregeln, von denen nie abgewichen wurde und denen ich mich wie von selber anpasste. Ich erledigte die Aufgaben, für die man mich angestellt hatte, nur fortan ohne Gehalt, weil mir ja die Segnungen von Sint Jozef zuteilwurden. Hyacinth und die anderen Brüder unserer Lehranstalt wurden ja auch nicht bezahlt. Aber ich bin doch kein Klosterbruder! Mit jedem Tag, mit jeder Woche, mit jedem Monat wurde ich mehr und mehr vereinnahmt. Sie betrachteten mich erst als Postulanten, der sich auf das geistliche Leben vorbereitet. Dann als Novizen in der Probezeit vor dem Ablegen der Gelübde, was mir überhaupt nicht in den Sinn kam, aber so kam es. Wie unter völliger Betäubung, bei der das Krebsgeschwulst herausgeschnitten wird, verschwand ich aus mir selber, denn ich sei das Geschwulst, sagten sie. Und auch die Welt außerhalb der Mauer, die das Areal umschloss wie der Knotenstrick die Lenden der Klosterbewohner, war das Geschwulst. Die Bücher und Zeitungen und Filme, die Tanzmusik und der Teufelsjazz aus dem Radio und die scharfen asiatischen Speisen, zu denen man Bier trinkt, und kein gewöhnliches Fahrrad, sondern ein Rennrad, und Filmfrauen verursachten den Krebs des Geistes. Die Abende verbrachte ich in derselben Gesellschaft in unserem Aufenthaltsraum, in dem ein Billardtisch steht mit einem Riss quer durch das Tuch. Man kann Jakkolo spielen, und es gibt ein Mensch-ärgere-dich-nicht-Spiel, von dem ein paar Figuren fehlen. Ein Schrank mit Büchern über Heiligenleben und Kirchengeschichte. Zensiert. Mehrere Biografien über Franziskus, der unter Visionen litt, wie der heutige Papst, von dem es heißt, er habe vier Mal die Sonne vor seinen Augen tanzen sehen. Man unterhält sich etwas, aber worüber nur? Vor zehn Uhr liegen alle im Bett. Ich zog wieder um. Aus dem Gast wurde eine Art Semi-Klosterbruder, das Zimmer mit dem Fenster tauschte ich gegen diese Zelle ein, die sich in nichts von den anderen Zellen an diesem totenstillen Korridor unterscheidet. Zwei Meter nur die Zelle misst, wie es in dem Gedicht *Das Lied der achtzehn Toten* von Jan Campert heißt, zwar ein wenig geräumiger, aber nicht sehr viel. Weiße Wände. Die Tür hat kein Schlüsselloch, jeder kann sie öffnen, wir haben keine Geheimnisse voreinander. Mein Leben unterschied sich jetzt kaum mehr von dem der Internatsschüler.

Dass ich unterrichten konnte, war ein Glück für mich in der erstickenden Enge des Alltags, in der ich wie im Schlaf gelandet war, naiv, gedankenlos, aus Bequemlichkeit, vielleicht aus Angst. Hatte ich keine Identität? Nein, so etwas hast du nicht. Ich höre Theo Woltgens. Du bist ein Arsch, ein beklagenswerter Schlappschwanz, das bist du. Das sagte er nicht damals, damals kannte ich ihn noch gar nicht, sondern erst vor Kurzem, obwohl die Chronologie keine Rolle mehr spielt. Nur in den Unterrichtsstunden konnte ich bei mir selber bleiben, bei dem Rest Selbst, das noch in mir war. Die falschen Freunde, die Großschreibung, die Fälle, die Aussprache. Der Heinz hat mein Butterbrot aus dem Fenster fallen lassen. Nach aus der Dativ. Die Verben nach hinten. Pfui, pfui, mit Absicht? Nein, mit Leberwurst. Ich las mit den Schülern Erich Kästner. Joachim Ringelnatz. Kurt Tucholsky. Opas goldene Uhr aus Solingen, von der Kette gelöst vor mir auf dem Pult. Zur Erinnerung an unsere Hochzeit 5. Januar 1893. Deine Angela. Hitler war zu dem Zeitpunkt noch keine vier. Die Stunden, die ich gab, waren entspannt, als würden auch die Schüler von dem Rest Selbst zehren, jeder ein paar Viertelstunden befreit von der Zucht und Ordnung innerhalb der Klostermauern. Auch das ist vorbei. Meine Identität ist jetzt die einer Ameise.

Nach den nächsten Sommerferien sah die Klasse mich auf einmal in diesem Franziskanerrock an der Tafel stehen. Nicht länger Herr Haman, sondern Bruder Bonaventura. Das geschah im Heiligen Jahr 1950, als Pius, Sonnenspritzer in den Brillengläsern, mit dem verrückten Dogma daherkam, dass die jungfräulich gebliebene Mutter Jesu mit Leib und Seele in den Himmel aufgenommen wurde, wo sie als Königin der Engel zur Rechten ihres Sohnes sitzt, der dort ebenfalls physisch anwesend ist. Das soll einer glauben. Ich war dreiundzwanzig Jahre alt und ließ es über mich ergehen. So wie Franz und Juniperus eines Tages ihre Kleider auszogen und sich in Lumpen hüllten, so wurde mir meine Bürgerkleidung abgenommen und diese Kutte übergestreift. Kleidermäßig verwandelte ich mich in eine Frau. Nichts zum Zuknöpfen. Meine eigene Unterhose von Hema, billig und solide, und sie sitzt auch noch angenehm, hatte Tante Suzan gesagt, bekam ich nicht mehr zu Gesicht. Beim Wort Unterhose muss ich an Mansuetus denken, wie ich ihn heute Nacht gesehen habe, eine riesige Fleischpastete, die weiße Hose bis fast auf die Knie. Geh weg, Bonaventura! Was hat er mit dem kleinen Freelink angestellt? Warum denke ich an ihn als kleinen Freelink? Und wo steckt Wil van Lanschot?

Vor dem Altar mit der Holzschnitzerei eines Riemenschneider-Epigonen kniend, las Schnüffel feierlich aus einem lateinischen Buch, dass ich fortan Bonaventura heiße, nach einem heiliggesprochenen Franziskaner und Philosophen aus dem dreizehnten Jahrhundert, Gedenktag 15. Juli. Der Name bedeute gute Voraussicht. Was konnte mir also schon passieren. Als würde ich im Schlaf reden, legte ich das Gelübde ab. Ich verpflichtete mich zu einem Leben ohne Eigentum, in Gehorsam und Keuschheit. Schnüffel überreichte mir den Knotenstrick. Gelübde, was ist das? Ich höre Patricia. Das ist kein Eid, auch kein Gelöbnis wie bei einer Eheschließung, es ist eher ein feierliches Versprechen, versuchte ich zu erklären. Patricia brach in schallendes Gelächter aus. Eher! Es hat also gar nichts zu bedeuten, wach doch auf, du dressierte Ameise, komm zurück auf die Erde. Eduard spielte auf der Orgel, der Chor der Brüder sang einen düsteren gregorianischen Choral, und zum Festessen danach gab es einen Nachtisch, jeder drei Erdbeeren.

Als die Zeremonie vorbei war, kamen die Brüder der Reihe nach zu mir und gaben mir mit den Worten Pax tecum den Bruderkuss. Sie fassten mich an den Schultern, hielten das Gesicht links und rechts an meine Wangen. Ich roch jeden einzelnen. Silvester legte mir die Hand auf den Hinterkopf und drückte sich kurz an mich, Ambrosius umfasste mich nicht, streichelte mich nur ein wenig und klopfte mir mit einem Augenzwinkern auf die Brust. Die Klostersittiche, beide weit über sechzig und in der Mauser, immer einträchtig beieinander, was die Regeln eigentlich nicht erlauben, und mit einem Hass aufeinander wie Eheleute, die nicht ohne einander leben können. Sind einander genug. Lassen die Schüler in Ruhe. So trat ich in den Ordo Fratrum Minorum ein. Den Orden der Minderen Brüder.

Onkel Barend und Tante Suzan, die der Zeremonie nicht beiwohnten, habe ich seit jenem Tag nicht mehr wiedergesehen, sogar das Foto von ihnen nicht mehr, weil es eines Tages aus meiner Zelle verschwunden war. Onkel Barend werde ich überhaupt nie mehr sehen. Tante Suzan schrieb mir noch manchmal einen Brief, der mir in aufgeschnittenem Umschlag ausgehändigt wurde, einige Wörter und Passagen waren mit schwarzer Tinte unleserlich gemacht, manchmal waren sogar ganze Stücke herausgeschnitten. Was da wohl gestanden hatte? Die wackere Tante Suzan. Die Briefe, die ich ihr schrieb, musste ich Amadeo in offenem Umschlag auf den Tisch legen. Ich weiß nicht, ob er jemals eine Briefmarke darauf geklebt und sie dem Postboten mitgegeben hat. Amadeo kam und richtete mir aus, Benedikt habe einen Anruf bekommen von einer Frau, die sage, ihr Mann liege im Sterben und ich müsse sofort nach Hause kommen, wenn ich ihn noch lebend sehen wolle. Davon könne allerdings keine Rede sein, surrte die Schlupfwespe. Ein solches Privileg würde dir nur zustehen, wenn es deine eigenen Eltern wären, und das sind diese Frau und ihr Mann ja nicht, Bonaventura. Vielleicht haben sie ihn auch nach Crooswijk gebracht, meinen lieben Stiefvater, von dem ich gelernt habe, wie man Fensterglas schneidet und einsetzt. Bevor der Sarg geschlossen worden wäre, hätte ich ihn mit anständigem Genever beträufelt. Ich höre ihn noch: Bist du von allen guten Geistern verlassen, du Depp. Haben wir dich dafür studieren lassen, dass du wie ein Clown im Sackkleid in so ner Anstalt herumsitzt? Sternhagelkapitalbescheuert. Haben wir uns eigentlich noch was zu sagen? Der Briefwechsel mit Tante Suzan hörte allmählich auf. Schick doch mal ein Foto von dir, wie du jetzt aussiehst. Kriegst du auch genug zu essen, du warst immer so mager. Möglicherweise verschwanden ihre Briefe genauso wie meine in Amadeos Papierkorb. Wir sind unmittelbar nur mit Christus verbunden. Nach den Regeln unseres heiligen Gründers folgen wir in allem ausschließlich Christus nach, und Christus schrieb keine Briefe. Konnte unser Heiland eigentlich lesen und schreiben? Und besaß unser Herr Jesus Christus ein Fahrrad? Und der heilige Gründer unseres weltweiten Ordens? Meine Orbea Opal, Schwester Rad, war auf einmal spurlos verschwunden. Jeder, bei dem ich mich nach meinem Liebling erkundigte, machte eine Miene, als wäre ihm just eine außersinnliche Wahrnehmung zuteilgeworden. Was wollte ich auch in dem Schlotterrock noch auf einem Rennrad, Büßerstrick verfangen in der Kette. Den Schlüssel zur Gartenpforte musste ich Amadeo aushändigen. Empfange, Herr, so hatte ich gelobt, als mir die Kutte übergestreift wurde, meine Freiheit. Nimm mein Gedächtnis, meinen Verstand und meinen Willen. Was ich mein nenne, ich gebe es dir, verfüge darüber nach deinem Belieben. Ich las es von einem eingerahmten Blatt ab, das vor meinem Gesicht schwankte, als wäre ich betrunken, was ich nur zwei Mal in meinem Leben gewesen bin, weil ich zu viel vom leuchtenden Kleister eingeatmet hatte. Daran habe ich mich nicht zu erinnern, denn auch mein Gedächtnis habe ich dem Herrn überantwortet. Wenn dem nur klar ist, dass ich alles wiederhaben will, in erster Linie meinen Verstand. Habe ich den denn noch? Den Rest können sie getrost behalten, meine weltlichen Kleider und Schuhe und alles andere. Als ich in meine Zelle zurückkehrte, war der Schrank, dessen Tür feixend offen stand, bis auf ein Gummiband leer geräumt. Opas Uhr weg, auch der Parker-Füller, ein Geschenk von Onkel und Tante zu meinem achtzehnten Geburtstag. Alles, was ich besaß. Ich schreibe dies jetzt mit einem Ding, das Kugelschreiber heißt, von unseren Befreiern eingeführt. Aus Tricias Laden. Die Memoiren eines Somnambulen. Wenn ich je diese Selbstfolter überstanden habe, begrabe ich alles in der schwelenden Halde. Ich trage seitdem um das Handgelenk die abgetragene, plumpe Uhr eines verstorbenen Mitbruders, um auf alle Fälle zu wissen, wie spät es nach normaler Menschenzeit ist. Meine Brieftasche mit meinem Pass und dem Schnappschuss von meiner Mutter als Schulmädchen und von meinem Vater mit Kappe im Hafen: weg. Keine Brieftasche mehr, kein Geld mehr, ist auch nicht nötig, denn wir bekommen alles vom Herrn, nachdem Er uns alles abgenommen hat. Nach der Phase der Entgeisterung habe ich jetzt zumindest meinen Verstand wieder. Bin ich mir dessen sicher?

Was sitze ich hier in diesem Loch und starre auf meine Füße? In Gedanken wegrennend durch nichts als Weiß, das weiße Gebiet da draußen, ich renne, ich sehe mich selber davonrennen, schneller als eine Orbea Opal 20 Speed. So weiß, wie das Meer sein konnte, wenn ich zu Hause aus dem Fenster sah, die weißen Kämme auf den weißen Wellen, der Strand immer weiß, der Wind an den Scheiben, gegen die all das Weiß wehte. Das weiße Meer und all das Weiß darüber. Und immer der salzige weiße Geruch, während hier der Mief der Kutten vorherrscht, unter denen die Körpergerüche hängen bleiben wie Käsegeruch unter einem Glassturz. Ich rieche es an mir selber, jetzt, da ich aufstehe, um zu vollziehen, wozu ich heute Nacht nicht gekommen bin.

Um zu verhindern, dass plötzlich jemand reinkommt und mich in flagranti ertappt, lehne ich mich mit dem Rücken an die Tür. Kutte hoch bis zur Mitte, Hose auf die Knie. Die Comicfigur unten nackt, dort findet meine Hand ihn als zitterndes Tier. Augen wie im Halbschlaf geschlossen, schwitzend, o diese Hitze, diese Hitze, besänftige ich ihn, still doch, lass doch, lass doch los, spuck es doch aus, meine andere Hand unter dem strammen Beutel, der nicht mehr zurückhält, was raus muss. Als wäre ich bis oben hin damit angefüllt, ausgeschlossen, es hinauszuzögern, spritzt es wie eine Gewehrsalve los, weiß, meterlange Strahlen Weiß, und viel, vor dem Betschemel schwappt es auf den Boden. Hatte ich Gedanken dabei? Keinen einzigen. Konzentriere mich nur darauf, wie es aus der Tiefe aufwallt. Wunderbares Wonnegefühl, nicht länger als ein paar Sekunden. Stolz auf das, was sie mir nicht haben nehmen können, früher im Spiegel bewundert, den Ständer mit dem Kopf wie die Knospe einer purpurroten Tulpe, die Wurzel in Kräusel, perlfarben zeigen sich erste schwellende Tropfen. Bin ich ein jämmerlicher Schlappschwanz, wie Theo Woltgens meint? Das kommt ganz auf die Perspektive an. Jetzt sehe ich ihn nur von oben. Hier gibt es keine Spiegel. Und es muss hastig geschehen. Muss mich davor hüten, keine Tarzanschreie auszustoßen, die auf dem Flur zu hören wären. Die paar Sekunden sind die Glücksmomente meiner Tage, mehrere solcher Augenblicke, zwei, drei, manchmal fünf innerhalb von vierundzwanzig Stunden. Süßer Trost, mein Jesus kommt. Aber nein, mir kommt es, der ganze Jesus interessiert mich nicht. Und was kommt, muss mit meiner Seele zu tun haben. Ich komme, ergo sum. Danach immer die Enttäuschung, dass der süße Trost so kurz ist, das Dumpfe und Stickige und ich mittendrin, fehl am Platz – das ist alles sofort wieder da.

Aber seit siebenundsiebzig Tagen, die Zahl aus der Bibel, seit Januar, zwei Wochen vor der Flutkatastrophe, ist da so etwas wie ein Funkeln. Hast du denn nie eine Freundin gehabt?, fragte Patricia. Ein Mal, sagte ich. Na ja, also drei Tage lang. Beide sechzehn. Das ist ein sehr nettes Mädchen, hatte Tante Suzan gemeint. Der Film war mit Danny Kaye, den ich sowieso nicht leiden konnte. Im halbdunklen Kinosaal schob ich den Arm ein wenig in ihre Richtung. Da schlug sie mir gleich fest auf die Hand, obwohl ich doch viel zu verlegen und verklemmt war, um auch nur irgendwas. Da bin ich weggegangen. Sie kam mir nicht nach. Was da funkelt wie ein Mineral zwischen der schwarzen Steinkohle, das bist du, Tricia Patricia, mein Stern in nächtlicher Schwärze, fluoreszierende Blume im erstickenden Schwarz, auch wenn Theo mir heute kein Lebens-Liebeszeichen von dir mitgebracht hat. Vielleicht will sie mich nicht mehr, weil ich keinen, weil ich den einen Entschluss nicht fasse.

Es ist neun Uhr vierzig.

Wo bleibst du nur, keucht Hyacinth verärgert, als ich in die Sakristei trete. Verschwitztes Gesicht mit kurzsichtigen Gläsern in schwarzer Montur, die sein Blickfeld in Kreise einfasst. Eine Eule. Eine bestimmte Affenart. Tropfen an den Ohrläppchen. Von der Nase perlen sie ihm in den offenen Mund. Alle schwitzen. Er wischt sich den Schweiß mit den umgekrempelten Ärmeln ab. Und ich stehe mir hier die Beine in den Bauch. So viel zu tun, und du kommst einfach nicht.

Ich fühlte mich nicht wohl, Bruder, rede ich mich heraus, hab mir ein Aspirin bei Bruder Vianney geholt.

Was fehlt dir denn, doch nicht wieder die Zähne?

Als ich mich damals um die Stelle als Deutschlehrer bewarb, war Hyacinth Schulleiter. Ihn hat man genauso degradiert wie mich, er ist jetzt Küster, ich Faktotum und Aufseher. In Gehorsam und Demut.

Mein Kopf fühlt sich wie Watte an, antworte ich, und mir läuft´s dauernd kalt über den Rücken.

Ja, die Hitze, meint Hyacinth, die macht mir auch zu schaffen, ich krieg kaum Luft. Da drüben, er zeigt mit dem Kopf zur Kapelle, ist eher die Hölle als das Vorportal des Himmels, auch wenn ich das nicht sagen darf.

Durch die geöffnete gotische Tür der Sakristei sieht man die Sonne, die wie aufeinander gestapelte Pyramidenblöcke im Raum steht. Herrliche Sonne, herrliches Licht, in dem die Wüstenhitze zu atmen scheint. Bunte Flecken der Glasfenster auf dem Boden und den Kreuzwegstationen, in den Fenstern selbst sind die Farben verblasst. Hab alle Fenster und Türen aufgemacht, aber es nützt nichts, seufzt Hyacinth. Der arme Wiro, fügt er hinzu. Was meint er damit? Dass es noch schrecklicher ist in der Bäckerei, wo Wiro wegen morgen aushelfen muss? Aber sind Lebuin und Hubert und die anderen Helfer weniger zu bedauern?

Hyacinth macht sich an der Kredenz zu schaffen, er zieht Schubladen auf und schiebt sie wieder zu, im oberen Teil öffnet er Türen, schließt sie wieder oder lässt sie offen stehen. Ich bin des Öfteren in der Sakristei, um seine Aufgaben zu übernehmen, etwa wenn er in Germisch, unserem finsteren Mutterkloster voller Vampire und Dämonen, an Exerzitien teilnimmt oder krank in seiner Zelle liegt. Er ist häufig krank. Die Atemwege. Als Schulleiter fehlte ihm nie etwas.

Ich weiß, in welchem Teil des Möbelstücks sich die verschiedenen Gegenstände befinden. Zum Beispiel das Silbergefäß mit den großen und kleinen Hostien. Von denen ich mir manchmal, wenn ich allein bin, eine Handvoll in den Mund stecke, einfach so, aus Überdruss, Einsamkeit. Geschmacklose Oblaten, noch nicht konsekriert zu den Körperteilen Christi, unseres Wohltäters. Morgen feiern wir, dass er die Mazzen zerkrümelte und verteilte, dieweil er sprach: Nehmt und esst, dies ist mein Leib. Ohne Butter, ohne Schmalz, Marmelade oder anderen Belag. Aber Wein gab es wohl dazu, von dem er behauptete, es sei sein Blut – wie hätte man sonst das Trockenbrot runtergekriegt. Man darf sich nicht zu lange damit aufhalten. Der normale Kirchgänger bekommt das Blut sowieso nicht zu trinken, nur der Priester nimmt einen mit Wasser verdünnten Schluck aus dem Kelch. Das Blut Christi, unseres Wohltäters, ist nicht rot, sondern weiß, wie das unserer Königin Juliana und ihrer Töchter blau ist, weil Rot schwer zu entfernende Flecken auf dem Altartuch und den kostbaren Gewändern hinterlässt. Auch dafür war das Dekret eines Papstes nötig. Das arterielle Getränk der ewigen Seligkeit kommt deshalb einfach aus einer Flasche. Mir schmeckt es nicht. Das gehört alles zum Mysterium fidei.

Jetzt hilf doch mal, ächzt Hyacinth. Schweiß tropft von seiner Stirn auf den Stapel Laken, den er in den Händen hält. Wir tragen nur einen Teil davon in die Kapelle.

Da ist auch Wiro. Auf der untersten Altarstufe. Kniend. Arme ausgebreitet wie die Querbalken eines Kreuzes, Rosenkranz in der Hand.

Ich erkenne ihn an der kaputten Sandale, sonst könnte es jeder Bruder sein, da die Kapuze das Gesicht verdeckt. Dieses Kreuzgebet, fünf Rosenkränze lang, wobei sich die Lippen bewegen müssen, verhängt Bruder Superior, der gerechte Benedikt, als Bußübung für flagrante Verstöße. Vor Anfang des Tagespensums, das nicht mit einem Schandfleck auf der Seele erfüllt werden darf, in vollem Ornat abzubüßen. Darüber werden sich die in der Bäckerei, die Wiros Hilfe so dringend brauchen, bestimmt besonders freuen.

Ich lege die Laken neben ihn auf die Altarstufe. Flüstere: Was hast du verbrochen? Es kommt nicht gleich eine Antwort. Er schwitzt wie unser Heiland im Ölgarten. Schließlich murmelt er: Danke, du gemeiner Verräter. Das sind nicht die Worte, die unser Heiland an Judas Iskariot richtete. Ich zucke zurück. Wieso, ich dich verraten, was verraten, nix hab ich verraten. Unter seiner Achsel ist ein schimmelig nasser Fleck. Wiro lässt die Arme sinken, bringt sie aber sofort wieder in die Ausgangsposition zurück. Du hast mich verpetzt. Dass ich gestern Abend auf dem Schulhof geraucht habe. Hast du gemeldet. Rauchen in der Karwoche, ojemine.

Ich spüre, wie ich rot werde, noch mehr Hitze im Gesicht, jetzt von innen. Ich knie mich neben ihn: Verpetzt? Ich? Wie kommst du denn da drauf, Gerrit? So hieß er, bevor er Wiro wurde, Gerrit Steegsma, es rutscht mir so raus. Wer sonst? Ich schwör dir, ich nicht! Gestern auf dem Schulhof mit Wiro, als ich mir wünschte, eine Schwalbe zu sein. Wil van Lanschot kickte den Ball, der fast gegen Mansuetus´ Fenster flog, vielleicht war der Eber schon in der Unterhose und konnte sich nicht am Fenster zeigen, aber kurz davor war er noch als Schatten zu sehen gewesen. Einer der Buben vielleicht?, meint Wiro, die Arme gesenkt, Finger nicht mehr am Rosenkranz.

Mansuuwetuus.

Ich schreie den Namen fast, vom Gewölbe schallt es zurück. Der hat es irgendwie gesehen und Benedikt gemeldet. Und anderes. Über mich. Die beiden müssen in aller Frühe miteinander gesprochen haben. Ein Gestaponest ist das hier. Ich flüstere wieder. Wiro verzieht den Mund. Gestaponest, wiederholt er. Aus der Kapuze schlägt mir übler Geruch entgegen. Vielleicht ist es auch mein eigener.

Wil van Lanschot, sagt er dann. Der ist nicht mehr aufgetaucht, hab ich gehört. Spurlos verschwunden. Keiner weiß, wo er ist. Du?

Ich zucke die Schultern, schüttle den Kopf, was er wahrscheinlich nicht sieht. Alles Mögliche geht mir durch den Kopf – ich behalte es für mich. Jähe Angst. Schon wieder. Klettert an mir hoch, in dieser von Sonne, Hitze, Bedrohung, Beklemmung zum Bersten vollen Gebetshalle. In den bunten Glasfenstern, wo ich auch hinsehe: Franziskus. Franziskus auf einem Schiff, Franziskus entblößt sich vor der Welt, Franziskus predigt den Vögeln, Franziskus vor dem Papst. Überall dieser braune Kerl, überall stinkende braune Kerle um mich herum, ich selber bin auch so ein brauner Kerl, den Tod im Herzen. Hast du noch Zigaretten?, frage ich. Eine, sagt der Mund. Und noch eine fast halbe. Ich hab noch welche, tröste ich ihn, du kriegst sie von mir. Wahre Bruderliebe, brummt er und hebt wieder die Arme, der Rosenkranz klappert, aber er hat bestimmt vergessen, wo er stehengeblieben war.

Zigaretten: Außer in der Fastenzeit liegt jeden Sonntag eine Schachtel Lucky Strike mit zehn Stück neben unserem Frühstücksbrett, die Marke unserer Befreier. Ich verschenke sie oft. Geraucht werden darf nur im Aufenthaltsraum und im Garten zu bestimmten Stunden, außer an den Fasten- und Abstinenztagen und natürlich in der Karwoche. Nie auf dem Schulhof. Die Schüler dürfen nicht rauchen, obwohl sie es natürlich auf dem Klo tun. Wiros Sünden sind zahlreich.

Der heilige Josef, Schutzpatron unserer Anstalt, in drei Metern Höhe an einem Pfeiler. Winkel in der einen Hand, Säge und Hammer zu seinen Füßen. Schreiner. Sein Arbeitszeug besteht aus einem rosa Kittel mit Engelsköpfchen und -flügelchen, von einem Künstlerbruder vor meiner Zeit dort angebracht. Die andere Hand ruht auf dem Lockenkopf seines mädchenhaften Stiefsohns, der ihm eine Lilie hinhält. Beide lächeln zuckersüß. Das Kind schielt.

Ich muss auf eine Leiter hinauf, um Josef unter einem Laken verschwinden zu lassen. Desgleichen Antonius von Padua, Petrus und Paulus und alle anderen Heiligen, wie es die Liturgie des morgigen Tages verlangt. Am Gründonnerstag hängen weiße Tücher über den Heiligen, die dann wie Kinder so tun, als wären sie unsichtbar. Am

Gründonnerstag schweigt die Orgel, die Altarschellen werden durch Ratschen ersetzt, wie die, mit denen in früheren Jahrhunderten Leprakranke durch die Straßen zogen, und auch die Turmglocke läutet nicht, denn sie ist mit allen anderen nach Rom geflogen und kommt erst am Samstag mit den Ostereiern zurück. Unter mir hält Hyacinth die Leiter fest, schwer atmend unter dem Staub, der auf ihn herabrieselt. Morgen muss all das Weiß wieder runter, denn dann werden die Heiligen von Kopf bis Fuß mit Purpur verhängt, weil übermorgen, am Karfreitag, in allen Kirchen und Kapellen die große Trauer um das Hinscheiden unseres Erlösers ausbricht. Die Leiter muss also in Reichweite bleiben. Wir legen sie hinter den Altar, japst Hyacinth.

Links von der Kommunionbank die mittelalterliche Holzfigur einer Frau, die einzige Vertreterin des anderen Geschlechts in unserem Konvent, übersät mit winzigen zugekleisterten Holzwurm-Löchern, eine Hand fehlt. Die andere hat sie mit der Innenseite nach oben an die Schulter gehoben, wie zum Hitlergruß, und darin hält sie eine pralle vergoldete Birne. Die unbemalten Augen blicken wohl himmelwärts, durch den halb geöffneten Mund wirkt sie selig verklärt und kann als Muttergottes durchgehen, statt mit einer Obstverkäuferin assoziiert zu werden. Genug gesehen? Schon hängt das Tuch über ihr.

Rechts steht Franziskus. Der ist, was nur Eingeweihte wissen, keine richtige Statue. Er besteht aus einem Gerüst von Stöcken und Latten, bekleidet mit einer Kutte aus der hauseigenen Schneiderei, so eine, wie auch ich sie am Körper trage, mitsamt Skapulier und Knotenstrick. Sein Gipskopf, möglicherweise von einer älteren Figur, steckt auf einem Besenstiel, so wie man während der Französischen Revolution die Köpfe der Guillotinierten aufspießte und durch die johlende Menge trug. Auch die Hände sind aus Gips, in der Mitte ein Loch, wie von einer Kugel. Die Stigmata, mit denen Gottjesuschristus unseren Ordensgründer für das Werk seiner Hände belohnte. Zeit seines Lebens hielt er sie im Gewand versteckt, niemand soll sie je gesehen haben, sie sollen aber der Grund für seine schreckliche Klaue gewesen sein. Übrigens ist Christus gar nicht an den Händen, die durch sein Körpergewicht sofort herausgerissen wären, ans Kreuz genagelt worden, sondern an den Handgelenken. Franziskus und ich sehen einander in die Augen, und ich bilde mir ein, ihn Salve Bonaventura sagen zu hören, er verwechselt mich bestimmt mit seinem Hagiografen von vor sieben Jahrhunderten, dessen Namen sie mir aufgeklebt haben wie ein Etikett auf einen Schulbuchumschlag. Und ich bilde mir ein, dass er dann fortfährt: Ich sehe, du trägst Satan auf dem Nacken mit dir herum, Bruder. Das soll er wirklich einmal zu einem seiner Anhänger gesagt haben. Er war hellseherisch, hellwisserisch und hellholterdiepolter. Jemand bezeugte, man habe ihn nicht anschauen können, ohne sich vor Freude die Lippen zu lecken. Namenstag 4. Oktober. Tierschutztag.

Ich werfe ihm das Tuch über und denke, was für ein Humbug, Folklore, Betrug. Das flüstert mir Satan mit Frauenstimme ins Ohr. Ich muss hier weg, statt mein Leben wie die Heiligen an den Säulen und in den Nischen verstauben zu lassen. Ich trau mich nicht, trau mich wohl, Tricia, von der ich heute – Mittwoch ist Brieftag – keine Nachricht bekommen habe. Warum nicht? Du willst mich nicht mehr, durchzuckt es mich ständig.

Hyacinths kurzatmige Stimme: So, es ist allmählich genug, Wiro. Der Altarraum ist jetzt an der Reihe, und du bist im Wege. Jetzt und in der Stunde unseres Todes, Amen, sagt Wiro. Mit einer Kopfbewegung wirft er die Kapuze zurück und senkt die Arme. Beim Aufstehen stolpert er über seine Sandale.

Jetzt muss das meterhohe und -breite Kreuz aus dem Gewölbe über dem Altarraum herabgelassen werden: Auch der lebensgroße Leichnam Christi muss verhüllt werden, heute mit Weiß, morgen beim Aussätzigengeklapper mit Violett. Drei Mal dieses bleischwere Ding runter und wieder rauf. Die Anstrengung widmen wir unserem Schöpfer, der uns die Kraft dazu geschenkt hat. Ein den Blicken der Gemeinde entzogener Flaschenzug. Ein Seil. Ich in einem Winkel von fünfundvierzig Grad an diesem Seil, es knarzt, je mehr es sich spannt, die Rolle knirscht blasphemisch. Mir gegenüber Hyacinth in der gleichen Haltung am anderen Ende des Seils, Hände über unseren Köpfen zu Fäusten geballt, ächzend, um das Gewicht Christi am Eichenbalken unter Kontrolle zu halten. Staub und Grus bleiben in meinem Schweiß kleben, ich kneife Mund und Augen zu, Hyacinth blinzelt hilflos durch verstaubte Brillengläser, er ringt nach Luft, sein Gesicht läuft purpurrot an.

Christus ist etwa zur Hälfte vom Himmel gesunken, ich kann es nicht sehen, plötzlich greife ich ins Leere, falle, ich schlage mit dem Hinterkopf auf Stein, es hört sich an wie ein Kanonenschuss, dann ein Krachen, Prasseln, Quietschen, Hyacinth stößt einen Schrei aus, vom Himmel fällt das Seil in schweren Schlingen auf mich herab. Hyacinth ist das Seil aus der Hand gerutscht. Und die Erde bebete. Das Kreuz schlägt erst mit dem senkrechten Balken auf, dann kippt es nach vorne, sodass der Gottmensch und König der Juden mit dem Gesicht auf die Steinplatten fällt. Eine Schrecksekunde lang fühle ich mich, begraben unter dem Seil, in die Vergangenheit zurückversetzt, als die Bomben den Boden erzittern ließen. Hyacinth konnte gerade noch zur Seite springen, als sich der Querbalken mit Christi Arm in seine Richtung neigte; ebenso gut hätte es mich treffen können. Aber ich lebe noch, unversehrt, wenn auch auf meinem Hinterkopf eine Beule wächst, der Satan hat mich beschützt, der Satan, der mir kichernd auf dem Nacken sitzt. Hyacinth steht vornübergebeugt da und fuhrwerkt sich im Gesicht herum. Herrgottnochmal. Das wird er beichten müssen. Ihm ist ein altes Taubennest ins Gesicht gefallen, deshalb hat er das Seil losgelassen. Herrgottnochmal, denn vor Schreck, vor Schreck, wo sind seine Worte hin, hätte er fast die Muffe, sagt er, um noch mehr Gotteslästerliches zu umgehen, fast einen Herzkasper gekriegt, wär er fast aus den Latschen gekippt, ganz neben der Spur, neben der Schnur, neben der Kapp.

Setz dich erst mal, sage ich. Ich lasse mich auf die zweite Altarstufe neben ihn sinken. Taschentuch. Nicht benutzt bei der Unzucht vorhin, die so heftig war, dass ich gar nicht dazu kam, den Ysop aufzufangen, also brauchbar genug, um mir damit jetzt mit zitternder Hand übers Gesicht zu wischen. Hyacinth macht es mit den Ärmeln, in seinem Haar klebt noch ein Stück vom Nest, und ein Brillenbügel steckt nicht mehr hinterm Ohr. Ich brauch Luft, schnauft er mit ockergelb verfärbtem Gesicht. Wir schauen auf die Verheerung und die Rückseite des Kruzifixes. Die Aufschrift INRI hat sich gelöst und liegt in drei Teilen auf dem Boden. Hoffentlich ist der Leib unseres Herrn und Erlösers noch intakt, aber vorläufig keine Sorge deswegen, am Gründonnerstag und Karfreitag ist er doch ohnehin mit Tüchern verhüllt. Wie kriegen wir den bloß wieder hoch?, jammert Hyacinth und ringt nach Atem. Wo ist dein Gerät?, frage ich. Die Pumpe mit dem Gummiball. Mit dem Kinn zeigt er zur Sakristei. Dritte Schublade.

Ich steige über das Seilgewirr und das Kreuz, Christi Füße von einem Nagel durchbohrt. Ein von der römischen Besatzungsmacht illo tempore hingerichteter Jude, mehr als diese beiden historischen Tatsachen ist über den Mann nicht bekannt. Morgen wird Gott vom Lärm der Ratschen bedrängt, er möge doch die verstockten Herzen der Juden erweichen, auf dass auch sie sich, nach Auschwitz, wovon ich grauenhafte Fotos sah, zu Christus unserem Herrn bekehren. Amen. Flectamus genua. Levate. Ich lebe noch, denke ich wieder. Ich lebe. Ich atme. Ich schon. Ich fühle meinen Körper, alles an meinem Körper. Hier bin ich. Siehst du mich, wie ich dich sehe, Geliebte, den ganzen Tag bei allem, was ich tue und was mir widerfährt? Gib mir was zu schreiben. Tot war ich, wie dieser Mensch an seinen Pfählen, aber jetzt bin ich schon fast wieder lebendig, wie auch er vom Tod auferstanden sein soll, so jedenfalls fabulieren die Geistesgestörten, zu denen ich nicht mehr gehören will, die das wirklich glauben und als Kern ihrer Religion betrachten. Resurrexi! Meinen Parker haben sie mir abgenommen, aber wenn es sein muss, ritze ich mit den Fingernägeln mein eigenes neues Testament ins Papier, um mich von den Beklemmungen und der Angst zu befreien, die mich bedrängen.

In der Sakristei befinden sich mehrere dritte Schubladen im unteren wie im oberen Teil der Kredenz, also krame ich nach Hyacinths Inhalator zwischen Altartüchern, Paramenten, Messgewändern und anderen Gegenständen, als wären es Gebete an einzelne Heilige. An eine jungfräuliche Märtyrerin. Mehrere jungfräuliche Märtyrerinnen. Eine Jungfrau ohne Märtyrertod. Mehrere Jungfrauen ohne Märtyrertod. Eine nicht jungfräuliche Märtyrerin. Mehrere nicht jungfräuliche Märtyrerinnen. Eine Heilige ohne Märtyrertod. Das deklamierte ich auf dem Sims von Patricias Schlafzimmerfenster mit Blick auf den rauchenden Berg. Tu es, sagt sie. Schreib, du Lahmarsch. Und wenn es mit einer Heftklammer in den Kalk an der Wand ist. Schreiben, dass ich stechende Zahnschmerzen hatte. Was für ein Glück, dass Karbunkel und Furunkel in meinem Kiefer wucherten. Ich finde Hyacinths Atemhilfsgerät, für alles gibt es ein Wort, nicht in einer dritten Schublade, sondern in einem anderen Schrank zwischen Ziborium, Monstranz, Custodia, Pyxis und Kelch mit Patene und Palla. Wie unscheinbar und profan liegt das Apparätchen aus verbeultem Eisen mit Tülle und schwarzem Ball an einem schwarzen Gummischlauch zwischen all dem Gold- und Juwelengefunkel. Welch ein Privileg, diese Bezeichnungen und so viel Erhabenheit zu kennen. Wörter wie Apokalypse und Harmagedon. Dank dem Allmächtigen, dass ich lebe.

Aus der Kapelle dringen Stimmen zu mir herüber. Dort haben sich Brüder versammelt, die auf den Lärm hin herbeigelaufen sind. Domitian, Amadeo, Laurentius, deren Arbeitsräume der Kapelle am nächsten liegen, und noch ein junger Mann, Anfang zwanzig, in Alltagskleidung. Ich reiche Hyacinth sein Gerät, er nuckelt sofort daran herum wie ein Säugling. Kneift rhythmisch in den Ball, der pfeifend schnauft wie er. Domitian räumt das Seil zur Seite, damit keiner mehr darüber straucheln kann.

Mit vereinten Kräften stellen wir das Kreuz auf einen der Querbalken und drehen den Körper zum Licht. Der so groß ist wie wir selber, nackt bis auf den Lendenschurz wie Tarzan, er sieht wohlgenährt aus, weiblich schlank, mit eingezogenem Bauch unter den hervorstehenden Rippen. Weißbrotfarben, rote Tropfen um die Nägel an den Händen und dem oberen Fuß, kleine Rinnsale in der Herzgegend, auf der Stirn das Diadem aus Dornen. Dunkelblonder Flaum um das Kinn und dunkelblondes, leicht gewelltes Haar. Sonstiges Körperhaar, etwa auf der Brust oder unter den Achseln, fehlt wie auf allen Darstellungen des Heilands. Christus, der uns durch seinen grausamen Tod von den Sünden erlöst hat – mit hellem Kraushaar auf der Brust und Putzwolle unter den Armen? Ecce homo. Der Gekreuzigte hat den Sturz gut überstanden, und obwohl er der einzige von uns ist, der nicht schwitzt, bedeckt ihn doch Staub und Dreck wie eine Kruste.

Durch die Sakristeitür kommt Schnüffel herein und fächelt sich mit seinem flachen Pastorhut mit den Troddeln Kühlung zu. Was ist denn hier passiert? Gute Frage. Und das ausgerechnet heute, wo uns doch morgen der Herr Bischof die Ehre gibt, sagt er. Verflixt und zugenäht, sagt er. Es wird ganz schön viel geflucht heute. Christus, seiner Kleider beraubt, in einem Kreis von nackten Zehen. Nur Schnüffel und der Fremde tragen Schuhe, der Fremde solche modernen mit Gummisohlen und ohne Schnürsenkel, in die man einfach hineinschlüpft. Hatte ich auch mal. Ich lebe. Ich lebe. In mir ist ein Jubel, mir ist, als stünde ich nicht hier in der farbenstreuenden Sonne, sondern irgendwo außerhalb dieser Mauern, und als hätte ich mit diesen Männern nichts zu tun. Ich werde später keinerlei Erinnerung mehr an sie haben.

Das geht nicht so eins, zwei, drei, stößt Hyacinth aus, nachdem er umständlich beschrieben hat, was passiert ist. Schnüffels Blicke wandern zu den gespenstisch vermummten Heiligen an den Säulen. Mit dem Hut so kräftig wedelnd, dass ihm die Haare zu Berge stehen, schlägt er vor, das Kreuz vorläufig auf die Altarstufen zu legen. Vorläufig. Morgen und übermorgen. Der Herr Bischof wird schon Verständnis haben. Aber an Ostern muss unser Herrgott wieder oben sein. Himmel noch mal, und dabei ist es doch schon so fürchterlich heiß. Er sieht uns der Reihe nach an, der Beichtvater kennt all unsere Sünden.

Amadeo und Domitian stemmen den einen Querbalken, Laurentius und der Fremde, der sein Jackett ausgezogen hat, den anderen. Hyacinth und ich tragen das untere Ende des senkrechten Pfahls. Drei Meter lang und anderthalb Meter zu beiden Seiten, aus Schwarzwaldholz, und der Gekreuzigte noch obendrauf. Als das Ungetüm mit dem Kopf zum Altartisch auf den Marmorstufen liegt, müssen wir uns erst einmal verschnaufen, links und rechts vom verum corpus. Wir sehen einander an, sollen wir jetzt um den Mantel und das nahtlose Gewand unseres Heilands würfeln? Darüber scheint ein Hollywoodfilm gedreht zu werden mit Richard Burton und Jean Simmons in den Hauptrollen. Erzählt der Mann von draußen. Hab ich auch gelesen, sage ich und beiße mir auf die Lippen. Wo denn?, fragen die anderen. Ich fühle, wie mir das Blut in die Beule steigt. Ach, stand in der *Katholischen Illustrierten*, von einem Jungen im Studiersaal. Eine Lüge zum Beichten. Werde mich hüten. Christus muss gereinigt werden, sagt Schnüffel, so ist er doch nicht vorzeigbar. Sieht doch keiner, werfe ich ein, liegt doch ein Tuch drüber. Impertinent! Was ich mich unterstehe. Schnüffel tritt auf ein INRI-Fragment, es knirscht unter seinem Schuh: Tu gefälligst, was ich dir sage, Bonaventura. Oboedientia, Bonaventura. Er blickt mich aus seinem hinterlistigen Grießbreigesicht mit seinen Stielaugen an, wahrscheinlich glaubt er, mich bis in die Milz zu durchschauen, aber ich bin es, der ihn durchschaut, er wendet als Erster den Blick ab. Die anderen stehen auf und machen sich wieder an die Arbeit.

Der Fremde streckt mir die Hand hin. Darf ich mich vorstellen? Goedgeboerd. Er flüstert, wie es jetzt auch die anderen wieder tun, im hohen Gewölbe raschelt es wie Schlangengezische. Laurentius, neben ihm: Das ist Bruder Bonaventura, Jaap. Zu mir: Jaap ist unser neuer Assistent in der Verwaltung und Buchhaltung. Bruder Benedikt hat die Erlaubnis gegeben, dass Jaap im Gästehaus wohnt, da braucht er sich nicht nach einer Bleibe im Dorf oder anderswo umzusehen, nicht wahr, Jaap? In all seinem Tun und Lassen frei. Eigene Bude, Mahlzeiten aus unserer Küche, was will Jaap noch mehr, nicht wahr, Jaap? Ich beantworte den Händedruck schweigend, schweigend wie all die Steinfiguren, schweigend wie Eisen, schweigend wie Tinte. Gebt mir was zum Schreiben. Meine Orbea 20 Speed geht mir durch den Kopf, in dem es ansonsten leer ist. Es gibt Momente, da vergesse ich, wie ich früher hieß. Kommst du, Jaap? Laurentius, der erst vor dem Tabernakel die Knie beugt, zieht Jaap mit sich in den Mittelgang, Arm um die Schultern. Wieder ein Fisch im Kescher der Franziskanerfamilie.

Auch Schnüffel verzieht sich, aber erst nach ein paar Bemerkungen: Soll die Leiter hinter dem Altar liegenbleiben, Hyacinth? Soll der Thron für den Herrn Bischof hier stehen? Dann, als er die Leiter sieht: Nicht gerade ein erhebender Anblick. Professor Doktor Schnüffel wurde übergangen, als eine Pfarrstelle vakant wurde, und vom Lehramt suspendiert, weil er im Schlafsaal heimlich onanierende Jungen beobachtet hatte, manchmal ging er auch in die Kojen hinein. Die Grippe soll er kriegen mit seinem erhebenden Anblick, zische ich Hyacinth zu.

In der Sakristei fülle ich am Waschbecken den Kupfereimer, in den sonntags vor dem Hochamt der Wedel eingetaucht wird, der die Anwesenden schwungvoll mit Regenweihwasser benetzt. Zu beiden Seiten des Wasserhahns ein blütenweißes gestärktes Handtuch. Über dem einen steht auf einem Schildchen das Wort Ante, über dem anderen Post. Vor und nach der Messe wäscht sich der Priester die Hände, wie ich es jetzt tue, und trocknet sie mit dem entsprechenden Handtuch ab. Post und Ante tunke ich in den vollen Eimer. Eins fische ich wieder heraus und lege es mir auf den Kopf. Das Wasser ist lau, aber immerhin Wasser, und es läuft mir, wohltuend für die Beule, übers heiße Gesicht und in den Nacken. In einem solchen Tuch, ihm von Veronika, sechste Kreuzwegstation, gereicht, hat unser Heiland uns sein Antlitz überliefert. In dem Tuch, mit dem ich mich erfrische, zeichnen sich schwarze Staubstreifen und Flecken ab. Meine Sünden.

Wieso bist du so nass? Hyacinth, immer noch schnaufend. Mit dem vollen Eimer bin ich neben dem gekreuzigten Körper in die Hocke gegangen. Hier, sage ich, nicht im mühsamen Flüsterton, sondern mit normaler Stimme, und halte ihm über die Leiche hinweg das andere triefende Handtuch hin. Für dein Gesicht. Ist erfrischend. Entsetzt weicht Hyacinth zwei Schritte zurück. Bist du verrückt, Bonaventura, hast du den Verstand verloren! Was ein Aufschrei sein sollte, ist kaum zu verstehen. Hyacinth wird wieder tagelang das Bett hüten müssen. Der Eimer. Dafür ist er nicht da. Der Eimer. Das sind die Handtücher vom Waschbecken. Das darf man nicht. Wie kannst du nur. Das gehört zum, er stößt das Wort aus: Dienst. Am Altar. Früher war er Mathelehrer. Ich spiele manchmal im Aufenthaltsraum eine Partie Domino mit ihm. Setz dich noch einen Moment hin, rate ich ihm. Du bist verrückt, beharrt er, das muss ich melden. In der Zwischenzeit habe ich angefangen, den Leib Christi mit den feuchten Tüchern abzuwischen, wie ein Leichenwäscher einen im Rigor mortis erstarrten Körper. Was mache ich nur? Alles, was an Schutt und Staub und Vogelresten am Corpus klebt, bleibt in den Tüchern zurück, füllt den Eimer mit unheiliger Brühe. Hyacinth, seine Hände krallen sich in seine Arme, sieht es mit an. Ein Sakrileg, Bruder. Es tut mir leid, aber ich muss das melden. Gestapo. Zum zweiten Mal dieses Wort hier auf den Altarstufen, auch wenn ich es nicht ausspreche, es drängt sich mir mit seinen eckigen Kriegsbuchstaben auf. Hitler war auch Katholik.

Bruder Küster folgt mir in die Sakristei. Leer den Eimer ins Waschbecken. Spül die Handtücher aus. Wring sie aus, bis sie winseln.

Wieder beim Leichnam zu Füßen des Altars, wo das Confiteor gebetet wird, vollende ich meine Arbeit, den Kopf voll trotziger Gedanken. Auf den Knien vor einem nackten Kerl, der mich über den Brustkorb hinweg anschaut, Arme ausgebreitet wie zu einer Turnübung, bei der ich ihn störe. Du bist tot. Hast du eigentlich je gelacht? Darüber lese ich nie was in den Biografien. Das denke ich beim Auswischen seiner Achseln. Bei der Lendendekoration angekommen, fällt mir aus der *Geschichte der Päpste* ein früherer Pius ein, der vor etwa hundert Jahren, Patricia schrie fast vor Lachen, allen Skulpturen in seinen Palasträumen die Geschlechtsteile abschlagen ließ. Für zu anstößig befunden in seinen Bordellen. Alle Skulpturen bekamen da, wo die Amputation vorgenommen worden war, einen Schurz umgebunden. In einer geheimen Krypta befinden sich Schubladen und Kartons voller Frauenbrüste und Marmorschwänze mit Zubehör. Du bist tot und ich lebe. Obwohl? Lebendig bin ich im Grunde genauso tot, mein Leben wie eine Papierkugel zertreten unter den Sandalen des Klosterreglements, der Unterdrückung, Denunziation, Verblendung.

Patricia in ihrem Schlafzimmer. Nie zuvor eine nackte Frau gesehen. Über ihre Brust sah sie an ihrem Körper entlang auf mich herab, Arme ausgebreitet auf den Kissen des großen Bettes. Schöner als jede Kunst auf unscharfen Reproduktionen. Kloß im Hals, komischer Geschmack im Mund, kauerte ich an ihren Füßen. Und schaute. Ein Körper wie der des Christus, nur weiblich und unverhüllt, da, wo die Beine zusammenkommen. Aber jetzt musst du mir auch schöntun, sagte sie. Schöntun? Keine Ahnung wie. Ich sammelte alles, was ich in ihrem Zimmer finden konnte. Ein Stückchen Seife für den Nabel, eine Haarbürste, einen roten Schuh mit hohem Absatz, ihre Brille, einen Strumpf, ein Fläschchen, Spritzgebäck mit Schokolade, Blütenblätter der Pflanze auf der Fensterbank für die magische Spalte unter der Wölbung ihres Bauchs, und im Nachttisch fand ich eine winzige Glühbirne, die steckte ich ihr zwischen die Zähne, aber sie spuckte sie mir an die Brust. Streif dir erst mal das ganze Zeug vom Leib, sagte sie. Kann ich dich auch mal begucken. Vor Verlegenheit schwitzend, hatte ich schon gespürt, wie es da unten anschwoll. Da, wo ich jetzt Christus mit einem Laken bedecke. In diesem selben Altarraum, nicht auf dem roten Läufer, sondern daneben, lag ich an dem Tag, als ich meinen Namen verlor, auf dem Bauch, Gesicht nach unten, Arme zu einem Kreuz ausgestreckt. Mein Stolz und bester Freund zwischen meinem Bauch und den eiskalten Steinplatten eingeklemmt. Vielleicht würde er ja abgeschlagen werden. Der darf sich aber ruhig sehen lassen, sagte sie und brachte ihn an ihren Mund. Sie brachte ihn an ihren Mund.

II

Zwei Jahre ist es her.

Er kam am Namenstag des heiligen Bartholomäus, am 24. August, eine Woche vor Anfang des neuen Schuljahrs. Wir sangen im Refektorium ein Lied für unseren Bruder gleichen Namens. An seinem Namenstag bekommt ein Klosterbruder ein Würfelchen Butter zum Morgenbrot. Bartholomäus schnitt sie gerade in hauchdünne Scheiben und verteilte sie an die Mitbrüder, als er auf einmal dastand, nicht von allen gleich bemerkt, obwohl er doch den ganzen Türrahmen ausfüllte. Das Lied zerfaserte wie ein Stück Stoff, einer nach dem anderen verstummte. Weil er da stand. In seiner ganzen Riesenhaftigkeit, in seinem zu kurzen Habit, den Strick nicht um die Taille, sondern unter dem Bauch, wie um dort der Masse Einhalt zu gebieten. Doch sein Schritt war leicht und federnd, unhörbar fast kam er herein und schloss geräuschlos die Tür hinter sich. Benedikt erhob sich vom Tisch. Sprach: Brüder, dies ist unser Konfrater Mansuetus aus unserem Haus in Germisch. Bruder Mansuetus wird unsere Reihen verstärken, er gehört also ab heute zu unserer Gemeinschaft. Willkommen Bruder, teile mit uns das Frühstück.

Der Neuling antwortete nicht, hatte sich bereits hingesetzt, streckte die Hand nach einem Becher aus, einer von uns schenkte ihm Tee ein. Der Neuling musterte uns nur. Einen nach dem anderen. Sein Gesicht war fleischig, mit aufgedunsenen Wangen, zwischen denen die Nase fast ganz verschwand, eine Nase mit weiten Nüstern wie bei bestimmten Tieren. Der Schädel glänzend kahl, das Haar früher rotblond wie die Büschel über den kleinen stahlgrauen Augen, seine Blicke wie elektrisch geladene Strahlen. Eine massige Gestalt, viel zu dick, Ende vierzig. Keiner von uns war ihm je begegnet, in Germisch nicht, hier sowieso nicht. Mansuetus? Auch den Namen hörten wir zum ersten Mal. Unserem Bruder Clemens zufolge, Biologielehrer, gibt es eine Spinne, die so heißt.

Benedikt redete weiter: Unser Bruder Provinzial Gabriel in unserem Haus in Germisch der jeden von uns grüßen lässt sendet unseren Bruder Mansuetus zu uns um einen frischen Wind durch uns zu wehen ich meine nein um zu sehen wie uns ich meine vor allem in unserer Unterrichtung der Jungen nicht die Dinge moderner dem neuen Zeitwind gemäß nach dem Krieg.

In diesem Moment gab unser neuer Tischgenosse einen ersten Laut von sich. Aggromm! Aus der Kehle durch die Atemlöcher, zusätzlich widerhallend im Blechnapf vor dem schmalen Mund. Gereizt und cholerisch, wie wir ihn kennenlernen sollten. Spricht in knappen, abgehackten Sätzen, begleitet von einem tiefen Grunzen, was ihm in der allerersten Stunde bereits seinen Spitznamen einbrachte. Der Eber, das Wildschwein. Sus scrofa. Mit den Knöcheln trommelte er auf die Tischplatte, Benedikts Worterguss abrupt beendend, und schwieg in Erwartung tiefster Stille, wie der Führer das machte, bevor er zu brüllen begann. Mansuetus´ Niederländisch hörte man an, dass er Deutscher war, wie der Vater und Ehemann der Königin. Trotz seiner bescheidenen Kutte, die feldgrau statt bussardbraun hätte sein können, hatte er von Anfang an die Allüren eines Generaloberst, der darunter leidet, dass er es in Wirklichkeit nicht weiter als bis zum Gefreiten gebracht hat. Ebenfalls wie der Führer. Was hatte dieser Konfrater wohl im Dritten Reich gemacht? Hatte er eine Mütze mit Blitzbündel getragen? Mit dem Totenkopf über gekreuzten Knochen?

Aufmachen! Das dröhnt mir all die Jahre noch durch den Kopf. Zu sechst stürmten sie mit gezogener Pistole in die Wohnung, Vater, Hände hoch, wurde geschlagen und getreten und die Treppe hinuntergeprügelt. Ich sitze zusammengeduckt hinter dem Sessel, so lange ich lebe, werde ich ihn vor mir sehen, wie er aus der Tür verschwindet, und die Schreie hören.

Vielleicht hat ja so eine Mütze Bruder Mansuuwetuus´ Haar abgetötet, vielleicht geht er deshalb jetzt mit dieser glänzenden Glatze durchs

Leben. Eure Haare auf dem Haupte sind alle gezählt. Er brauchte nicht darauf zu warten, dass Stille eintrat. Er redete. Er knurrte grunzend. Was manchmal wie Rülpser klang. Es ist acht Urrr. Wieso, Benedikt, sitzt man hier noch zu Tische und singt? Man hat schon auf dem Weg zu seinen Pflichten zu sein. Jeder dorrrt, wo seine Pflicht rrruft. Bruder Koch in seinem Kochhaus, Bruder Tischler in seinem Tischlerhaus, Bruder Schuster, Bruder Drucker und so forrrt. Lieder singen wir in der Frrreizeit. Orrra et laborrra. Und dabei, er knöchelte noch lauter auf den Tisch, Dissziippliin! Zucht und nochmals Zucht. Strenger! Strammer! Wie es die Regeln vorschreiben, Benedikt. Wir sprrrechen uns noch!

Manche von uns warfen einander verwunderte Blicke zu. Wer ist dieser Kerl? Andere saßen eingeschüchtert, verängstigt, wie zu Gelee erstarrt da, als würde der frische Wind wie ein Taifun über sie hinwegfegen. Sogar Lambert in seinem Rollstuhl, über den sich schon die ewige Abwesenheit gesenkt hatte, schien etwas mitbekommen zu haben. Spastisch wackelte er mit dem Kopf und schluchzte wie ein Kind. Und die Brüder Lehrer will ich in knurr dreißig Minuten im Hauptquartier sehen. Wo will er uns sehen? Im Schulgebäude, erklärte ich ihnen später.

Von meinem Platz am Tisch aus sah ich, wie das Tageslicht die Ohren unseres Konfraters von hinten beschien und ihnen die Gemütlichkeit von Türchen im Adventshäuschen verlieh. Oben auf den Ohrmuscheln sah ich die orangefarbenen Härchen zittern. Ein Franziskusfenster in der Kapelle zeigt unseren heiligen Ordensgründer mit einem Wildschwein zu seinen Füßen. Franziskus streichelt ihm mit seiner stigmatisierten Hand den Kopf, und das Tier, die Hauer nach oben gerichtet, scheint verzückt zu lächeln, anders als Konfrater Mansuetus. In der Ikonografie unseres Glaubens symbolisiert das Wildschwein die Wollust. Als Franziskus noch nicht so hieß und noch keine Lumpen trug, muss er, leichten Herzens und ein munteres Liede auf den Lippen, dieses Tier geritten haben.

Im Schulgebäude glaubten wir, ihn im Studiersaal anzutreffen, wo wir immer unsere Lehrerkonferenzen abhielten. Der Raum roch noch nach Farbe, er war in den Ferien frisch gestrichen worden, eine neue

Schicht Braun über alle vorigen. Wai sain hier toch innerhalb der draißig Minuten vor Ort, wo unsere Pflichten sain, meinte ich. Doch keiner lachte, während in unserem starr reglementierten Alltag sonst alles Anlass zum Lachen sein kann, und sei es nur ein zuckender Mundwinkel, wie sonst sollte man das Leben ertragen. Hier durfte und sollte nie mehr gelacht werden. Sich ungeduldig auf den Schenkel schlagend, erwartete Mansuetus uns am Ende des Flurs, wo er auf einmal aufgetaucht war. So sollte er fortan immer auf einmal irgendwo auftauchen, sich unbemerkt aus der Stille materialisieren. Da stand er vor dem Büro von Hyacinth, unserem Schulleiter, die Tür weit geöffnet, was Hyacinth überraschte, denn er verwahrte den Schlüssel immer in der Innentasche seines Ärmels zusammen mit dem Brillentuch. Leg den Schlüssel mal da hin, befahl der frische Wind. Klopfte mit dem Nagel seines Zeigefingers auf die Tischplatte. Nahm hinter dem Schreibtisch Platz. Nicht auf dem schmalen Stuhl, auf dem Hyacinth sonst saß, sondern auf einem hochmodernen Bürostuhl mit Armstützen aus Stahlrohr und auf Rädern, die auf dem Bretterboden die gleichen Knurrgeräusche erzeugten, wie sie Mansuetus selber ausstieß. Hyacinth bekam einen respiratorischen Anfall. Wir mussten stehen. Perplex starrten wir vier in das feiste Gesicht des Fremden, der uns ansah, als wollte er Kleinholz aus uns machen. Perplex auch wegen der so plötzlichen, anmaßenden Veränderung in diesem Raum. An diesem Schreibtisch, hergestellt noch vor den letzten drei Kriegen, hatte ich bei meiner Bewerbung Hyacinth gegenüber gesessen, der mich nach meinen Schul- und sonstigen Zeugnissen gefragt hatte. Wo sind die andern, knurr? Der Koloss lehnte sich zurück. Nie zuvor hatten wir eine Rückenlehne gesehen, die dem Druck eines Körpers nachgab. Die andern haben frei, antwortete einer von uns.

Also! Bequem zurückgelehnt, die behaarten Hände am Fuß des Bauchgebirges, sagte unser Konfrater mit grollender Stimme, ab heute übernehme er als Schulleiter das Regiment. Aber ... Aber ... Hyacinth rang nach Atem. Und ich versichere euch, dass sich hier manches ändern wird. Vieles. Und zwar drastisch! Draußen ging ein Wolkenbruch nieder, es wurde dunkel im Zimmer. Mach mal eine Lampe an. Der neue Schulleiter sagte nie bitte. Das Licht aus der Glaskugel an der weißen Decke, weiß über hundert früheren Schichten, schade seinen Augen. Ich will hier Neonröhren, hier und in allen Klassenzimmern und im Studiersaal. Gutes Licht, gute Moral. Er setzte sich wieder gerade hin, wobei ihm die Rückenlehne auf geheimnisvolle Weise folgte. Als er die Ellenbogen auf die Tischplatte stützte, rutschten die Ärmel nach unten. Von den Knöcheln und Handrücken reichte ihm das obszöne Haar bis zu den Ellenbogen. Wildschweine wühlen nicht mit den Vorderbeinen die Erde auf, sondern mit der Schnauze. Das deutsche Verb schnauzen. Er schnauzte uns an, wie er das von nun an immer tun sollte, als wäre unser friedliches Kloster ein deutsches oder russisches oder japanisches Kriegsgefangenenlager, über deren Schrecken in diesen Tagen allmählich Informationen durchsickerten und wo es natürlich viele Male schrecklicher zugegangen war. Als hielte er uns für Verbrecher. Nicht nur uns, die Lehrer, die auf der anderen Seite von Hyacinths Schreibtisch vor ihm standen, den er beschlagnahmt hatte wie die Moffen ein paar Jahre zuvor ganz Europa, alle Mitbrüder sollte er, mit seinen Hauern drohend, als Untergebene behandeln und die Schüler als Sklaven. Der Rudolf Höß von Sint Jozef ter Engelen. Friedlich, freundlich, barmherzig verkehrten sich durch seine Gegenwart in ihr Gegenteil, jeder sollte jeden beargwöhnen, aus Angst vor Denunziation, Strafen, Bußübungen. Den Schülern, denen würde er schon Anlass geben, vor ihm zu zittern. Strafe für jeden Verstoß. Demütigungen. Karzer. Isolation. Prügel. Dieses Wort, ausgesprochen zwischen unterirdischen Knurrlauten, akzentuierte er noch mit einem Schlag auf den Tisch. Er hatte etwas aus der oberen Schublade gezogen. Hiermit, sagte er. Das deutsche Wort Prügel kannte ich natürlich, Substantiv, Umlaut, aber das Ding? Es war flach und abgerundet. Blassgrün. In seinem flachen Teil waren untiefe Löcher. Daran eine Art Griff. An dem eine Schlinge hing. Durch die schob er seine Knackwurstfinger und ließ das Ding kreisen. Die Faust um den Griff, schlug er sich mit der flachen Seite auf die Innenfläche der anderen Hand. Das Geräusch übertönte das Trommeln des Regens an das Fenster. Ein Handfeger, aus dem die Borsten entfernt worden waren.

Das Holz.

Vorläufer des längeren Fiedelbogens, der diesem Erzieher noch lieber war. Über den Schreibtisch gebeugt, der schon sehr bald von einem aus Metall ersetzt werden sollte, der Schüler, ein zweiter oder mehrere zugegen, die zuschauen müssen, wie ihr Kamerad verprügelt wird, und hören, wie das Holz den Staub aus der Hose klopft und das Geschrei keinen Ausweg aus dem Zimmer findet. Zur Veranschaulichung und als Vorbereitung auf das Los, das jeden erwartet, der meint, einen eigenen Willen zu haben, oder sich seinem, Mansuetus´, Willen widersetzt, was selbstverständlich doppelt strafbar ist. Mansuuwetuus´ Wille ist unanfechtbar, gleich dem unseres Oberhirten Papst Pius, der Gottes Willen vollstreckt, unseres himmlischen Vaters in seiner Einheit mit Christus und dem Heiligen Geist. Zeugen der Prügel können auch diejenigen sein, die als Nächste an die Reihe kommen. Der unermüdliche Schulleiter knurrt: Nächster! Das vorhergehende Opfer massiert sich trappelnd den Hintern und hat zu bleiben. Zucht!, schrie Mansuetus. Schrecklich, viele Male schrecklicher! Mansuetus´ Quälerei sollte in zahlreichen Abwandlungen von einigen Mitbrüdern übernommen werden. Eingerissenes Ohrläppchen. Blutige Nase. Lädiertes Augenlid. Ein Schlag mit dem Knotenstrick. Der Handfeger ging in den Besitz von Bruder Remigius über, Niederländischlehrer. Da er keine Ordnung halten konnte, hatte er das Ding ständig bei sich. Schlug Schüler damit auf die Hände, den Nacken, die Waden. Eltern, denen Kinder ihr Leid klagten, reagierten mit den Worten: Du wirst es verdient haben. Die wissen schon, was gut und gerecht ist. Angst legte sich wie ein Schleier auf das Leben hinter den Klostermauern. Sogar wenn die Schüler Fußball spielten, behielten sie das rechte Fenster im zweiten Stock im Auge. Er konnte plötzlich dort auftauchen, manchmal riss er das Fenster auf und brüllte. Dann senkte sich Stille über das Gelände und man spürte, wie einem der Atem ins Stocken geriet. Auch andere Brüder fingen an, die Jungen anzuschnauzen, im Feldwebelton, wie im Krieg. Mit dem frischen Wind kamen neue Strafen. Für Stunden ins dunkle Loch. Auf dem Schulhof stundenlang strammstehen, auch wenn es regnet, schneit oder friert. Oder auf dem Stock knien, mit dem man gerade geschlagen wurde, was höllisch wehtut. Ausschluss von allem, manchmal für eine Woche, manchmal für längere Zeit. Dem Schüler wird verboten, mit jemandem zu reden oder auch nur Blickkontakt zu haben, die anderen müssen ihn meiden, als stinke er wie die Pest. Essen nicht am Tisch, sondern auf dem Fußboden zwischen den Schuhen seiner Kameraden, die ihn ignorieren müssen. Die Post von zu Hause, Labsal in der Wüste, Medicina dolorum, kriegt der Übeltäter nicht ausgehändigt. Stattdessen hört er, wie der Brief der lieben Mama im Speisesaal vorgelesen wird. Mit sarkastischem Kommentar selbstverständlich. Tante Nellie hat sich das Bein gebrochen, liest Julian vor. Ah, das heißt vier Wochen Gips für Tante Nellie, wie traurig für unsere liebe Tante Nellie. Mittwoch fahren wir nach Enschede, vielleicht ist das Kätzchen ja schon groß genug, dann nehmen wir es mit nach Hause. Vergiss die Handschuhe nicht, Mütterchen, Muschis haben scharfe Zähne, hahaha. Während er vorliest, hört man halbherziges Gelächter. Gibst du dir auch alle Mühe, mein Bärchen? Ha! Haha!, prustet Bruder Präfekt. Bärchen! Der da! Mamas Bärchen! Dieser Mandrill mit seinen Blumenkohlohren und Kaninchenzähnen und den dreckigen Gläsern auf seinem Gurkenzinken? Schaut ihn euch an, wie er dasitzt. Wir werden Mama und Tante Nellie mal verraten, wie sehr du dich anstrengst. Nämlich gar nicht. Ein Schlappschwanz. Das bist du. Und noch schrecklicher, viele Male schrecklicher. Nicht flennen, reiß dich am Riemen. Einmal sah ich, wie Konfrater Julian, Namenstag 29. Januar, einen Löffel kochend heißer Suppe aus dem Kessel schöpfte und ihn nicht in den Teller des Schülers, den dieser ihm hinhielt, sondern absichtlich auf dessen Hand und Kopf entleerte. Dampfende Fadennudeln, Karottenstücke, Gemüse in den Haaren, auf dem Gesicht, dem Kragen, und dabei ein Gebrüll, wie ich es, obwohl ich doch einiges gewohnt war, noch nie gehört hatte.

Aber … Aber … Hyacinth hielt sich an der Fensterbank fest. Ungenügende Sauerstoffzufuhr. Die Hände an die Rippen gepresst. Wo war sein Inhalationsgerät, das er in derselben Schublade aufbewahrte, aus der jetzt der enthaarte Handfeger zum Vorschein gekommen war? Das ist nicht mehr dein Schreibtisch, Hüjasient, das ist von nun an meiner. Aber meine Sachen, Papiere, Notizen, Bücher, krächzte Hyacinth. Da, sagte Mansuetus, und zeigte mit dem Daumen auf drei Kartons auf dem Boden unter dem Bild des süßen heiligen Knaben Tarzisius, das auf einmal an der Wand hing. Und das wird heute noch weggeräumt. In einem der Kartons sah ich den schwarzen Pumpenball. Als ich Hyacinth sein Inhalationsgerät reichte, sah ich zwar seine Hand, mit der er es sofort an den Mund brachte, nicht aber sein Gesicht. Das war nur ein dunkler Fleck im Gegenlicht, umgeben von Regenstrahlen, die über die Fensterscheibe rannen. Hyacinth war nicht nur kein Schulleiter mehr, er bekam auch noch zu hören, dass er nicht mehr zu unterrichten brauche. Mathematik würde Lutgard vorläufig zusätzlich zu seinen Fächern Buchführung und Wirtschaftsrechnen übernehmen, bis sich eine bessere Lösung gefunden hätte. Du bist zu oft abwesend, Hüjasient, du liegst ständig wegen Grippe oder sonst was im Bett, das geht so nicht länger. Wir finden nach Rücksprache mit Benedikt eine andere Aufgabe für dich. Aber ... Aber ... Ende der Durchsage.

Und du, Mansuetus zeigte auf mich, du bist? Bonaventura, klärte ich ihn auf. Bonaventuura, wiederholte er. Schwarzes Büchlein in der Hand. Schlaufe an der Seite für einen Bleistift. Blätterte. Deutsch, ja? Ich unterrichte Deutsch, ja, sagte ich. Aha, aha, stieß er aus, wir sind Kollegen! Wir werden sehen. Kannste Erdkunde dazu nehmen? Monulf, der das gemacht hat, ist mit dem Schiff zu unserer Mission unterwegs. Ich Erdkunde? Ich verstehe so viel von Erdkunde wie die Fliege, die sich auf Mansuetus' Hand setzte und mit dem Buch erschlagen wurde. Hinter Hyacinth zeichnete das Wasser Linien auf die Scheibe. In alle Richtungen. Unmöglich zu folgen, denn andere Linien durchkreuzten sie mit dazugehörigen Geräuschen. Auf dem Regenfenster spielte sich das Gleiche ab wie in meinem Gehirn. Ich bin nicht Bonaventura, mein Name ist Eldert. Ich trage zwar diese lächerlichen Lumpen, aber darunter bin ich ich, Haman heiße ich. Ich fühle meinen Körper. Jede Faser, jeden Nerv. Und ich will nicht hier sein. Weg. Ich will weg von hier! Das sprühte aus allen durcheinanderlaufenden Gedankenlinien. Dieser Mansuetus durfte nicht auch noch meinem schlichtweg gescheiterten Leben hinzugefügt werden.

Hinter dem Schreibtisch stand bis gestern ein Schrank, in dessen Fächern alles, was jetzt in die Kartons gewandert war, in Reih und

Glied und ordentlich gestapelt gestanden und gelegen hatte. Diesen leeren Schrank hatte jemand quer zur Wand gestellt. Dahinter sah man nun die Öffnung zu einem kleinen Raum, der früher als Schulbuchlager gedient hatte, wie Hyacinth sich später erinnerte. Er hatte ihn ganz vergessen gehabt, so lange stand der Schrank schon dort. Ich spürte einen Luftzug im Rücken. Noch in derselben Woche entzog ein im hauseigenen Nähatelier gefertigter brauner Vorhang an einer Stange mit Metallringen das offene Rechteck den Blicken. An kühlen Tagen bauscht er sich in Mansuetus´ Büro, um gleich darauf in den Nebenraum hineingesogen zu werden, wobei die Ringe über die Stange kratzen. Manchmal weht er ein Stück zur Seite, dann sieht man Mansuetus´ Bett, darüber an einem Nagel die immer schief hängende Weihwasserschale und den Rosenkranz.

Schweigen. Alle schweigen, auch wenn die Schande einen lauten Wirbel schlägt. Er bevorzugt blond. Die Jungen halten den Mund, aus Scham, sind tagelang durcheinander, aber irgendwann erzählen sie es doch ihren Freunden. Einige Mutige auch zu Hause. Dort bekommen sie von den Eltern zu hören: Was ist das für dummes Geschwätz? Pubertäre Fantasien. Dass du dich unterstehst! Geh auf dein Zimmer. Was wird da geflüstert? Der Schulleiter bestellt einen engelhaarigen Knaben zu sich. Wir besprechen mal deine Noten, Junge. Komm, setz dich zu mir. Hand streicht dem Jungen durchs Haar, über dessen Hand, über dessen Schenkel. Wenn der Kleine sich zur Wehr setzt, holt Mansuetus ein braunes Fläschchen hervor, drückt ihm etwas aufs Gesicht und dann. Und dann. Flüsternd wurde es weitererzählt. Ich habe es nicht geglaubt. Das heißt, ich weigerte mich, es zu glauben. Bis. Darüber zu schweigen, ist eine Sünde gegen die Moral und deformiert mich zu dem Feigling, der ich bin.

Er kam während des Unterrichts in meine Klasse, ohne dass es jemand gehört hatte. Auf einmal stand er da mit seinem schwarzen Büchlein. Der Koloss bewegte sich lautlos zwischen den Bänken hindurch. Hier ein Schlag, dort ein unsanftes Streicheln. Hinten lehnte er sich an die Wand, beobachtete, hörte zu, wie ich in der jäh eingetretenen Stille den Unterricht fortsetzte. Die Schüler mit tief eingezogenen Köpfen, sich seiner Gegenwart nur allzu bewusst, seine lauten

Atemzüge im Rücken. Ich auf der Schreibplatte der vordersten Bank, Füße auf der Sitzfläche. Fühlte seinen kalten Blick starr auf mich gerichtet; er stand zwischen der Kreuzabnahme von Rubens und der von Rembrandt.

Ein paar Tage später schlich er sich wieder herein. Zwecks Kontrolle, nachdem er mich zurechtgewiesen hatte. Büchlein. Bleistiftspitze an den Notizen entlang. Kreuz daneben, wenn er eine abgehandelt hatte. Der Lährrer hat zu stehen. Oder, wenn er denn sitzen will, vorne an seinem Pult. Und nicht so familiär mit den Schülern. Die Schüler nie mit Vornamen anreden, immer und ausschließlich mit dem Nachnamen. Der Lährrer muss Respekt einflößen, der Lährrer ist streng und hart, seine Worte müssen wie Stockschläge sein. Er hatte auch erkundet, welche Litteraturr ich in der Klasse behandelte. Ob ich noch alle Tassen im Schrank habe? Mit dem Bleistift tippte er sich an die Stirn. Die Klassiker!, knurrte er. Die Litteraturr der deutschen Klassik ist ein unversiegbarer Quell der Schönheit und Weisheit, besonders in unserer heutigen Zeit, brüllte er, durch die Schreiberlinge, die du den Jungs vorsetzt, zu Schanden gemacht, besuuudelt, verrrgewaltigt. Geifer in den Mundwinkeln. Ich musste an die Zeitungsfotos denken, auf denen zu sehen war, wie man dort mit Litteraturr umgesprungen war. Scheiterhaufen. Bücherverbrennung. Von Studenten und Leuten mit Schirmmützen, die ihre Gesichter beschatteten, herangeschleppt und in die Flammen geworfen. In Berlin und anderen Städten. Biblioklasmus, Librizid, Stockschläge. Erst gestern noch. Mansuetus hat sich vielleicht daran beteiligt. Solche Gedanken sollte ich besser sein lassen.

Ich saß brav an meinem Pult. Die Fälle. Der Reihe nach von links nach rechts ließ ich sie die Präpositionen des Dativs aufsagen. Der Erste sagte aus. Der Zweite bei. Der Dritte mit. Und so weiter: nach seit von zu zuwider gegenüber. Noch bevor wir ganz durch waren, wurde es plötzlich still wie Schnee. Da war er wieder. Der Eber. Wie in einem Horrorfilm, wie aus dem Nichts aufgetaucht. Lon Chaney Jr. in Großaufnahme, den Blick starr auf das Publikum gerichtet, das schaudernd zusammenfährt. Frankenstein. Ich glaube nicht, dass auch ich bei seinem Anblick erblasste. Es geschah etwas anderes mit mir. Als hätte mir jemand einen Kinnhaken verpasst, so fühlte es sich an. Ein rasender Schmerz. Kürzer als ein Atemzug, wahrscheinlich von niemandem bemerkt, alle hatten ihre Angstaugen auf Mansuetus gerichtet oder versuchten, seinem Hypnoseblick auszuweichen, und starrten in ihr Buch oder Heft oder auf ihre Hände. Wenn der Schulleiter einen mit dreckigen Fingernägeln erwischte, bestrafte er ihn mit dem Zurückbiegen der Finger, bis der Junge vor Schmerz in die Knie ging. Er schwebte die paar Stufen zum Pult hinauf und stellte sich neben mich. Knurr. Was er damit meinte, verdeutlichte er mit einem Ruck an meinem Ärmel. Er wollte meinen Platz einnehmen. Also stand ich auf. Hinten in der Klasse lehnte ich mich an die Wand und versuchte, mich von dem Schrecken zu erholen. Irgendwo im Kiefer ein derart stechender Schmerz, dass mein Kopf zurückgeschnellt war, ein schwarzes Feuer hatte sich in meinem Gehirn ausgebreitet. Es war nur ein kurzer Augenblick gewesen, aber der Schmerz in der Kinnlade war so intensiv, wie ich ihn noch nie erlebt hatte. Es gibt Heilige, die haben Leiden erduldet, als würden ihnen Dolche ins Herz gestoßen. Mystische Schmerzen, es gibt Abbildungen davon. Aber ein Stromstoß durch den Kiefer hat nichts Mystisches, und ich bin kein Heiliger. Ich tastete mit dem Finger meine Mundhöhle ab, aber es tat nichts weh, und trotzdem war der Schlag, den ich bis ins Schlüsselbein gespürt hatte, keine Einbildung gewesen.

Auf dem Pult lag das Buch von Tucholsky, aus dem ich bei Mansuetus´ vorigem Besuch während der letzten Viertelstunde vorgelesen hatte. Naserümpfend schob er es über den Rand, dass es zu Boden fiel. Scheiterhaufen. Mit starrem Blick in die Klasse sagte er ein Gedicht von Goethe auf. Auswendig. *Heidenröslein.* Ich steche dich! Arm und Zeigefinger ausgestreckt wie ein Spieß. Lautstärke des vom Berg donnernden Gottes. Dass du ewig! Denkst an mich! Noch lauter: Kein Weh und Ach! Wie in dem Angstgesang *Dies irae.* Wie heißt du, Junge?, unterbrach er sich auf einmal. Mark Freelink, sagte der Junge. Frischer Nachschub im neuen Schuljahr. Erst zehn Tage da. Jung und morgenschön wie der Knabe aus dem Gedicht, der sich an der Rose sticht. Mark Wielink werwaswie? Steh auf, Junge, wenn ich mit dir rede. Der Junge, neben der Schulbank, verstand, dass er sagen musste:

Mark Freelink, Bruder. Bruder werwas? Mansuetus fasste sich an den Kopf. Nicht, um militärisch stramm zu stehen, er vergrößerte vielmehr seine Ohrmuschel und richtete sie auf Mark Freelink. Mark Freelink, Herr Lehrer. Auch nicht richtig. Der Lehrer war ein Klosterbruder, dessen Namen Mark Freelink, bleich und stammelnd, noch nicht kannte oder behalten hatte. Der Eber schob den Stuhl zurück, fand ein Stück Kreide und kratzte knurrend auf die Tafel in weißen Großbuchstaben sein Klosterpseudonym MANSUETUS. Bruder Mansuuwetuus!, schallte es.

Keine Stecknadel, aber irgendwo in der Ferne das Klingeln der Straßenbahn, ein kleiner dreister Ton, der sich sofort in Stille auflöste, stiller als im Grab, als wären alle tot. Außer mein Konfrater. Mit seiner dröhnenden Stimme brüllte er: Und wer ist der Adonis neben dir? Wil van Lanschot stand auf. Wil van Lanschot, Bruder Mansuetus. Der neue Schulleiter konsultierte sein Buch: Ah, das größte Licht des Universums. Sitzen geblieben, was, von Landschott? Du hast die Intelligenz wohl nicht gerade mit Löffeln gefressen! Sieht man. Oder bist du zu faul? Bist du faul, von Landschott? Zu jämmerlich und zu lahmarschig? Dagegen kann man was machen, und das werde ich dich spüren. Er schlug mit der flachen Hand auf das Pult. Lassen! Es geht hier viel zu zimperlich und zu lässig und zu unmännlich zu. Das wird sich schleunigst ändern. Ich will hier. Wieder ein Schlag auf das Pult. Zucht! Und. Drei laute Akzente nacheinander. Diss Zii Pliin. Du bleibst stehen, von Landschott. Stramme Haltung. Kinn vor. Sieh mich an. Lahmärsche wie du. Er schwieg, die Stille kehrte zurück, in der man nur sein Keuchen hörte. Es klang wie Schnarchen.

Auch mit der Zunge, die ich prüfend an den Zähnen entlangfahren ließ, konnte ich keinen Schmerz spüren. Mit verschränkten Armen, die Hände in den Ärmeln, lehnte ich zwischen den gemalten Christusleichnamen an der Wand und sah dem Inquisitor regungslos zu. Hatte auch ich Angst vor ihm? Vor ihm als Person eigentlich nicht. Sorgen machte ich mir allerdings darüber, dass seine neuen Maßnahmen auch mich betreffen könnten. Wieder ging es mir durch den Kopf: Ich könnte alles hinwerfen, das Kloster verlassen, die Kutte ausziehen. Dazu fehlte mir der Mut. Doch ich hatte so etwas wie eine innere Offenbarung, wie Saulus, der auf dem Weg nach Damaskus vom Pferd fiel und vom Christenfresser zum heiligen Apostel Paulus wurde. Ich preise mich glücklich, dass ich wie vom Blitz getroffen Zahnschmerzen bekam.

Nach dem *Heidenröslein* kam der *Erlkönig* an die Reihe. Zwischen den Schulbänken auf und ab schreitend, rezitierte Bruder Mansuetus die Ballade mit ausholenden Gesten. Mein Sohn, es ist ein Nebelstreif! Aus voller Brust, wie bei einer Rede in einer deutschen Kriegswochenschau. Die Schüler hörten ihm genauso hypnotisiert zu wie damals die Leute dem Reichsführer. Wahrscheinlich war das Gedicht in gotischer Schrift in Mansuetus´ Gedächtnis eingraviert. Gar schöne Spiele spiel ich mit dir, schallte es. Mansuetus blieb bei Mark Freelinks Bank stehen. Blond wie eine Sommerblume. Willst, feiner Knabe, du mit mir gehn? Der Knabe zuckte zusammen, als sich die Hand des Rezitators auf seinen Kopf legte und sein mit Hilfe von Brylcreem gescheiteltes Haar mit der Zärtlichkeit eines Wirbelwindes durcheinanderbrachte. Ich liebe dich, mich reizt deine schöne Gestalt! Über den Kopf des Jungen hinweg wanderte sein Blick zu mir. Ein Gesichtsausdruck, als hätte er völlig vergessen, dass ich noch da war und ihm zusah. Und bist du nicht willig. Mit den Fingerknöcheln schlug er langsam, dumpf, hart auf Mark Freelinks Bank. So brauch ich. Er hielt kurz inne. Gewalt! Vom Schlag auf die Schreibplatte spritzte es schwarz aus dem eingelassenen Tintenfass, der blonde Knabe schluchzte auf. Mansuetus sah mich unverwandt aus dem blauen Eis seiner Augen an. Triumphierende Kopfbewegung mit dem dicken Nacken, wie ich es einmal in einem Film Mussolini habe tun sehen, irgendwo auf einem Balkon, von dem er noch laut auf das Volk einredete, später hat man ihn kopfüber an einer Tankstelle aufgehängt. Aus dem Eis sprach Geringschätzung. Gegenüber den Schülern. Gegenüber mir. Ausschreitend kam er zum Schluss des Gedichts. Tot! Absichtlich stieß er mit seiner breiten Schulter Wil van Lanschot an, der wie ein Dominostein umgefallen wäre, wenn die Bank nicht gewesen wäre. Er tat sich weh. Hass im Gesicht. Diesen Hass konnte ich verstehen, ich teilte ihn, das bekenne ich vor Gott, dem heiligen Franziskus et omnibus sanctis. Patricia kannte ich da noch nicht. Als ich ihr all das erzählte, stieß sie entgeistert, ungläubig aus, die Augenbrauen wie romanische Bögen hochgezogen: Diese braven Brüder?

Begriffen? Mansuetus saß wieder am Pult, seine von der Brylcreem fettige Hand wischte er innen am Skapulier ab. Das ist deutsche Litteraturr! Und das hier, er stieß mit den Zehen Tucholsky an, ist Schund und Schande. Er gab dem Buch einen Tritt, es rutschte über den Fußboden bis zu mir. Ich hob es auf. Von nun an, knurrte er, wird hier nichts mehr gelesen, was ich nicht vorher geprüft und genehmigt habe. Strafe! Dem, der dieses Zeug! In seinem Besitz hat. Der es liest oder anderen weitergibt. Auf einmal hielt er ein Magazin in der Hand. Esther Williams im Badeanzug auf der Titelseite. Das Blättchen kannte ich von früher beim Frisör. Abbildungen von Vertretern des anderen Geschlechts, bekleidet mit Büstenhaltern und Netzstrümpfen mit Strapsen, unscharfe Fotos auf grauem Papier. Onkel Barend, vor mir an der Reihe, las die Witze vor, über die niemand lachte. Die kapierst du nicht, rief er mir im Spiegel zu. Ich bin doch nicht blöd. Und das hier! Mansuetus hielt ein Heft hoch. Vorne drauf Mickey Mouse und sein langer Hund, der den kleinen Lesern mit der Vorderpfote zuwinkt. Mickey freundlich lachend, Hund auch. Und das noch schlimmere Zeug! Comicstrips! Für alle, die zu faul zum Lesen sind. Kinderkram, der das Gehirn verkleistert. Und das hier! Ein offenbar auch von Hand zu Hand gegangenes, ziemlich zerfleddertes *Tim-und-Struppi*-Album. *Der Sonnentempel.* Unfug! Schlag auf das Pult. Blasphemie! Schlag auf das Pult. Will heißen: Gotteslästerung! Wer so was liest, sündigt! Schlag auf das Pult. Muss bestraft werden! Schlag auf das Pult. Und erst recht, wer das hier! zu lesen wagt. Das hier! fand ich im Spind von Charles Grootendorst. Er sprach es wie Grottendurst aus. Charles Grootendorst lief zinnoberrot an. Verschreckt schaute er um sich, aber vor Mansuetus′ Zorn gab es kein Entrinnen, nicht durch die Wände und nicht durch den Fußboden. Ein plastifizierter Einband nach einer neuen Methode aus Amerika. *Don Camillo und Peppone.* Hieß es so? Bevor man den Titel richtig lesen konnte, hatte der Schulmeister das Buch bereits von sich geworfen, als wären es heiße Kohlen. Dann stand er auf und stampfte mit seinen schmutzigen Sandalen auf den Seiten herum und trat dagegen, als wäre das

Buch ein Jude oder mein Vater. Sittenverfall! Strafe! Wie er da stand und Strafe rief, immer wieder Strafe!, hatte er etwas von Charlie Chaplin in dem Film, in dem er Hitler parodiert. Den hatte ich mir ein paar Mal angesehen, ganz verliebt in Paulette Goddard. Auch ich bin ein Sünder. Ich habe sowohl *Mickey Mouse* wie den *Sonnentempel* als auch alle anderen *Tim-und-Struppi*-Hefte gelesen. *Don Camillo* nicht, aber auf der Leinwand Fernandel gesehen, den cholerischen italienischen Dorfpfarrer in ständigem Konflikt mit dem kommunistischen Bürgermeister. Die Zeit, in der die Geschichte spielt, heißt der Kalte Krieg. In Camillos Kirche hing ein sprechendes Kruzifix, so eines hing auch in der baufälligen Kirche des Dorfes San Damiano zu Lebzeiten des heiligen Franz. Vom Kreuz herab sprach Christus zu unserem Ordensgründer: Du siehst, mein Haus ist zu einer Ruine geworden. Deine Aufgabe ist es, es wiederherzustellen. Natürlich begriff der heilige Franziskus, dass es nicht nur um die verfallene Kirche ging, für deren Restaurierung der Erlöser sich besser einen Bauunternehmer gesucht hätte, sondern um die Kirche Christi zu einer Zeit, da die Päpste sich Huren in den Vatikan bestellten und ihre Lustknaben zu Kardinälen ernannten. Unser Ordensgründer hat fürwahr etwas Großes geschaffen. Der zwölfte Pius empfängt jetzt alte Nazi-Halunken in seinem Palast, um sie als Franziskaner verkleidet nach Argentinien zu schleusen. Die ganze Zeit ließ Konfrater Mansuetus mich nicht aus den Augen. Wie sehr er sich auch in seine Entrüstung hineinsteigerte, ich war wahrscheinlich der Einzige, der nicht vor ihm zitterte.

Grottendurst, komm her. Aus dem Schlitz in seiner Kutte zog der Schulleiter das Holzbrett mit den Löchern. Er klemmte sich den Jungen unter den Arm, sodass dessen Gesäß der Klasse zugewandt war, und da fielen schon die ersten Schläge, als wäre mein Konfrater dabei, ein Pferd zu beschlagen. Kopfüber hinter Mansuetus´ Rücken hängend, stieß der Junge ein lautes Brüllen aus, was in allen Klassenzimmern, auf dem Schulhof, ja bis hinter die Klostermauern zu hören sein musste, wo die Dorfbewohner in ihren Beschäftigungen innehielten. Die braven Brüder? Mansuetus schlug auf den strammen Hosenboden ein, als würde ihn das Geschrei nur noch mehr anfeuern. Weil ich es nicht länger mit ansehen konnte und wollte, ging ich nach vorne, wobei mir in dem Moment, kürzer als eine Sekunde, wieder ein heftiger Schmerz durch die Kinnlade fuhr. Ich legte die Hand auf Mansuetus′ erhobenen Arm und sah ihn an, wie er mich angesehen hatte. Mein Konfrater hob den anderen Arm, mit dem er den sich windenden Knaben wie in einer Schraubzwinge gehalten hatte, lässig hoch, worauf dieser mit dem Gesicht vornüber auf den Boden fiel. Mansuetus′ Speichel sprühte mir ins Gesicht, er rief – und meinte nicht mich: Hast du das gefühlt, Junge? Das hat mich mehr geschmerzt als dich. Steh auf, Junge. Hast du die Strafe verdient? Er ließ das Marterwerkzeug am gestreckten Zeigefinger im Kreis herumwirbeln, Finger auf das Opfer gerichtet. Dieses antwortete mit gequetschter Stimme, die Hände an den Wangen: Ja, Bruder Mansuetus. Was sagst du, Junge? Ich hab nichts gehört. Bruder Bonaventura, hast du dieses krumme Gerippe hier was sagen hören? Mit dem Rücken zur Klasse flüsterte ich Mansuetus zu: Lass gut sein, Bruder.

Auch ich bekam wie Hyacinth als Lehrer den Laufpass. Der Pädagoge Mansuetus übernahm meinen Unterricht. Für Erdkunde wurde Theo Woltgens eingestellt, ein Mann mit einem Fahrrad wie ich damals. Als Laie wie ich damals. Aber ihn haben sie nicht einzugliedern versucht wie mich damals. Bist du bescheuert! Er ist etwas älter als ich, verheiratet, ein Kind. Vorstandsmitglied von VB Sparta. Ich wurde Aufseher für die Nachmittage und die Nächte. Vormittags hatte ich Klosterarbeiten zu verrichten. Flure wischen, Fenster putzen, mal Wäscherei, mal Küchendienst und täglich gemeinsam Berge Geschirr. Aushilfe in der Sakristei, am Anfang nur hin und wieder, später öfter, Hyacinth ging es nicht gut. Die Türen der Sakristei kann man abschließen. Manchmal verspeise ich Hostien, strecke mich auf der Kredenz aus, einfach so aus Missmut. An einem stillen Nachmittag, niemand weit und breit, Türen verschlossen, zog ich mir die Gewänder, die ich bereitlegen sollte, selber über. Das Amikt, die Albe, das Zingulum, die Stola, den Manipel, die Kasel. Grün, denn es war ein normaler Wochentag in der endlosen Zeit nach Pfingsten. Ich könnte am Altar Schnüffel vertreten, ich kenne die Messe auswendig, Gebete, Lieder, Bewegungen, Gesten. Dominus vobiscum. Et cum spiritu tuo. Trotz der Gewänder war ich noch immer Eldert Haman, alias Bonaventura. Und mein Leben blieb in sklavischer Untergebenheit unverändert vor dem Herrn. Sicut erat in principio et nunc et semper et in saecula saeculorum. Im Messgewand hatte ich eine Erektion wie ein Kanonenrohr. Ich wurde es los mit schnellen, routinierten Bewegungen zwischen dem Handtuch Ante und dem Handtuch Post. Ich langweilte mich in der allergrößten Unerfülltheit. Mein Gott, factotum coeli et terrae, wie sehr langweilte ich mich. Zu Tode.

Da schickte Gott mir die Zahnschmerzen. Er sei gelobt und gepriesen.

Das Mittagessen besteht aus Suppe mit Reis und Kartoffeln, Brechbohnen, weißen Bohnen, Blumenkohlstrünken. Dazu Roggenbrot und Wasser. Vorgelesen wird wieder über einen frühen Vorgänger, diesmal über Pacificus, er spielte Zither und war Troubadour, der Kaiser persönlich verlieh ihm den Lorbeerkranz. In einer Vision sah er jemanden, in dessen Körper zwei gekreuzte Schwerter steckten, eines durch Kopf und Rumpf bis hinab zu den Füßen, das andere von Hand zu Hand durch die Brust. Dann hörte er eine Predigt unseres Ordensgründers, dessen Worte, wie aus Gottes Mund, ihn wie Schwerter durchbohrten. Auch er zog sich in aller Öffentlichkeit aus, um fortan nach dem Vorbild des Predigers Lumpen zu tragen. Wo die Zither geblieben ist, bleibt unerwähnt. Gedenktag 10. Juli. Vorgelesen beim Essen.

Ich sitze mit dem Rücken zum Franziskusbild. Links von mir Hyacinth, auf der anderen Seite Karl Borromäus. Neben diesem der Schulleiter und Deutschlehrer, er löffelt stur vor sich hin. Weil er da ist, herrscht eine Stimmung wie in einer Grabkammer, auch wenn die Sonne im Lack des Esstischs funkelt. Mansuetus hat mich gemustert. Benedikt sitzt mir, fünf Brüder weiter, schräg gegenüber. Auch er hat mich gemustert. Dickerle, der aussieht wie einer der Hunde, die in früheren Jahrhunderten gegen Bullen kämpften, sitzt weit von mir entfernt. Wiro, in seiner Nähe, fragt ihn für alle hörbar: Wie geht es Mark Freelink? Als würde ein Pflasterstein gegen eine metallene Kinoleinwand knallen. In der hereinbrechenden Stille meine ich eine Million Hornissen zu hören, in der Bibel den Streitkräften zum Schrecken der Feinde vorausgesandt. Lass dir nicht grauen vor ihnen, denn der Herr, dein Gott, ist in deiner Mitte, ein großer und furchtgebietender Gott. Mansuetus schlägt mit der flachen Hand auf den Tisch. Der Löffel, den er gerade hingelegt hat, vollführt einen Salto. Brumm! Halt den Mund, Vianney! Niemand sagt mehr ein Wort. Es wird geschlürft und gekaut. Die Brechbohnen haben Fäden. Und wo ist Wil van Lanschot?

Nach dem Essen sehe ich Bruder Johannes Vianney auf dem Schulhof in einem Bubenschwarm Fußball spielen. Bei der Hitze! Sein kugelrunder Leib dotzt und hüpft, als wäre er selber das braune Ungetüm. In der Mittagspause spielen manche Konfratres mit, ich selten. Auch Wiro, den ich nicht mehr getroffen habe, schwitzt sich einen ab. Sein Riemen ist repariert. Aber Theo Woltgens ist wohl nach Hause gegangen. Mittwochnachmittag. Keine Schule. Mittwochnachmittag ist Klubnachmittag. Keine Nachricht aus der Außenwelt, die der Geheimbote mir sonst mittwochs bringt. Patricia isst jetzt ein Butterbrot mit Schokoladestreusel und hat aufgehört, an mich zu denken, obwohl sie sich eine meiner Lucky Strike anzündet. Aber ich denke an dich, Liebste. Jede Sekunde der elektrischen Uhr. Es ist zwölf Uhr dreißig. In den nächsten Viertelstunden wird mich niemand vermissen.

Zur Krankenstation geht es im mittleren Stock durch die letzte Tür im Gang, der beim bunten Glasfenster mit der tropischen Landschaft endet. Bärtige Mönche stehen in weißen Kutten mit Kreuzen und Gebetbüchern zwischen noch zu bekehrenden schwarzen, braunen und gelben Heiden. Unsere Missionsgebiete in den verschiedenen Weltteilen. Wie in der Kapelle fällt auch hier die Sonne gleißend auf das Bild und wirft es in verzerrten Formen und verblassten Farben auf den Fußboden. Ich will wissen, was mit Mark Freelink passiert ist. Deshalb bin ich hier. Verantwortungsgefühl. Das Wort hätte der Eber mir nicht an den Kopf zu werfen brauchen, es ist ja das Einzige, was mich hier noch hält. Man kann mich als Aufsichtsführenden gerne über meinen Teil der Internatsbevölkerung zur Verantwortung ziehen, meine Jungs, eher noch Kinder als Halbwüchsige. Untereinander haben sie eine große Klappe, in Wirklichkeit aber sehnen sie sich noch nach dem Kohleofen, an späten Sonntagnachmittagen, draußen alles schon dunkel, Katze auf dem Schoß, als sie in friedlicher Spannung dem VARA-Hörspiel *Monus, der Mann vom Mond* lauschten, obwohl der Bischof Katholiken diesen Proletensender verboten hat. Wie gemütlich das war damals, mit Vater und Mutter und den kleinen Geschwistern und für jeden eine Frou-Frou-Waffel, während sie hier sonntags in diese schreckliche Andacht müssen. Adoro te. Der Rosenkranz mit Litanei. Tantum ergo. Heimweh nach ihren Dinky Toys und nach *Tim Tyler*, der Comicserie in *De Maasbode*. Aber die lieben Eltern sind ja der Ansicht, in diesem Gefängnis seien sie besser aufgehoben.

Zwischen der Tür zur Krankenstation und dem Missionsfenster befindet sich eine Nische. Wie oft ich diesen Gang schon geschrubbt und gewischt habe! Als ich näher komme, sehe ich ein Jungenbein, Strumpf nicht bis zum Knie hochgezogen.

Was machst du denn hier?

In der Nische kauert Wil van Lanschot. Er war wohl eingenickt. Er zieht das Bein rasch zurück und umklammert beide Knie mit den Armen. So ist er von Weitem nicht zu sehen, aber jetzt sieht er zitternd zu mir hoch. Rote Augen. Wil van Lanschot hat geflennt? Als er sieht, dass ich es bin, atmet er auf, ich bin ungefährlich, schreie keinen an, schlage nicht.

Er habe fast die ganze Nacht nicht geschlafen, sagt er, daher seine rotgeäderten Augen.

Und warum nicht?

Merkwürdig redend, wie sonst nie, bringt er heraus, er habe sich absichtlich wach gehalten.

Warum?

Er habe sich angezogen ins Bett gelegt. Gewartet, bis er sicher war, dass Wiro schlief. Aber sich dann doch nicht getraut.

Was nicht? Ich gehe vor ihm in die Hocke, er macht keinerlei Anstalten aufzustehen. Er hat sich die Pickel aufgekratzt. Sein Haar ist ganz verschmiert.

Immer wenn er einzuschlafen drohte, habe er sich in die Haut gekniffen. Seine Schuhe habe er schon zusammengebunden gehabt, um sie sich umhängen zu können, wenn er auf Socken an Wiros Zimmer vorbeischleichen würde. Treppe runter und raus.

Was hattest du denn vor?

Mmm ark, stößt er hervor. Wil van Lanschot stottert! Was ihn noch mehr durcheinander bringt.

Ich versteh es nicht, sage ich, und als er schweigt: Was machst du bloß hier? Alle suchen dich. Du gehörst in die Klasse. Er ist nicht wiederzuerkennen. Dieser aufsässige Junge, der über die Hecke hechtete, als wäre er Walt Davis, ruckelt verkrampft mit dem Kopf und kann ihn nicht stillhalten. Der Fußballer, der gestern den Ball noch bravourös in die Richtung von Mansuetus´ Fenster kickte, kaut auf seinen Worten. Er schnürt sich die Krawatte fester um den Hals, wie ich es ihn und andere Jungen öfter tun sehe – ich weiß auch warum –, bis ihm die Augen im sich purpur verfärbenden Pickelgesicht hervorquellen. Ich sehe, wie sich das Licht in ihnen verschiebt und wie sie erstarren. So eine kleine Selbststrangulation bewirkt ganz kurz eine Benommenheit im Gehirn, weil kein Sauerstoff mehr ins Blut gelangt. Zwei trostreiche Sekunden lang weg aus dieser Hölle der Strafen und Heiligenstatuen. Man muss nur damit aufhören, bevor man umfällt. Die kurze Illusion von Absenz und Befreiung grenzt an die Seligkeit des Orgasmus. Und wenn einem dabei auch noch eine echte Erektion gelingt, denkt man schon mal, Sterben wäre gar nicht so schlecht. Ich beichte es nie, aber praktiziere es manchmal mit dem Knotenstrick.

Nicht, sage ich.

Wils Hände fallen schlaff zwischen seine gespreizten Knie, den Strumpf hat er inzwischen hochgezogen. Im Schritt seiner zu eng gewordenen Hose zeichnen sich seine Genitalien ab, hinten am Schenkel der violettbraune Streifen, da, wo Mansuetus´ Stock ausgerutscht sein muss. Neben ihm Mark Freelinks Schuh, den er bewacht wie ein Tier sein Junges. Zwischen seinen eigenen Schuhen etwas, das mir fast das Herz bricht: die von Julian zerrissene Ansichtskarte, deren Schnipsel er eingesammelt und wieder zusammengefügt hat. Eine Nachricht aus dem Sanatorium. Ein Küsschen auf die Nase und alles Liebe. Mama. Außer der Ecke mit der Briefmarke fehlt noch ein Stück in der Mitte, das erinnert mich an das Denkmal, das sie für Rotterdam planen, ich habe ein Foto davon gesehen. Eine Menschengestalt, der man das Herz weggeschossen hat. Durch den Körper hindurch sieht man den Himmel, wie durch die Papierschnipsel die Bodenfliesen in dieser Irrenanstalt.

Halt doch mal den Kopf still. Entgegen meiner Gewohnheit habe ich die Hand auf den Kopf eines Schülers gelegt. Wil van Lanschots Augen, rot umrandete Pupillen, huschen nervös hin und her.

Stockend berichtet er, heute Morgen vor dem Unterricht sei er aus der Schule rausgerannt. Denn die Bestie, sagt er, die Bestie hatte ihn schon wieder im Nacken gepackt, um ihn den ganzen Vormittag oder den ganzen Tag in den Kohlenkeller zu sperren, aber er hatte sich gewehrt und war dem Schuft entkommen.

Bestie, Schuft, so spricht man nicht über Bruder Mansuetus, müsste ich ihn jetzt ermahnen. Ich unterlasse es. Du hast doch gestern schon eins aufs Dach bekommen, sage ich stattdessen. Und Mark auch. Weswegen eigentlich? Wir sprechen nicht laut, die Wände hier haben Ohren.

Weil Mmm ark und ich. Gestern.

Abgehackt erzählt er mir, was gestern passiert ist, obwohl ich ja selber dabei war.

Auf dem Schulhof. Halbe Stunde Freizeit nach dem Abendbrot, vor dem Abendstudium. Fußball natürlich. Ich verfolgte das Kicken aus einiger Entfernung, mit den Gedanken woanders. Wo war ich mit meinen Gedanken? Bei dir. Plötzlicher Jubel. Tor! Der Ball war gegen die Mauer der Turnhalle geknallt, auf die ein Tor gemalt ist. Auf der anderen Seite wird das Tor von zwei Kastanien markiert. Dort stand ich. Torschütze ausgerechnet Mark Freelink, der immer nur so ein bisschen mithoppelt, der nie so recht zu wissen scheint, für welche Mannschaft er den Ball in welches Tor schießen soll. Ein paar Meter von mir entfernt sah ich, sah Wil, sahen alle und sah Gott, wie der Ball aus der Höhe auf Mark zugeflogen kam. Wie er seinen blonden Kopf darunter hielt und wie ein wildgewordener Watz hinterherrannte, vom Bäumetor quer über den Schulhof zum Mauertor, mit einer nie zuvor an den Tag gelegten und alle in Erstaunen versetzenden Tatkraft, man schien ihm den Weg frei zu machen, Platz da für Faas Wilkes und Abe Lenstra in einem, dribbelnd, tänzelnd, tricksend, und schließlich der satte Schuss in die rechte obere Ecke, er war wohl selber verblüfft. Ein Tor. Mark? Das erste und wahrscheinlich einzige in seinem Leben. Noch im hohen Alter wird er sich an diesen Triumph erinnern und daran, wie heiß es damals war und wie der Schweiß an ihm herabrann und dass er hechelte wie ein Hund. Und an Wil van Lanschot wird er sich natürlich erinnern, seinen besten Freund, den einzigen in dieser beschissenen Zeit, für den auch er der beste und einzige Freund war. Mit ein paar anderen kam Wil auf ihn zugesprungen. Alle schlugen und klopften ihm schreiend vor Begeisterung auf Rücken und Schultern. Wil schlang die Arme um ihn, Mark schlang seine um Wil. So stampften sie im Kreis herum, wie ein Tanzpaar, Wange an Wange, einen kurzen Moment lang sogar Mund an Mund, aber das habe ich mir wahrscheinlich bloß eingebildet. Nein. In der Euphorie des Augenblicks küssten sie sich wirklich, so flüchtig, dass es nichts anderes schien als ein unbeholfener Ausdruck ihrer Begeisterung. Sie ließen einander gleich wieder los und rannten in verschiedene Richtungen davon.

Was hatte das eigentlich zu bedeuten?, frage ich Wil, als er ausgestammelt hat.

Er schweigt und schluckt. Der Knorpel an seinem Hals tritt wieder hervor, der durch das Würgen fast ganz verschwunden war. Dann: Nicht Mark und er haben sich geküsst, er kükü küsste Mmm ark. Hab mich so für ihn gefreut. Stolz auf ihn wie auf einen Bruder. Sollte woanders hin, aber ist halt auf dem Mund gelandet und und und. Und ist das nun so schlimm?, fragt er mit naiver Aufrichtigkeit und sieht mir ganz kurz, bevor sein Blick wieder abschweift, in die Augen. Jetzt müsste ich antworten: Solche Berührungen sind falsch, weil sündig. Jungs küssen sich nicht. Freundschaft mit nur einem Jungen ist verboten, das weißt du doch. Ich müsste es melden. Ich sage nichts. Die beiden sind immer zusammen, als wäre etwas Eineiiges oder Siamesisches an ihnen, womit sie nichts anzufangen wissen, vielleicht kommt das noch. Wir gehören, wir sind und wir bleiben zusammen, für immer. Freundschaft, größer, heiliger, feierlicher als Freundschaft, vierzehnjährige Buben, wozu immer diese Einmischung. Mansuetus kann es von seinem Ausguck im zweiten Stock gesehen haben, was schlimmer ist, als wenn es Gott gewesen wäre. Denn Ehrwürden Mansuetus regiert mit dem Holz, und wer oder was ist schon Gott? Er kann es auch von einem Spion gehört haben, alle Übertretungen und Vergehen, ja der leiseste Verdacht muss gemeldet werden. Aber erst muss Wil van Lanschot von meinem Konfrater in aller Öffentlichkeit gedemütigt werden. Auch da war ich dabei. Nachgeburt eines Stinktiers. Mamas Schnipsel sind durch seine heftigen Bewegungen wieder durcheinandergeraten. Dann die Behandlung mit dem Holz, wie der Schulleiter es mir seinerzeit vormachte. Wil erzählt es mir, woher nimmt er die Worte und wie bringt er sie über die Lippen? Ein Schuft und ein Fie Fie Fie. Er schluckt. Das ganze Wort kommt mit Spucke heraus, die er sich mit den Fingern abwischt: Fiesling!

Aber, aber Wil.

Mark und ich dürfen nnnicht mehr zusammen. Nicht mehr nebeneinandersitzen. Nicht mehr zusammen sein und miteinander reden. Nicht in der Klasse und nicht auf dem Schulhof, nirgends nicht mehr. Wehe, ich erwische dich noch einmal, Pickelgesicht. Und deinem hübschen Freundchen werd ich das auch noch einbläuen, schrie der Eber und schwang den Stock, als würde er den Takt schlagen. Der Adamsapfel ruckt auf und nieder, während Wil und ich wahrscheinlich an das Gleiche denken, ich mich an meinen Traum erinnere und mir mit Widerwillen vorstelle, was mein Konfrater mit Mark Freelink angestellt hat. Der liegt jetzt hinter der Wand, an die sich Wil lehnt.

Ich frage: Wohin bist du denn heute Morgen auf dem Weg zum Speisesaal auf einmal gerannt?

Er schüttelt den Kopf, sein Mund ein Strich. Nie, und wenn man ihn mit zehn Stöcken zum blinden Krüppel schlägt, nie wird er es mir erzählen. Weil ich ja schließlich auch zu der berockten Schurkenbande gehöre. Der nicht zu trauen ist. Feind hört mit. Den Krieg werden wir nicht mehr los. Wil nicht und viele andere nicht, auch ich nicht, auch diese Terrorschule nicht. Du hast Mark gesucht, sage ich. Hast du gedacht, Mark ist dort, im Garten, bei der Weide, bei der Pforte? Das hab ich von Bruder Bartholomäus gehört. Warum hast du das gedacht? Mein Blick weicht der Ausstülpung seiner Hose aus, in die sein Glied eingezwängt ist. Mama liegt mit Tb irgendwo in Österreich und hat den Jungen seit Monaten, wenn nicht seit Jahren nicht mehr gesehen, und Papa düst ständig durch die Weltgeschichte. Ab ins Internat mit dem pubertären Sohn. Alles Liebe.

Er wollte mich ins Verlies sperren, beginnt er nun doch noch. Vokale, Silben, Wortfetzen. Weil ich Mark gesucht habe und er doch gesagt hatte, dass ich nicht mehr mit Mark nie mehr denn und. Er wi wird mich von der Schule schm schmeißen. Woher kommt es, dass der Bursche auf einmal so stottert? Hoffentlich geht das wieder vorbei, denn wenn das auch noch hinzukommt, könnte er die Krawatte eines Tages wirklich einmal zu fest zuziehen. So wie er die Schnipsel von Mamas Ansichtskarte zusammengesetzt hat, erzählt er mir jetzt nach und nach die ganze Geschichte.

Mmm ark und er hatten einen Ppp akt geschlossen, stößt er hervor. Freundschaftsppp akt. Ein Wort wie aus einem Abenteuerbuch. Sie wollten zusammen weglaufen. Zusammen abhauen. Hier ist es grausig. Muss ich unverzüglich melden, doch ich nicke ihm aufmunternd zu, die Knaben sind mutiger als ich. Abhauen und dann?, frage ich. Wil: Einfach so. Weg. Wird schon. Ach, Mensch, denke ich. Schüler, die ausreißen, werden meist noch am selben Tag von ihren Eltern hier wieder abgeliefert. Wir können uns nicht um dich kümmern. So schlimm wird es schon nicht sein. Du bist bei den Brüdern in besten Händen. Wil und Mark wollten über die Grenze, was hier natürlich ganz einfach ist. Und dann? Weg, sagt er wieder. Als ob sie dann buchstäblich weg wären, in Luft aufgelöst. Weiß ich denn, wo ich unterkomme, wenn ich den Entschluss gefasst habe, vor dem ich mich ständig drücke? Ja, ich weiß es. Der Schuh seines Busenfreundes wechselt von Wils einer Hand in die andere und zurück, hin und her. Den braucht Mark natürlich. Und wie haben sie sich die Flucht vorgestellt? Durch die Pforte in der Mauer. Das ist die einzige Möglichkeit. Und wie kriegen sie die auf? Mit einem Messer. Er könne das Schloss mit einem Messer aufbrechen. Das Gehäuse sei ganz verrostet, an die Tür festgeschraubt. Ein Kinderspiel. Und das Messer, wo kriegt er das her? Rudiger Toussaint Mercier aus der höchsten Klasse habe aus Severins Küche ein Messer geklaut, als er dort Dienst hatte. Damit würde er seine Mutter ermorden, hat er getönt. Mark und ich jeder fünfzehn Cent. Und einen *Buck Danny* wollte er auch noch dafür, einen Comic über einen Militärpiloten. Kenn ich, sage ich. Von meinem alten Herrn geklaut. Soll rotzig klingen, kommt aber abgehackt raus. Das Messer haben sie im Efeu neben der Pforte versteckt.

Und gestern Abend war es so weit. Sie stießen sich mit dem Knie an, als Mansuetus im Studiersaal ihre Namen grunzte. Freelink! Von Landschott! Den Pakt würden sie heute! besiegeln, nachher an der Hecke. Daumen hoch. Wie damals, als uns die Kanadier in ihren Jeeps befreiten. Wenn es zum Schlafsaal läutete, würden sie über die Hecke springen, das Schloss aufbrechen und weg. Bolke de Beer und Dorus Das auf Reisen. Ich lasse ihn reden, aber kenne die Fortsetzung und das Ende schon, so wie beim Kreuzweg in dieser Leidenszeit. Erst Pilatus und dann das Grab. Vollkommener Ablass.

Als ich auf dem Schulhof die Trillerpfeife pfiff, war Mark noch nicht von Pilatus zurückgekommen, woraus Wil schloss, dass Sand im Getriebe war. Aber war damit das Ganze abgeblasen? Zu spät wurde ihm klar, dass er Mark im Stich ließ, wenn er hinter den anderen zum Schlafsaal trottete, statt wie verabredet an der Hecke auf ihn zu warten. Da lag er nun in seiner Koje und verwünschte sich. Ich komme, Mark, warte auf mich, ich komme gleich, hatte er die ganze Zeit geflüstert und sich letztendlich doch nicht getraut, schluchzt er. Sein Adamsapfel hüpft wie wild. Und als Mark heute Morgen immer noch nicht da war, hatte Wil gedacht, sein Freund würde noch immer an der verabredeten Stelle auf ihn warten. Er hätte dort die ganze Nacht ausgeharrt, denn wir wollten doch und wir wollten doch zusammen. Ich sehe mich selber wieder herumirren, heute Nacht. Freelink? Wo bist du, Mark Freelink? Der Junge ist nicht mehr hier. Das verirrte Schaf hantierte am Schloss herum. Stückweise bringt Wil es heraus: Dieser schweinische dreckige Nazi. Womit wir wieder beim Krieg angekommen wären, Wil noch im Laufstall, als er ausbrach.

Na, na, Wil, was sind das für Ausdrücke! Das sage ich, weil es von Amts wegen von mir erwartet wird, ansonsten stimme ich der Charakterisierung völlig zu. Für meine Aufgabe ungeeignet. Wieder meine Hand auf seinem verkrusteten Haar. Kannst du wirklich nicht still halten? Warum hockst du hier eigentlich?

Er se se sei hier, weil er bei Mmm ark sein will, denn er ww weiß, er liegt auf der Krankenstation. Warum hat Mark seinen Schuh verloren? Was ist mit ihm passiert? Niemand, der ihn in dieser Nische sieht oder vermutet, und ich warte, sagt Wil, bis er weg ist.

Wer er?

Er, zeigt Wil mit dem Kopf, Dickerle.

Du meinst Bruder Johannes Vianney, sage ich pädagogisch und obrigkeitstreu. Wir müssen mit Respekt und Liebe über unsere Mitbrüder reden. Der war gerade noch im Refektorium und spielt jetzt Fußball. Du bist wohl eingeschlafen. Ich stehe auf und ziehe ihn am Arm hoch. Aber erst sammelt er noch Mamas Schnipsel vom Boden auf und legt sie behutsam in sein Taschentuch. Mitleid mit Wil. Mit all seinen Schicksalsgenossen in dieser Anstalt.

Komm, sage ich, wir statten Mark einen Krankenbesuch ab.

Die Krankenstation unseres Konfraters Johannes Vianney riecht nach Krankenstation. Sie hat keine Fenster, aus Glas sind nur die Scheiben in den Türen des wie ein Tabernakel ewig verschlossenen Arzneischranks. Als wir eintreten, springt die Hitze wie ein dampfendes Pferd über uns hinweg. Immer ist es dort schummrig, aber wir bringen das Sonnenlicht und die Farben des Missionsfensters mit herein. Außer dem Schrank befinden sich in dem Raum ein klobiger Schreibtisch mit Küchenstuhl, der Untersuchungstisch, drei Betten mit Nachttischen, über jedem Bett ein Kruzifix, heute mit frischem Palmzweig, sodass der Kranke dem Erlöser der Menschheit geradewegs auf den Allerwertesten gucken kann. Ich kenne das verstaubte Interieur gut, da ich Johannes Vianney täglich um ein Mittel gegen die Zahnschmerzen bat. Immer schlimmere bohrende Schmerzen, die nicht aufhören wollten. Hier hast du ein Aspirin, sagte Johannes Vianney zuerst. Später: Ich geb dir Luminal.

Mark liegt im mittleren Bett, die zusammengeknüllten Betttücher lassen ihn größtenteils unbedeckt. Gesicht und Körper sind schaumweiß, er ist schweißgebadet, die blonden Haare sehen fast flüssig aus. Wie er so daliegt, einen Arm unter dem Kopf, scheint er für Donatello zu posieren, von dem ein nackter Junge in der *Geschichte der Päpste* abgebildet ist, der Bereich zwischen Nabel und Knien mit schwarzen Balken zensiert. Die Augen mit den langen Wimpern sind geschlossen, aber die Pupillen bewegen sich jetzt, da ich das Licht angeknipst habe, er atmet ruhig mit offenem Mund. Wil ist auf das Bett zugestürzt und stößt so heftig dagegen, dass es auf seinen Eisenrädern schaukelt. Mit seinem Wackelkopf beugt er sich über seinen Freund.

Mark. Mark. Ohne zu stottern. Er umfasst Marks Schulter, dann gleitet seine Hand über dessen Brust. Der Adamsapfel bewegt sich pfeifend auf und ab. So muss Achill gekeucht und geschluckt haben, als er seinen geliebten Patroklos tot auf dem Schlachtfeld fand. Marks kleines Geschlecht liegt gekrümmt auf seinem Bauch, gesäumt von schüchternem Gold. Es macht den pickelreichen wackelköpfigen Achill verlegen, er schützt es mit einem Laken vor den Blicken der Welt. Sie werden sich unter der Bank Bein an Bein schon mal in den Latz gegriffen, in einem stinkenden Lokus schon mal mit geöffneter Hose voreinander gestanden haben. Gucken, berühren, vergleichen. Solche Freundschaften, die müssen mit der Rute ausgetrieben werden. Wils Hand auf Marks Hand unterhalb der kindlichen Brustwarzen, er presst sie mit derber Zärtlichkeit. Mark? Dessen Atmung setzt ein paar Sekunden aus, setzt wieder ein, tiefer jetzt, und der Brustkorb weitet sich. Der Junge kommt aus ungeheuren Tiefen oder Firmamenthöhen auf die Erde zurück und öffnet die Augen, viel zu strahlend blau funkeln sie in dem schmuddeligen düsteren Raum. Über sein Gesicht huscht ein Lächeln. Für Wil. Mich dagegen mustert er natürlich misstrauisch, wie wir das zu tun pflegten, wenn in unserer Straße einer von der NSB auftauchte. Lumpenpack war das, die ganze braune Mönchsbande, wird er später sagen, wenn er mit genauso einem Schnauzer wie sein Vater am Steuer seines eigenen Rheinkahns steht. Ich bin ganz seiner Meinung. Und ich war einer von ihnen. Deswegen fülle ich ja voller Reue diese Seiten. So, Bub, da bist du ja wieder, sage ich. Dann wende ich mich ab, ich brauche nicht zu hören, was sich die beiden zuflüstern, und nicht zu sehen, wie sie sich verschämt berühren. Ich setze mich an Dickerles Schreibtisch, Rücken zur offenen Tür, durch die das Sonnenlicht aus dem Flur so überschwänglich hereinströmt, dass es die Glut der Neonröhren tausendfach überstrahlt. Gesicht zum Arzneischrank. Hinter den Scheiben die Döschen und Fläschchen, die Verbandrollen, die Pflaster, die Pinzetten, ein Wasserglas mit einer farblosen Flüssigkeit und darin fünf Fieberthermometer, die Spitzen nach unten auf Wattepolstern.

Aspirin. Luminal.

Ich denke an die mörderischen Kieferschmerzen zurück, es ist noch nicht so lange her, ich spüre die Narben der Nähte noch. Aspirin half nicht, und Luminal vertrug ich nicht. Es beeinträchtigte nicht nur mein Denkvermögen, sondern auch meine Motorik. Meine Füße verhedderten sich in der Kutte, manchmal wankte ich plötzlich seitlich gegen die Flurwand, plumpste neben einem Stuhl auf den Boden oder ließ alles fallen. Manchmal nach einer Tablette, insgesamt bestimmt fünf am Tag, übermannte mich der Schlaf, wo ich ging oder stand, es wurde dunkel in meinem Hirn, wie wenn sich in der Raupenbahn das Verdeck über den Wagen stülpt, ich dämmerte ein, vornübergebeugt, den Kopf auf den Armen. Einmal passierte mir das im Studiersaal vor all den Jungen. Einer von ihnen, wer wohl, verpetzte mich bei Mansuetus. Der hinterfotzige kleine Dolf Koningsbrugge, bei seiner Geburt mit des Führers Vornamen beglückt, nach der Befreiung wurde der erste Buchstabe getilgt. Mansuetus brüllte mich mit einer Lautstärke an, die mich sogar durch meine Betäubung erreichte, allerdings ohne sie ganz zu vertreiben, so wie man ja auch tief schlafen konnte, während die Bomben fielen. Trotz all der Tabletten war der Schmerz immer da, ja er wurde von Tag zu Tag schlimmer. Bartholomäus kam mit Gewürznelken an, für den kranken Zahn, wie er sagte, aber was hieß hier kranker Zahn, das ganze Gebiss tat höllisch weh, der Schmerz loderte bis in die Augenhöhlen, bis tief in den Hals. Ambrosius bot mir einen kräftigen Schluck Whisky aus einem Flachmann an, den er in einer hohlen Psalmübersetzung versteckt hatte. Jedem sein Geheimnis. Er wollte dafür Zigaretten. Aber das Spülen des Rachens mit dem Hochprozentigen verschaffte keinerlei Erleichterung. Denk an das so viel qualvollere Leiden Christi, salbaderte Schnüffel, das unser Herr in seiner unerschöpflichen Güte aus freien Stücken ertrug, um die Menschheit zu erlösen. Länger als eine Viertelsekunde gelang mir das nicht. Schließlich hatte das Leiden des Gottessohns nur einen knappen Mittag gedauert und nicht anderthalb Monate wie meins. Hätte man mich doch wie Christus ein Viertelstündchen gegeißelt und dann ein Stündchen ans Kreuz genagelt! Wenn dann auch wirklich alles vorbei war, hätte man mich ruhig anderthalb Tage halbtot in eine Gruft legen dürfen. Schwankend und taumelnd, schlapp vor

Hunger, weil ich nichts kauen konnte, einen dichten Nebel vor den Augen, aus denen immer wieder Nässe quoll, stand ich in Mansuetus´ braunem Gebrüll. Ein brauner Koloss vor dem braunen Hintergrund des Vorhangs, hinter dem sich sein Bett befindet. Alles braun wie ich selber und die Fäulnis in meinem Mund. Die Rute, breite Seite nach oben, lehnte wie immer schräg an dem Metalltisch von Gispen. Soll er mich doch verprügeln, dachte ich. Lieber mit den Fäusten als mit der Rute. Noch lieber mit einem Hammer. Auf die Kieferpartie. Schlag mir mit einem Schreinerhammer die Zähne aus dem Maul, dann bin ich den Schmerz los, der sich mir ins Gehirn bohrt. Damit es aufhört. Lass es aufhören. Was stehste da, Bonaventura, wie ein wie ein? Was haste? Ich lehnte schlaff gegen den Schreibtisch, konnte mich kaum auf den Beinen halten. Ich starrte durch den feuchten Nebel in sein Schweinsgesicht und legte die Hand abwechselnd an die eine, dann an die andere Wange, hinter denen Rammböcke meinen Mund verzerrten. Die Lippen zu bewegen, um ihm zu antworten, war ein Ding der Unmöglichkeit. Zu meiner Überraschung zeigte sich auf seinem Gesicht zwar kein Mitgefühl, denn dazu war er nicht fähig, aber doch ein gewisses Verständnis, was mich aus der Fassung brachte und eher hätte beunruhigen müssen, der Kerl hatte für nichts Verständnis, höchstens dafür, dass alle vor ihm zitterten, Menschen wie Gegenstände, sogar Bäume. Zahnschmerzen. Er brummte. Er knurrte. Verschwand hinter dem Vorhang, kam zurück mit einem Stück Verbandmull und einem braunen Fläschchen mit einem teilweise abgeschabten Etikett. Öffnete den Verschluss und tränkte den Mull mit der Flüssigkeit. Hielt ihn mir hin, nachdem er das Fläschchen wieder zugedreht hatte. Inhalieren! So bekam Christus, als er sich an seinen Nägeln abquälte, einen Schwamm mit Essig und Galle auf den Mund gedrückt. Und da er´s schmeckete, wollte er´s nicht trinken. Meine Beine fühlten sich wie Gummi an, ich ließ mich auf einen Stuhl von Gispen sinken, mit Rädern drunter, der sauste mit mir davon und knallte gegen einen Metallschrank, es hörte sich an wie ein japanischer Gong. Als würde ich implodieren, so entschwand ich der Welt, kaum hatte ich etwas von dem Zeug aus dem Fläschchen eingeatmet. Ich hörte Musik aus Sphären, in denen es mich nicht gab. Kieferschmerzen, Zahnschmerzen, Schädelschmerzen gab es dort nicht. Nur tiefste Ruhe. Es gab dort nichts, wenn ich mir dessen auch nicht bewusst war, denn alles Bewusstsein hatte sich wie durch eine Drehtür davongemacht. Leider dauerte der Zustand in weltlicher Zeit höchstens zehn Minuten. Dann fuhr mir der Schmerz wieder ins Maul. Ich lag auf dem Fußboden. Der Eber war nirgends zu sehen. Was ich eingeatmet hatte, war Äther gewesen.

Drei dieser braunen Fläschchen stehen im Arzneischrank der Krankenstation. Die Etiketten mit hellblauer Umrandung. Ich brauche sie nur zu sehen, wie ich neben Mark Freelinks Bett die leere Schachtel Luminal gesehen habe, und alles Vorhergehende überfällt mich wieder. Und wie es manchmal passiert, dass man ein Wort denkt und im gleichen Moment spricht jemand anderes dieses Wort laut aus, so höre ich Mark Freelink Äther sagen, als mir das Wort durch den Kopf schießt. Ich tue so, als interessierte mich gar nicht, was hinter meinem Rücken vorgeht, blättere in einer illustrierten Broschüre über Streckverbände, die auf Dickerles Schreibtisch liegt, doch in den spiegelnden Scheiben des Arzneischranks sehe ich die Umrisse der Jungen und folge ihrem Gespräch.

Mark, weiß wie ein Gespenst, im Lotussitz, das Laken um die Hüften drapiert wie Mahatma Gandhi. Wil fast über ihm, ein Bein auf dem Bett, der Schuh zwischen ihnen, der Schuh neben dem Kissen, der Schuh auf dem Fußboden. Hör doch mal endlich auf, so mit dem Kopf zu wackeln, du machst mich ganz verrückt, sagt Mark, wie Christus, der Heiler, zu dem Lahmen sprach: Steh auf, Kerl, und stell dich nicht so an, du kannst gehen wie jeder normale Mensch. Und wahrlich, das Wunder geschieht, Wil wackelt nicht mehr mit dem Kopf. Mal seine Hand auf der von Mark oder auf dessen Arm, mal ist es umgekehrt. Sie flüstern nicht mehr, unterhalten sich halblaut. Er brüllte, höre ich Mark sagen. Wil: Bei mir auch. Mark: Verboten! Ich verbiete dir und diesem von Landschott. Immer dieser von Landschott neben dir, bei dir und um dich herum und so klammheimlich. Damit ist es jetzt vorbei. Vorbei! Ich sei viel zu intelligent für dich, und du bist eine Dumpfbacke, ein Maulworp. Keine Ahnung, was das heißt. Ich bin ein schöner germanischer Junge, hörst du, und du ein

Scheusal. Nein, das finde doch nicht ich, das sagt doch er, der selber, der selber. Wil: Zu mir das Gleiche. Geschlagen hat er mich, ins Gesicht, überall. Ich bin hingefallen, und da hat er mich getreten und gebrüllt. Todsünde! Wie ich da mit dir. Untergehakt auf dem Schulhof, als du das Tor geschossen hast und dann, du weißt schon. Das hat ihm bestimmt so ein blöder Sack gepetzt. Mmm Meldepppflicht. Mark schüttelt den Kopf: Nein! Er hat am Fenster gestanden und es mit eigenen Augen gesehen. Sagt er jedenfalls. Was redest du auf einmal, als müsstest du Kötel schlucken? Und dann? Prügel natürlich, sagt Wil. Auf dem Schreibtisch. Seine Schweißklaue in meinem Nacken. Ordentlich drauflos. Au! Bei jedem Schlag das Grunzen. Immer auf dieselbe Stelle. Als ich die Schläge mit der Hand abwehren wollte, drehte er mir den Arm auf den Rücken, meine Hand fast auf der Schulter. Und immer weiter mit dem Holz. Diese räudige Sau. Sau, wiederholt Wil. Dann: Leuteschinder. Drecksack. Nazischwein. Kriegsverbrecher. Ich kann es nicht sehen, aber ich bin mir sicher, dass sein Adamsapfel jetzt verrücktspielt, er keucht vor Wut, den Kopf vor, zurück, nach links, nach rechts.

Hast du geflennt? Mark hat sich wieder aufs Bett sinken lassen und sieht ihn mit ruhigen Augen an, aus denen die Betäubung durch das Luminal zu weichen beginnt.

Ich und flennen, damit dieser Schweinehund seinen Spaß hat? Du?

Jetzt legt Mark los. Der Junge mit der schönen Stimme. Wenn er hierbleiben muss, wer soll dann morgen das *Panis angelicus* von César Franck singen, Eduard an der Orgel.

So, jetzt du, Freelink, hatte Mansuetus geknurrt. Du weißt ja wohl, warum ich dich herbestellt habe. Nein? Nicht ganz richtig im Oberstübchen? Passt ja eigentlich ne Menge rein, unter dein Strohdach. Da musst du übrigens nicht so viel Brylcreem reinschmieren. Ohne wellt es sich viel schöner, sagte er mit seiner feuchten Schnauze. Er saß an seinem Schreibtisch, Fingerspitzen aneinander, das Fenster halb offen. Also du hast keine Ahnung, warum du hier stehst mit deinen schlotternden Knien, die mir verraten, dass du es sehr wohl weißt. Ein Junge mit reinem Gewissen, dem schlottern die Knie nicht.

Dich auch mit dem Holz?, fragt Wil. Erst jetzt verstehe ich, warum er immer nur mit einer Gesäßbacke auf dem Bett sitzt.

Erst hat er noch von dir geredet, sagt Mark. Aber ich war zu nervös. Ich zitterte bloß. Mein Herz hämmerte wie verrückt, ich sah ihn doppelt. Prügel, dachte ich die ganze Zeit. Gleich verprügelt er mich mit dem Stock und warum, was hab ich getan, nix.

Mansuetus schloss die Finger fest um das Ding, das vor ihm auf dem Schreibtisch lag. Als er von Landschott sagte, schwoll ihm die Ader auf der Stirn an, mit den Knöcheln trommelte er auf die Tischplatte. Dieser von Landschott ist kein guter Kamerad für dich. Schlechter Einfluss, potthässlich und dumm. Du so edel blond und gescheit. Es gibt ne Menge besserer Kameraden als diese hinterfotzige Wühlmaus. Ich habe es gesehen. Widerlich. Schauerlich. Verdorben. Von hier aus auf dem Fußballplatz mit diese eigene Augen gesehen. Konfrater Schulleiter zeigte nacheinander auf seine beiden Augen. Auf mit folgt der dritte Fall, der Nazi wird also mit diesen eigenen Augen gesagt haben. Kamerad ist ein Wort aus einem preußischen Soldatenlied, es stand in einem meiner Lehrbücher. Ich werde Pater Rektor fragen, ob Wil von Landschott es gebeichtet hat. Und ob du, Mark Freelink, es auch gebeichtet hast. Mark fragt Wil: Weißt du, was wir beichten sollen?

Dass wir einander angefasst haben und so, antwortet Wil. Das ist eine Todsünde!, hat er gebrüllt. Das musst du beichten, das muss dir ausgetrieben werden. Du lässt die Finger von anderen Jongen. Und erst recht von Mark Freelink. Er schmeißt mich von der Schule, hat er gesagt.

Während ich auf Streckverbände starre, geht mir vieles gleichzeitig durch den Kopf, worüber ich ein ganzes Buch schreiben könnte. Schreib es doch, du Schussel, sagt die liebe schöne Patricia. Du wirst ja bis zur Verrücktheit manipuliert. Gehirnwäsche nennt man das. Neuer Begriff aus dem Koreakrieg für einen Sachverhalt, den ich aus einem englischen Roman kenne, den ich noch kurz vor meiner selbstverschuldeten Haft gelesen habe, der Titel ist ein Jahr in der Zukunft. 1984 bin ich siebenundfünfzig Jahre alt und gottlob dieser Schreckensherrschaft des Großen Bruders hier entkommen. Gottlob ist mir ganz unabsichtlich herausgerutscht. Ein Körnchen Kesselstein aus einem früheren Wortschatz. Es gibt keinen Gott, also wurde ich bis zur Verrücktheit manipuliert von etwas, was als nicht existierend nicht gelobt werden kann. Den Großen Bruder, den gibt es wohl, schon so lange, wie es die Menschheit gibt, und überall auf diesem Planeten. Wer an einen Gott mit seiner Hölle glaubt, täte besser daran, sich vor dem Großen Bruder mit seinen Indoktrinationen und Strafmaßnahmen in Acht zu nehmen, vor dem Holz auf einem Jungeninternat bis hin zum Gulag und Auschwitz, Atombomben und Napalm. Sich bei Schnüffel erkundigen, was ein Schuljunge beichtet! Gemütlich bei einem Schnaps und einer Zigarre, Schnüffel, der nichts lieber tut, als die Beichtgeheimnisse pubertierender Schüler auszuplappern. Geheimnisse! Frech gewesen. Gespickt. Nicht mit Weihwasser bekreuzigt vorm Schlafengehen und danach. Und machst du das auch manchmal, du weißt schon? Ja, Ehrwürden. Nur mit dir selber oder? Und der Kuss auf dem Schulhof?

Es ist schon mal vorgekommen, dass ein Schüler mitten im Schuljahr aus dem Internat verschwand. Eines Tages war er nicht mehr da, nach Hause geschickt wegen irgendeiner nie geklärten Geschichte. Aus allen Listen getilgt, als wäre er nie auf der Schule gewesen. Als hätte einer ein Fenster geöffnet, um den Mief rauszulassen, wie ich Mansuetus einmal Wil van Lanschot habe anbrüllen hören. Luft bist du, stinkende Luft. Manchmal verschwindet durch das offene Fenster zwar ein Schüler, aber nie einer der Brüder, der so seine eigene Methode hat, um sich an den Jungen zu verlustieren. Und der Große Bruder Mansuetus ist genau auf diesem Weg hereingekommen.

Er stand auf, sagt Mark. Ging um den Schreibtisch herum auf mich zu, schlug sich mit dem Holz auf den Schenkel. Dabei sah er mich so komisch an, fast als würde er lachen. Als er vor mir stand und ich zu ihm aufsah, fielen mir seine Zähne auf. Er lachte tatsächlich, hast du ihn schon mal lachen sehen? Ich glaube, ich schielte, irgendwie sah ich ihn dreifach, ich musste mich am Schreibtisch festhalten, so sehr zitterte ich. Er fuchtelte mit dem Stock vor meinem Gesicht herum und fasste mich am Kragen. So schön blond und mit solchen reinen blauen Äuglein. Er zog mich an sich, mein Gesicht an all dem Braun, dieser riesigen Wampe. Jetzt muss ich dir zur Lektion eine Züchtigung verabreichen, das tut mir leid und schmerzt mich mehr als dich, doch du wirst mir einmal dankbar dafür sein.

Jawohl, murmelt Wil. Wir fühlen die Dankbarkeit hier. Die Hand auf einer Gesäßhälfte.

Mark holt tief Luft, schüttelt wieder den Kopf. Schweigt eine Weile. Bevor er weitererzählt, setzt er sich auf, seine verletzliche Blöße zwischen den bauschigen Laken. Sieht Wil so schmerzlich an, dass ich einen bitteren Geschmack im Mund spüre.

Ein hübscher intelligenter Bub wie du, knurrte der Schulleiter, die Hand auf Marks Schopf an seiner Brust. Ich sollte dich streicheln, statt dich zu züchtigen. Er legte den Stock hin und schlang den Arm um den Jungen. Ich hörte ihn keuchen und fühlte es, sagt Mark. Konnte nichts sehen, roch ihn, er stank. Wie könnte ich dich schlagen. Du bist ein Engel, mein Engel, einen Engel schlage ich nicht. So hielt er mich fest, die ganze Zeit fest an seinen Bauch. Ich konnte mich nicht rühren, meine Beine schlotterten, ich kriegte keine Luft, es war schrecklicher als Prügel. Er fing wieder von der Brylcreem an. Das schmieren sich Engel nicht ins Haar. Der Eber schaute auf Marks Scheitel herab, über die seine Hand strich, wendete den Kopf ab, um dem Pomadengeruch auszuweichen, wischte sich die Hand unter dem Skapulier ab. Und dann auf einmal, sagt Mark mit einem Schluchzer. Dann auf einmal. Wieder schüttelt er den Kopf. Traut er sich, es zu erzählen?

Auf einmal war Bruder Mansuetus' Hand zwischen ihnen. Seine Finger glitten hinter den Gürtel und tiefer. Der Junge wand und krümmte sich, vergeblich, der Erzieher hielt ihn mit einer Hand fest, die andere schob sich in seine Unterhose. Dort griff sich Ehrwürden Marks Geschlecht, geschrumpft zur halben Größe eines kleinen Fingers, die Hoden vor Schreck so hoch in der Hautfalte, als hätten sie sich auf einen Dachboden verkrochen. Um dieses kleine verschüchterte Ding schloss sich die Schweißhand des Schulleiters, fühlend, tastend. Machst du das auch manchmal bei Jungs und dürfen Freunde es auch bei dir? Dieser von Landschott? Mark stemmte sich mit dem Kopf gegen die Brust seines Bedrängers, stieß sich mit aller Kraft nach hinten ab und konnte sich schließlich aus der Umklammerung lösen.

Wie würde Dick Bos sich aus der Schlinge ziehen? Ich bin nicht Ihr Engel, wollte er rufen, bekam aber kein Wort heraus. Hierher, Freelink! Der Kleine rannte um den Schreibtisch herum, der Große griff daneben. Den Bürostuhl auf Rädern zwischen sich und dem grunzenden Vieh gelang es Freelink, die Tür zu erreichen, doch bekam er sie nicht rechtzeitig auf, der Eber sprang davor, der Stuhl schoss weg. Wo willst du hin? Mein respektabler Konfrater schlug seine Pranken in den Jungen und drückte ihn gegen den Schreibtisch.

Die gerechte Züchtigung mit dem Holz?

Mark: Nein, aber.

Nicht vornüber, sondern hintenüber wurde der Schüler auf die Tischplatte gedrückt, Mansuetus´ Faust an Marks Kinn, sodass der nur die Neonröhren sah, von denen manchmal eine aus- und wieder anging. So fest gegen Kinn und Hals, dass er kaum Luft bekam und weder Arme noch Beine bewegen konnte, zwischen die sich der Eber gezwängt hatte. Der jetzt an Mark Freelinks Gürtel herumfingerte. Ungeduldig. Die Schnalle bekam er schließlich auf, dafür zog er so heftig an dem Gürtel, dass ein paar Schlaufen rissen. Dann der oberste Hosenknopf. Der steckte so fest im verstärkten Stoff, dass der Klosterbruder, der nur eine Hand zur Verfügung hatte, sich trotz immer größerer Anstrengung noch schwerer tat, ihn aufzubekommen. Warum, was stand ihm bevor? Mit fest zugekniffenen Augen, am ganzen Körper zitternd, hörte Mark ihn brummen, ihm kamen Schrecknisse in den Sinn, die ihm niemand glauben würde. Er wird mich wie Abraham dem Jahwe opfern. Jetzt wurde an den anderen Knöpfen rumgemacht, wie es die Mutter immer verboten hatte. Immer hatte sie gesagt: Sachte musst du sie durchs Knopfloch schieben, nicht so wild, sonst muss ich sie andauernd wieder annähen. Jetzt war die Hose auf. Dann das Hemd hoch bis über das Brustbein. Noch mehr Gefummel, Marks edle Teile wurden über das Gummiband seiner Unterhose gehoben. Das alles ging schneller vonstatten, als Mark es dem Freund in seiner Scham berichten konnte, seinem besten, einzigen Freund. Er bekam keine Luft, er konnte nicht schlucken, er fühlte sich, man stelle sich vor, wie er sich fühlte. Schock, Lähmung, Angst, wie er sie noch nie empfunden hatte. Durch die gezwungene Haltung seines Kopfes konnte er nicht sehen, was unten vor sich ging. Was unter seine Augenlider drang, war das Licht über dem Operationstisch. Die eine Röhre, die ab und zu den Geist aufgab und dann wieder aufleuchtete. Wie Flecken aus Licht und Schatten und Dunkelheit muss das Verständliche und das Unverständliche hinter Marks Augen durcheinandergewirbelt sein. Mansuetus führte seine Hand an das Geschlecht des Jungen, der durch die Berührung hochgeschnellt wäre, wenn er sich hätte rühren können, er knetete, er streichelte, es war abscheulich, wie sich der schnaufende Kerl zu schaffen machte. Die Pranke an seinem Körper, überall diese Pranke. Deine schöne Gestalt. Der heilige nackte Jüngling Sebastian in anmutiger Haltung am Marterpfahl. Wie die Abbildung in einem Buch von Wil. Die andere Hand des Erziehers noch immer an Marks Kinn und seiner Kehle, aus der kein Ton kam. Und dann. Und dann. Die Vorhaut zurück, die Eichel hervor. Wie bei Tiburtius im Duschraum, du weißt schon. Wil weiß, was Mark meint. Ich auch. Die Haut über der Knospe. Runter. Wieder rauf. Es tat weh. Er hat sich an mir. Ich konnte nichts machen. Was sollte ich tun? Es tat weh. Alles trocken und rau. Sein Körper, der doch nur ihm gehörte, nicht dem Schulleiter, der ihn begaffte, nicht von ihm ließ und ihm mit seinen dicken Fingern Gewalt antat. Als wäre ich nicht dabei gewesen, sagt Mark, aber es tat so weh, dass ich. Krampfhaft presste er die Schenkel gegen Mansuetus′ Flanken. Er hörte, wie der Eber Speichel in der hohlen Hand sammelte. Dann schloss sich die große Hand mit der warmen Spucke um seinen herausgestülpten Penis und seine Hoden, die unten vom Gummiband eingequetscht wurden. In seinem Kopf alle Schattierungen von Dunkelheit, dunkleres Dunkel, helleres Dunkel. Das dunkle Dunkel als kreiselnde, umeinander rotierende Kugeln, zu denen im helleren Quadrate und Dreiecke hinzukamen. Ein farbloses schwarzes Gewusel, mal so und wieder anders schwarz. Nichts in seinem Kopf als dieses Gewusel. Nichts in seinem Kopf als Angst und Verzweiflung. Ich wollte schreien, vielleicht hättest du mich ja gehört, sagt Mark zu seinem Freund, ich sah dich noch die Treppe runtergehen, aber. Hände am Hals, Zunge raus, mimt er Ersticken. Kein Ton. Hattest du einen Ständer? Nein, natürlich nicht. Und dann. Dann auf einmal, ich konnte nichts dagegen machen, sagt Mark, das

Laken schützend zwischen den Beinen, merkte ich, dass ich. Ich musste pinkeln, ganz plötzlich. Einfach so. Nicht viel, aber es kam einfach raus. Ich wollte es unterdrücken, aber es tröpfelte einfach, und ich wusste nicht mehr, was mit meinem Schwanz passierte, was da unten alles passierte. Ich war wütend, war ich. Er kniff auf einmal ganz fest hinein, ganz fest, ein paar Mal, und dann spürte ich, wie er seine Hand schwenkte, wie er seine fiese Spucke von der Hand abschlug, meine Pisse regnete mir auf den Bauch. Ganz kurz nahm er die Hand von meinem Hals. Daraufhin schlug Mark wie wild mit den Armen um sich. Krümmte sich, wand sich, konnte sich aber nicht aufrichten, denn Mansuetus hielt ihn mit den Beinen umklammert. Mein ehrwürdiger Konfrater drückte den Jungen mit dem Ellenbogen, mit seinem ganzen Gewicht auf die Tischplatte. Beide Hände frei. Und dann. Braunes Fläschchen, höre ich Mark sagen. Lappen. Äther, höre ich Mark im gleichen Moment sagen, da mir das Wort durch den Kopf schießt, mein Blick auf die braunen Fläschchen in Dickerles Arzneischrank fällt. Aufs Gesicht, sagt Mark. Die Wirkung eines mit Äther getränkten Lappens braucht mir niemand zu erklären. In meiner Zahnwehzeit hätte ich so ein Fläschchen, alle Fläschchen, aus dem Arzneischrank geklaut, wenn ich gekonnt hätte. Plötzlich ist alles weg, man ist einfach nicht mehr da. Gedanken weg, Angst weg, Wut weg. Der Schmerz verschwindet schlagartig. So paradiesisch muss Sterben sein. Mansuetus als Todesbringer. Er wird gespürt haben, dass Marks Beine erschlafften, dass seine Arme kraftlos herabhingen. Das Gesicht des Jungen verschlossen, eine Maske. Was drückte sie aus? Der Körper, wie Franziskus es sich beim gehorsamen Gläubigen vorstellt, ein toter, entseelter Leib. Ich war auf einmal so schrecklich müde, sagt Mark, alles löste sich auf.

Wil ist aufgesprungen, die Hände vorm Gesicht, als wolle er so seinen Kopf am Wackeln hindern. Verddd verddd verdammte Scheiße, stößt er schließlich aus. Ein Wort für die Beichte. Ich bring ihn um!, brüllt er, diesmal ohne zu stottern. Ein solches Vorhaben, ob er es nun ausführt oder nicht, muss ebenfalls gebeichtet werden. Seine Hose behindert ihn. Alles behindert ihn, während er wütend auf und ab geht. Könnte er nur davonfliegen wie sein Vater. Könnten sie nur mit einem

Schiff weg wie Marks Vater. Aber ohne Väter und erst recht ohne Erzieher wie die hier. Nur er und Mark ganz allein in einem Luftballon oder einem Segelschiff dem Horizont entgegen und noch weiter, immer weiter. Und ich, ich renne durch Weiß, ich mit meiner Sehnsucht. Immer wieder überläuft es mich, von den Schultern abwärts. Tricia! Weil Mark schweigt, drängt ihn Wil: Ja? Und dann? Mark schüttelt den Kopf. Weiß nicht. Bewusstsein verloren oder so. Knockout. Erst später.

Mein Mitbruder Mansuetus kennt die Worte des Franz von Assisi über das Auslöschen aller leibbezogenen Willensäußerungen. Natürlich. Unser heiliger Ordensgründer besang sie, begleitet von der eigenen Fiedel. Geschickt mit dem Bogen. Vom gehorsamen Bruder erwartete er, dass er sich allen Menschen, ja sogar den wilden und ungezähmten Tieren unterwerfe, damit sie mit ihm anstellen können, was immer sie wollen, so weit ihnen der Herrgott die Macht dazu verliehen hat. Unser heiliger Ordensgründer soll eine schöne Stimme gehabt haben, er sang und fiedelte den ganzen Tag. Als Mensch und wildes Tier besitzt Mansuetus große ihm vom Herrgott verliehene Macht. Ich verachte ihn und den Herrgott dazu.

Erst später, flüstert Mark stockend, nachdem er wieder eine Weile geschwiegen hat, denn er schämt sich vor allen Menschen und Tieren auf dieser Welt. Ich hatte nur noch die Strümpfe an, sonst gar nichts. Lag auf dem Bett hinter dem Vorhang. Wie lange schon? Auf einmal war ich wach. Nicht gleich, es ging langsam, als würde ich von ganz weit her kommen. Dann hab ich ihn gesehen. Erst unscharf, vor Schreck schielte ich wieder. Was träum ich denn jetzt wieder?, hab ich gedacht. Er war pudelnackt, ein nackter alter Mann. Dick. Überall Haare. Als hätte er oben und überall Topfkratzer an sich. Bin ich erschrocken! Scheiße! Er kniete vor mir. Und hielt mich fest. Davon war ich aufgewacht. An den Kniekehlen. Er hob meine Beine an den Kniekehlen hoch. Davon war ich aufgewacht. Von wegen träumen. Es war alles wirklich. Er stieß sein Ding gegen mich. Das passierte. Mit seinem Ding gegen zwischen. Als er gemerkt hat, dass ich die Augen offen habe und ihn ansehe, ist er erschrocken. Er wollte, er wollte, was wollte er? Aber jetzt fing ich an zu schreien. Vielleicht hörte man es bis auf den Schulhof, aber in diesem stinkenden Loch waren keine Fenster. Vielleicht hörte mich ja jemand. Da hatte er wieder den Lappen und das Fläschchen in der Hand, aber ich war frei, trat um mich, traf ihn an der Schulter. Er hielt mich mit einer Hand fest, aber ich konnte mich losreißen. Stieß ihn weg, dort auf der Matratze mit den quietschenden Federn. Stinkwütend. Meine Klamotten. Meine Schuhe. Ich packte alles und rannte los, auf Socken, nackt raus auf den Flur. Er hinter mir her. Nicht weiter als bis zur Tür. Grunzte, tobte, brüllte. Auch er splitternackt.

Was hat er für einen?, fragt Wil.

Ob mein Konfrater das alles beichtet? Das sechste Gebot. Das neunte Gebot. Der Katechismus: Warum müssen wir keusch leben? Wir müssen keusch leben: erstens weil wir unseren Körper nicht gegen die göttliche Absicht gebrauchen dürfen, zweitens weil unser Körper ein Glied Christi ist und ein Tempel des Heiligen Geistes. Beichtet er bei Schnüffel, der sich wie eine geile Drohne damit vollsaugt? Und ob er öfter zur Beichte geht? Was hat der Äther in seinem Zimmer verloren? Und wenn er es beichtet, ist dann sozusagen nichts passiert, weil unsere Mutter, die heilige Kirche, ihm die Absolution erteilt? Und Bruder Laurentius? Und Bruder Plechelm? Und Bruder Vianney? Und noch einige andere, von denen man sich Geschichten erzählt, weniger schlimme vielleicht, aber dennoch. Soll ich Mansuetus darauf ansprechen? Von Bruder zu Bruder? Auf Deutsch, wenn er möchte? Ich nehme gerechte Züchtigungen vor, wenn Schüler Anlass dazu geben, wird er sagen, und was die Schüler sonst über mich munkeln, ist Unfug und böswillige Verleumdung. Traust du mir solche Handlungen zu, Bonaventura? Solltest du nicht besser mir glauben als diesem Jungen, Bonaventura? Ich aber glaube Mark und habe alles Schändliche immer geglaubt und wie alle darüber geschwiegen. Ich schreibe all das nur auf, um es aufgeschrieben zu haben.

Er habe sich im Laufen angezogen. Blindlings durch die Dunkelheit getappt, auf einem Bein hüpfend und stolpernd. Die Treppen runter zu den Klos, da sei er auf dem schmuddeligen Fußboden vor einer der Schüsseln wie ein Lampion in sich zusammengesackt. Was?, sagt Wil. Meine Knie waren ganz weich, sagt Mark. Auf einmal sind sie unter mir weggeknickt. Schwindlig, saumüde, wieder ganz schlapp. Als ob in meinem Kopf. Und weg war ich. Was?, sagt Wil wieder. Marks Stimme wird immer schwächer. Er schüttelt den Kopf, als könne er es selber kaum glauben. Das kann alles gar nicht passiert sein. Wurstelte mit den Schuhen rum, die Mansuetus ihm von den Füßen geschraubt haben musste, ohne vorher die Schnürsenkel zu öffnen. Im Dunkeln in dem Mief wurstelte er mit schlaffen Fingern an den Schnürsenkeln rum, da glaubte er, jemanden im Schulgebäude zu hören. Nicht die Höllensau, denn die hört man nicht. Im Flur unten. Als würde da jemand an den Klassenzimmern entlanggehen. Zu Stein erstarrt, glaubte Mark, eine Tür zu hören, und dass jemand etwas rufe. Aber er hatte sich wohl getäuscht. Alles drehte sich mir im Kopf, sagt er. Alles Mögliche schob sich kreuz und quer durcheinander. Wenn es Krach gemacht hätte, hätte es gerasselt und gedröhnt, gequietscht und gewummert und gepfiffen. Es gelang ihm, sich aufzurappeln, die Schwindelgefühle wogten auf und ab, immer wieder knickten ihm die Beine ein. Wieder rannte er los, jetzt auf Marionettenbeinen, geräuschlos, in jeder Hand einen Schuh. Außentür. Schulhof. Alles dunkel, nur im letzten Fenster des zweiten Stocks Licht. War da der Schatten der Bestie? Nicht umschauen. Bei der Hecke zog er sich hastig die Schuhe an, ein Schnürsenkel riss. Wo warst du bloß? Wir wollten doch. Mit einem Hechtsprung über die Hecke wie Wil, das habe er nicht geschafft. Drüber kam er schon, aber verletzte sich, als er sich auf der anderen Seite runterfallen ließ. Da warst du auch nicht. Ich hab dich gerufen. Wir wollten doch aufeinander warten. Die Krawatte, geknotet, vom Boden gegrapscht, im Dunkeln umgehängt, baumelte irgendwo auf seinem Rücken. In der Aufregung hatte er den Hosengürtel nicht richtig festgezogen, der löste sich und verhedderte sich in der Hecke. Auf der anderen Seite fiel er ab wie der Schwanz einer Eidechse, die Hose saß trotzdem fest. Gehetzt, alles gehetzt in der schrecklichen Schwärze um ihn her, rollte er den Gürtel zusammen, stopfte ihn sich in die Hosentasche, was nicht ganz gelang und ihn beim Weiterrennen behinderte. Ich dachte, vielleicht bist du schon an der Pforte. Du hast mich nicht rufen hören. Er habe sich auf das Licht hinter der Mauer konzentriert, da würde er gleich mit seinem treuen Freund entlanggehen. Dem Knast entkommen. Man würde nicht wie im Krieg Hunde auf sie hetzen. Wil hatte Geld für die Straßenbahn. Egal wohin. Wo warst du nur, du Sack? Mit dem Messer habe er versucht, das Schloss aufzubrechen, aber er konnte nichts sehen. So versucht und so und noch mal so. Ich dachte, dann ist sie schon mal auf, wenn du endlich aufkreuzt. Aber es glückte nicht. Das Messer fiel ihm ein paar Mal aus der Hand. Er bückte sich. Tastete im Sand und im Gras herum. Was er fühlte, war der Gürtel, der ihm um die Füße baumelte. Da war die Wut wieder, und in seinem Kopf wirbelten aufs Neue diese Flecken, Formen, Lichtblitze. Mühsam richtete er sich auf. Das Messer in der erhobenen Hand stürzte er sich auf die Gartentür, stach wie in eine Brust, einen Bauch, in Augen, einen Hals. Hier und hier und hier, da hast du´s, und da und da. Bis er das Messer, das im Holz steckenblieb, nicht mehr losbekam. Er muss weggewankt und hingefallen sein, den Geruch des Lappens wieder oder immer noch in der Nase. Kein Bewusstsein mehr, nichts mehr, nur, dass ich ersticke, ersticke, und ich musste wieder pissen. In die Hose. Als wäre die Zeit geschmolzen. Als hätte er aufgehört zu existieren. Und dann lag ich auf einmal hier.

Ja. Mehr bringt Wil nicht heraus. Er läuft auf und ab, um das Bett herum.

Wo warst du bloß, du Arsch, wo hast du dich rumgetrieben? Wir wollten doch.

Ja, sagt Wil. Ja, verdammt. Ich. Wo ist das Messer geblieben?

Was weiß ich, sagt Mark.

Von draußen nähern sich Schritte und Stimmen. Bruder Johannes Vianney taucht im lodernden Türrahmen auf, hinter ihm der Dorfarzt, der gerufen wird, wenn bei uns jemand wirklich krank ist. Renting heißt er. Fährt in einem Auto. Neben Dickerle ist er eine Bohnenstange, groß und hager, auf dem Kopf so eine karierte Mütze, wie mein Vater auch eine hatte. Der muffige Geruch, der ihm entgegenschlägt, lässt ihn die Nase rümpfen, seine Augen müssen sich erst an das Schummerlicht gewöhnen.

Dickerle kläfft: Was machst du denn hier, Bonaventura? Und was hat das Pickelgesicht hier zu suchen? Wil van Lanschot am Fußende des Bettes, mit dem Rücken zur Tür, dreht sich um, sein Kopf wackelt wieder. Die ganze Welt ist auf der Suche nach diesem Affen, und da steht er seelenruhig.

Bevor ich antworten kann, sagt Doktor Renting: Aber, aber, also bitte, Pickelgesicht, Affe, darf es auch etwas weniger sein. Und mit überraschtem Gesicht an mich gewandt: Sie sind Bonaventura? Schau einer an. Vor weniger als einer Stunde bin ich Frau Delahaye auf der Straße begegnet. Patricia Delahaye. Als ich sagte, ich müsse hierher, bat sie mich, Ihnen die allerherzlichsten Grüße auszurichten. Die allerherzlichsten Grüße. Ich kenne keinen Bruder Bonaventura, habe ich noch zu ihr gesagt, und schau her, da stehen Sie vor mir. Er streckt mir die Hand entgegen, der zweite Händedruck einer Zivilperson heute. Der von Herrn Goedgeboerd war schwammig und schlaff gewesen, nach guter Klostermanier, die er sich offenbar schon zu eigen gemacht hatte, der von Doktor Renting ist so kräftig, wie ich es schon lange nicht mehr erlebt habe. Er bringt ein Stück Außenwelt mit herein. Endlich ein normaler Mensch an einem Ort, an dem es keine normalen Menschen gibt, auch wenn er einen limburgischen Dialekt spricht. Zitternd vom Atlas bis zum Steiß, werde ich beim Hören des süßen Namens und den Grüßen rot wie ein Kardinalshemd, aber gleich darauf so weiß wie Gebetbuchpapier. Der süße Name.

Haben Sie Fieber, Sie zittern so? Er deponiert seine Tasche auf den Nachttisch neben Marks Bett, die leere Pillendose fällt runter. Sie geben ihm Luminal? Er stellt die Frage anscheinend der Wand. Erwartet er eine Antwort? Die von Dickerle jedenfalls wischt er beiseite: Dafür gebe es keinerlei Notwendigkeit. Verschreiben Sie das, ohne vorher einen Arzt zu befragen?

Mit einer Kopfbewegung gebe ich Wil zu verstehen, dass wir die Krankenstation mit den Kruzifixen jetzt verlassen werden. Gute Besserung, Mark, sage ich. Renting zu Wil: Moment mal, junger Mann. Da ich schon mal da bin, was hast du denn da hinten am Bein? Der Striemen da.

Wil schweigt, soll ich für ihn antworten? Dickerle redet sich heraus: Der Junge sei mal wieder zu ungestüm durchs Unterholz gerannt, die peitschenden Zweige, Sie wissen schon. Nicht wahr, van Lanschot?

Hast du die Sprache verloren, Junge? Der Arzt ist auf Wil zugegangen, legt ihm die Hände auf die Schultern. Holla, beruhig dich erst mal, sagt er. Freundlich. Ein freundlicher Mensch. Sieh mich mal an. Und diese roten Augen, woher kommen die? Geweint, weil du dir beim Rennen durchs Unterholz wehgetan hast? Hör auf, so komisch mit dem Kopf zu wackeln. Du kannst ihn doch still halten, genau wie ich und jeder andere. Siehste. Hast du eine Zunge? Dann kannst du auch sprechen. Erzähl mir mal, wo die Blutergüsse an deinem Bein herkommen.

Als Wil den Mund immer noch nicht aufmacht, überlege ich mir wieder, ob ich nicht eingreifen soll. Aber auch ich schweige und bewahre so mein Leben, denn wer seinen Mund aufreißt, den trifft Verderben. Sprüche 13,3.

Soll ich etwas Salbe drauf tun?, fragt Bruder Vianney.

Ihr mit Eurer Salbe, sagt der Arzt. Wie heißt du, Junge? Wim? Wenn ich das nächste Mal vorbeischaue, Wim, möchte ich dich mal richtig untersuchen. Das hier, er fühlt, kommt nicht vom Rennen durch Unterholz. Jemand hat dich verdroschen. Hast du dich tapfer gewehrt?

Und jetzt zu Ihnen, junger Herr. Er wendet sich Mark zu, der sich auf einen Ellenbogen stützt und Wil einen Blick zuwirft. Wil hält den Daumen hoch. Draußen im Gang hören wir Rentings Stimme. Und wie Dickerle sagt, Mark habe kein Fieber, er habe ihn heute Morgen und heute Mittag gemessen. Renting: Das sehe ich auch so. Zu Mark: Hast du das öfter, Junge? Sag mir erst mal, wie du heißt.

Auf seinen ausgelatschten Schuhen trottet Wil neben mir her, in den Sohlen fehlen einige Nägel.

Und du, wie geht's bei dir jetzt weiter?

Er erstarrt, zieht die Schultern hoch, schüttelt den Kopf, nicht mehr spastisch, nur noch ratlos. Mir ist inzwischen klar, dass auch Mark für seine Eskapaden letzte Nacht eine neue Bestrafung bevorsteht. Einen Nachmittag knien in der Sonne auf dem Schulhof. Oder in den Kohlenkeller, wo es stockfinster ist und durch die Angst noch finsterer. Oder doch wieder das Holz und der Schmerz und die Demütigung. Ist Mark Freelink wirklich passiert, was er erzählt hat? Muss ich das nicht melden? Aber wem sollte ich es melden, Doktor Renting? Und dann? Lieber kleiner Mark, denke ich wieder. Es befremdet mich selber.

Wil van Lanschot ist nicht mehr neben mir, ich drehe mich nach ihm um, da steht er wie eine Salzsäule und sagt – ich höre es wirklich: Ich bring mich um. Im Fenster hinter ihm explodieren die Farben unserer Missionsgebiete. Ein Schleier von schillerndem Licht umgibt ihn, sein Gesicht ist im Dunkeln. Auf solche Gedanken kommt man nicht, weil man zu viele Comics gelesen hat. Will er sich mit der Krawatte aufknüpfen? Das einzige Kleidungsstück, aus dem er nicht herausgewachsen ist. Er zielt mit dem Zeigefinger, als würde er schießen. Mit schlaksigen Bewegungen kommt er auf mich zu. Greift nach meiner Hand. Hält sie fest wie ein ängstliches Kind, ein verzweifelter Teenager. Nicht flennen. Wil van Lanschot und flennen? Hand in Hand, er einen halben Meter hinter mir, als würde ich ihn ziehen, gehen wir durch den Flur. Aber ich ziehe ihn nicht, er umklammert meine Hand, feucht in feucht, seine Hand verschwitzter als meine.

Dich umbringen, lass das mal sein, sage ich lahm. Wär doch schade um dich, jammerschade. Dafür bist du doch viel zu intelligent. Und was soll aus deinem Freund werden?

Er hält kurz an, ruckelt an meiner Hand und flüstert: Nicht mich. Ihn. Diese dreckige Nazisau. Mmm ansuetus. Mit einer Pistole. Wenn er mich von der Schule schmeißt, komme ich zurück und puste ihm das Gehirn weg. Mein Vater hat eine Pistole. Ich weiß, wo sie ist.

Glaubst du, dass es stimmt, was Mark erzählt?

Wil nickt heftig. Hundertprozent. Ich weiß, dass der so was macht. Von Klaas Bentinck und anderen. Mark hat es auch gewusst. Klaas Bentinck musste ihn in den Mund nehmen. Zum Kotzen. Er wollte nicht. Er musste. Lutschen. Dann kriegst du eine bessere Note im Zeugnis. Wenn man das Gesicht wegdreht, kommt er mit dem Lappen. Und wenn du petzt, kommst du schnurstracks in die Hölle, brüllt er. Manchmal müssen zwei zu ihm kommen, die müssen die Hosen runterziehen und sich gegenseitig befummeln. Dann guckt er zu. Fragen Sie mal Jochem van Knol. Jochem van Knol und Marcel Doodewaard. Fummeln, bis was rauskommt. Dann guckt er zu. Bei Marcel Doodewaard kommt nichts, der ist ja erst zwölf. Da hat er sich furchtbar aufgeregt.

Halt den Mund, ich will diesen Klatsch nicht hören, unterbreche ich ihn. Natürlich habe ich solche und andere Geschichten und Gerüchte schon gehört, wie wir alle hier. Schweigen. Wir schweigen. Pst! Halt den Mund.

Am Ende des Flurs waten wir durch Seifenlauge, Bruder Rochus wischt den Fußboden. Hinter dieser Brandung frage ich Wil noch mal, wie er den restlichen Nachmittag zu verbringen gedenkt. Du kannst nicht die ganze Zeit meine Hand halten.

Strafarbeit. Von Julian.

Bruder Julian, berichtige ich ihn. Weil Rochus, der aufschaut, uns hören kann.

Aus seiner Hosentasche zieht Wil eine winzig klein zusammengefaltete Heftseite. Darauf, in seiner Krakelschrift, der Text, den ihm der Präfekt diktiert hat. Ich höre Julian und sehe ihn dabei peripatetisch auf und ab schreiten. Schreib, du Wicht: Obwohl mit der Verpflichtung vertraut Komma mich jederzeit der Disziplin unserer Einrichtung zu unterwerfen Komma habe ich gemeint Komma diese mit Füßen treten zu dürfen Komma was auf einem Irrtum beruht Komma für den ich bestraft werden muss Punkt. Hundert Mal. Damit kannste heute Nachmittag anfangen.

Matt, ein anderer Wil als soeben: Ich traue mich nicht in den Studiersaal. Er wird es da, so nehme ich an, wieder mit Ehrwürden, dem noch nicht durch eine Pistolenkugel niedergestreckten Eber, zu tun bekommen. Weil ich seine Hand loslasse, hängt er sich an meinen Gürtelstrick und bleibt an meiner Seite, der Draufgänger gezähmt, von Angst geschüttelt, die Beule in seinem Hals hüpft rauf und runter, mit der anderen Hand fasst er sich manchmal hinten ans Bein. Der Gang mit der Uhr. Dreizehn Uhr dreiundfünfzig. Zusammengeduckt, als würde er schleichen, wählt Wil nicht die Seite des Schulhofs. Da kicken die Schulkameraden. In sieben Minuten wird Julian auf seiner Pfeife pfeifen. Aus der Kapelle kommt Bruder Eduard auf den Schulhof, denn mittwochs ist Chorprobe. Die ist heute besonders wichtig, morgen darf der Bischof keinen Misston hören. Mark Freelink sollte ein Solo singen. Wie soll das jetzt gehen? Ein Junge, Gideon Samlee, stolpert über den Ball und fällt lang hin. Steht auf mit blutendem Knie, wickelt ein Taschentuch drum, humpelt mannhaft weiter. Bloß nicht zu Dickerle.

Ich aber spüre, wie ich auf den schwarzen und weißen Fliesen gehe, siehst du mich, wie federnd ich gehe, im Kopf nur den einen Gedanken: Patricia, süßer Name, mein Schatz. Dass du den Laden geschlossen hast, an der Tür das Schild GEÖFFNET nach innen, und dass wir dann und alles. Wie verzweifelt ich heute Morgen war, ich dachte, dass du dass du. Aber. Doch ein Zeichen von dir hinter der hohen Mauer, o Freude. Schöner Götterfunken. Wisse, dass ich noch atme und lebe und mich bewege und dass mir bei jedem Schritt bei jedem Schritt dein Name und alles gegenwärtig ist.

Was mache ich bloß mit Wil van Lanschot? Der mich nicht loslässt, das Klappern seiner Schuhsohlen auf der Seite zum Garten hin. Die Unterhosen hat man reingeholt, die Pfützen sind verdampft. Jetzt hängen die weißen Gürtelstricke quer zwischen den Wäscheleinen, ohne

Knoten. Ein Stück weiter weg Bartholomäus und andere Brüder auf dem Feld, Taschentücher auf dem Kopf. Ein Rasensprenger wirft Regenbögen um sich, das Pferd steht mittendrin. Bevor Wil wieder scheu zu Boden blickt, hat auch er hinausgeschaut. Aber was er sehen will, befindet sich außerhalb seines Blickfelds: die Weide, die Gartenpforte. Ich habe zum Rad im Turm geguckt, es dreht sich.

In der Sakristei sitzt schweißüberströmt Hyacinth, im Gesicht ganz blau vor Atemnot; vor ihm der Bischofsthron, den man aus einem der staubigen Winkel geholt hat. Froh, dass du wieder da bist, prustet er. Gleich darauf: Was machst du denn hier, van Lanschot?

Ich habe Hilfe mitgebracht, sage ich. Ruh du dich mal aus, Bruder. Wir machen das schon. Hast du dein Gerät?

Ich habe mein Gerät, nickt Hyacinth. Mit pfeifendem Atem zu Wil: Wie steht es mit Mathe? Ist die drei schon eine zwei oder eine eins?

Ich befürchte schon, dass Wil wieder anfängt, mit dem Kopf zu wackeln, aber er beherrscht sich. Schluckt. Schluckt. Eine Vvv vier auf dem Ooo Osterzeugnis, Bruder Hyacinth, sagt er, ohne seinem früheren Lehrer in die beschlagenen, staubigen Brillengläser zu gucken.

Mein Mitbruder fängt wieder an zu röcheln, macht flatternde Handbewegungen. Mit deiner Begabung für Mathematik musst du auf die Universität. Aber wenn du dich nicht anstrengst. Er bekommt die Worte, umnebelt von Staubexplosionen aus den Tüchern, die über dem Bischofsthron hängen, nur mit größter Anstrengung aus der Luftröhre. Wir lassen ihn besser in Ruhe.

Komm, Wil, wir legen los, sage ich munter.

Van Lanschot, korrigiert Hyacinth mich.

Ich weiß es ja, aber vergesse es oft. Schüler nie vertraulich mit dem Vornamen anreden. Hinter Hyacinths Rücken greift Wil wieder nach meiner Hand. Kneift mir in die Finger. Aus Dankbarkeit, so interpretiere ich das, weil ich ihn vorläufig vor dem Zorn meiner Konfratres schütze. Herr, hilf uns, wir verderben. Ich helfe ihm, aber muss jetzt, Hyacinth hört mit, in der hier von höherer Stelle vorgeschriebenen Tonart mit ihm reden. Die Leiter muss da weg, van Lanschot. Die Stricke da auch. Und die Scherben. Vorsichtig. Vielleicht kann man sie noch zusammenkleben. Dann saugst du den Läufer. Anschließend gibt es bestimmt noch mehr zu tun, das hörst du dann von mir oder Bruder Hyacinth. Ich werde Bruder Julian sagen, dass diese Strafmaßnahme sinnvoller ist als das Schreiben von hundert Sätzen. Zwinkere ich dabei? Besser nicht.

In der glühenden Hitze liegt Christus zugedeckt auf den Altarstufen, stehen die Heiligen wie Schneemänner an den Säulen. Wegen der morgigen Liturgie ist die goldene Tabernakeltür geöffnet, der Hostienschrein ist leer. Das ewige Licht ist gelöscht. Gott ist abwesend. Die sechs meterhohen Kandelaber mit den ebenso hohen Kerzen wurden vom Altar entfernt. Mir kommt es vor, als wäre ich in einem fremden Buch gelandet, in dem das einzige Vertraute die bunten Szenen aus dem Leben des heiligen Franziskus sind. Hinten in der Kapelle füllt sich die Empore mit lärmenden Chorsängern, fast nicht zu sehen wegen des glitzernden Sonnenlichts, das wie Fahnen im Raum hängt. Eine Note wird auf der Orgel angeschlagen, die Stimmen der Jungen setzen chaotisch ein. Nein!, ruft Eduard. Nochmal! Eine Hymne zum Gründonnerstag. Ubi caritas et amor. Wo Güte und Liebe ist. Ibi Deus est. Da ist Gott. Nein!, ruft Eduard wieder. Der Tabernakel gähnt, da Gott umgezogen ist und vergessen hat, die Tür zu schließen, und sein Sohn liegt unter einem Tuch. Ob die Jungen wissen, was sie singen? Güte und Liebe in diesem Engelinstitut, wo Gott nicht ist und die Rute regiert, ganz zu schweigen von dem, was wir sonst noch tun. Noch einmal und dann ist es gut, lässt Eduard nicht locker. Der langweilige Gesang verhallt an der Decke.

Wil stemmt die Leiter hoch, um sie aus dem Altarraum zu tragen, legt sie aber gleich wieder hin und sucht Deckung hinter dem Seitenaltar der auch schon von einem Tuch verhüllten Nicht-Magd-nicht-Märtyrerin-mit-der-Birne. Plechelm ist hereingekommen, und Wil erinnert sich an das, was ihm vielleicht selber einmal in der Wäscherei passiert ist oder was er von Freunden gehört hat. Du kriegst auch einen Schokoriegel. Alle wissen es. Daran sollen alle erkennen, dass ihr meine Jünger seid, dass ihr einander lieb habt. Gottes Wort. Hier sind die sauberen Handtücher, sagt Plechelm. Und hängt sie selber an die Haken rechts und links vom Waschbecken. Eins für davor, eins für danach.

Kurz darauf taucht Domitian auf, unterm Arm einen dicken klosterbraunen Umschlag, mit klosterbraunem Klebeband versiegelt. Ich bin auf dem Weg in die Sakristei, in jeder Hand eine Altarschelle, als er mir das Päckchen hinhält. Morgen und übermorgen wird man die Klappern hören, die uns daran erinnern, dass wir Pestkranke sind, von der Sünde angefressen, und dass uns Strafe erwartet, das Feuer, die Hölle, die Zurückweisung Gottes in alle Ewigkeit, das ist die Verdammnis. Verglichen damit ist eine Tracht Prügel nichts. Meine Hände bringen die Schellen durch ihr Zittern zum Klingeln, wieder laufen mir Schauer über den Rücken. Eine Altarschelle besteht aus mehreren Glöckchen mit je eigenem Ton. Bei der geringsten Bewegung klingelt dieses Miniatur-Glockenspiel, man muss höllisch aufpassen, wenn man das vermeiden will. Bruder Pförtner muss fast schreien, um die Stimmen der Jungen zu übertönen. Herr Woltgens habe sich beeilen müssen, um noch den Bus oder den Zug zu erreichen. Er verbringe die Ostertage bei seiner Familie. Den Namen des Ortes verstehe ich nicht. Der Chor schmettert Gaudium quod est immensum. Er bat mich noch, dir das hier zu geben. Ein Buch, glaube ich. Bona hat er drauf geschrieben. Bitte schön. Nimmst du es von Bruder Domitian an, van Lanschot, ich habe die Hände voll, sage ich. Freude also. Nicht ein bisschen Freude, sed immensum. Diesen Vers noch einmal, hören wir Eduard sagen. Die gleiche, nein noch größere Freude als vorhin. Als wäre ich eine Schwalbe, die davonfliegt. Ein Buch? Hyacinth flappt heran und nimmt Wil das Päckchen ab. Dass muss ja wohl erst von unseren Oberen geprüft und genehmigt werden, nörgelt er. Schwarze Blitze fahren durch mein Gaudium. Ich bin schon in die Knie gegangen und habe die Schellen abgesetzt, um Hyacinth den Umschlag, die sehnsüchtig erwartete Botschaft von jenseits der Mauer, wieder entreißen zu können. Theo Woltgens bringt mir Patricias Briefe immer in einem Buch, versteckt hinter dem Schutzumschlag. Mittwochnachmittag vor dem Unterricht gebe ich es ihm zurück mit einem Seufzer von mir für sie. Auf den ersten Blick ist an dem Buch nichts Verdächtiges, aber es darf hier, bevor die Nachrichten aus dem Versteck geholt worden sind, nicht in fremde Hände fallen. Deshalb hat Theo es ja in einen Umschlag gesteckt und den auch noch mit Klebeband zugeklebt.

Gib schon her, Hyacinth! Weder flüstere, noch sage oder rufe ich es, ich denke es nur. Mit Gift und Feuer. Und reiße das Päckchen an mich. Dabei stoße ich mit den Füßen an die Schellen, die geräuschvoll über die Steinplatten rasseln, was sogar den Chor übertönt. Exultemus!, erklingt es von oben. Wir brechen in Jubel aus. Hyacinths Lippen bewegen sich, was er sagt, geht verloren, seine beschlagenen Brillengläser sind nun fast schwarz vom Staub. Jetzt ähnelt er einem Panda. Meine Lippen bewegen sich auch, aber Hyacinth wird mich genauso wenig verstehen. Ich sage höflich vielen Dank, Bruder, und stecke den Umschlag ein, dorthin, wo mein Herz hämmert. Und schwitzen tu ich, das Wasser läuft mir nur so aus dem Haar über den Hals.

Ich helfe Wil mit der Leiter, er würde es auch alleine schaffen, aber ich brauche einen Vorwand, um mich zu verdrücken. Er fasst oben an, ich folge mit dem unteren Teil seinem Striemen. Wir stellen die Leiter in die Rumpelkammer im Flur.

Dort betrete ich, etwas weiter, eins der Klohäuschen. In der Burg besteht das Defäkationsmöbel aus einer Holzkiste mit rundem Loch und Holzdeckel. Alles fällt direkt in die Tiefe, sodass kein Stößel nötig ist wie im Schulgebäude, wo der volle Topf immer erst leer gestampft werden muss. Stinken tut es trotzdem. In der Hitze brummt es von fetten, goldgrünen Fliegen, die aus dem Loch kommen, darin verschwinden, schwirrend darüber zirkeln. Ein Vorsitzer hat den Deckel nicht zurückgelegt, ein anderer neben das Loch gepinkelt. Aber der Raum hat immerhin eine komplette Tür, die einen vollständig der Sicht entzieht. Innen befindet sich sogar ein Haken, mit dem man sie abschließen kann. Nur Gott kann mich jetzt noch sehen. Sein Auge hängt in einem dreieckigen Rahmen über allen Klotüren der Burg.

Vor Nervosität summend, Gaudium, ziehe ich das Buch hervor. Das nicht mehr erwartete Briefchen hinter dem Schutzumschlag. Mein Schatz hat ihn mit einem Poesiebildchen zugeklebt.

III

Januar dieses Jahres.

Leichter Frost. Ich ging die Straße entlang. Fest in den braunen Winterumhang gehüllt, der zu unserem Habit gehört, die Kapuze überm Kopf. Körper und Kopf warm, aber wer läuft bei dieser Temperatur draußen barfuß herum. Aus Zerstreutheit, halb betäubt vom Luminal, trat ich in halb zugefrorene Pfützen, sodass die Kälte unter meiner Kleidung hochkroch und in den Leisten hängen blieb. Hätte ich eben die Unterhose anziehen sollen. Aber: Ich war auf der Straße, außerhalb der Burgmauern, das Tor hinter mir zugezogen, die Stufen hinunter, das Pflaster unter den Sohlen. Unter normalen Menschen in normalen Kleidern, mit normalen Schuhen, seit meinem Eintritt ins Kloster zum ersten Mal allein draußen.

Ich kannte die Gassen von den Schulausflügen an Sonntagnachmittagen, ich neben der Horde schreiender Bengel in Dreiergruppen, immer die gleiche Strecke durchs Dorf. Die legte ich auch an diesem Tag zum Teil zurück. Der Theaterfrisör mit der meterhohen Abbildung der lachenden und der halb hinter ihr verborgenen weinenden Maske an der Seitenfront, das Vereinslokal der Blaskapelle, die Kirche, das Kino, in dem nie die neuesten Filme laufen. Diese Woche *Zwölf Uhr mittags* mit Gary Cooper und Grace Kelly. Danach kannte ich den Weg nicht mehr, musste mich durchfragen. Ein älteres Ehepaar, wie in einen einzigen dicken Mantel gehüllt, gab mir mit ängstlich ehrerbietigen Verbeugungen Auskunft. Obwohl ich, wie Patricia sagen würde, einem kotfarbenen Kobold ähnelte, hatten die Leute Respekt vor meiner Kutte. Ich war einer aus dem Kloster mit seinem überregional angesehenen Internat. Manche Ehemalige hatten es weit gebracht, bis zum Bürgermeister, zu einem Landesmeister im Kegeln, einem Schriftsteller und dergleichen. Zu wem wollen Sie denn?, fragte der Mann in seinem Dialekt. Zum Zahnarzt, sagte ich, Frost an den Zähnen.

Benedikt hatte mir nach Rücksprache mit Johannes Vianney endlich erlaubt, einen Zahnarzt in der profanen Welt aufzusuchen. Mit mir war in unserer Gemeinschaft nichts mehr anzufangen, ich irrte kopflos umher, halb wahnsinnig vor Schmerzen, die von meinem Kiefer aus all meine Körperfunktionen und mein Denken beherrschten. Die Mittel aus Dickerles Apotheke halfen nicht, auch nicht der Äther, an dem er mich hin und wieder schnuppern ließ. So verzweifelt war ich, dass ich in Pankratz´ Tischlerei um eine Kneifzange und einen Hammer bat. Was willste denn damit, Boon? Ich schlage mir die Kinnlade kurz und klein, konnte ich gerade noch stammeln.

Im Dorf gibt es einen katholischen Zahnarzt, erinnerte sich Benedikt, vor Jahren habe Supplicius es auch nicht mehr ausgehalten. Wie hieß der doch gleich? Weißt du das noch, Amadeo?

Ja, da gibt´s einen, sagte der Mann. Peters, Selig, Breking, meinte die Frau hilfsbereit nickend, den Kopf in einen Wollschal gewickelt. So heißt der neet, sagte der Mann. Mit einem e, sagte die Frau. Stevens, sagte ich. Stevens, ja, so heißt der, sagte der Mann. Mit einem e, sagte ich doch, sagte die Frau.

Amadeo hatte ihn im Telefonbuch gefunden. F. H. M. Stevens. Dentist. Gilt als guter Katholik. Im Kirchenvorstand. Also ein guter Zahnarzt. Hier seine Adresse, Bonaventura. Und die Telefonnummer. Bruder Superior muss erst anrufen. Sprechstunde nach Vereinbarung. Ist es wirklich so schlimm? Denk daran, was unsere Märtyrer alles erdulden mussten.

Das ist noch ziemlich weit, sagte der Mann und zeigte mit seinem wollenen Fäustling in die Richtung. Nehmen Sie lieber den Bus, schlug die Frau vor. Dann müssen Sie beim Fahrer fragen, ob er Sie. Der Mann ließ sie nicht ausreden. Ich dachte an den Knoten um meine Taille. Armut. Minderbrüder haben kein Geld, können also nicht mit dem Bus fahren. Ich gehe zu Fuß. Nicht schlimm. Seh ich was von der Welt. Die Welt.

Die Zahnarztpraxis bestand aus einem Vorder- und einem Hinterzimmer mit offenen Schiebetüren, zwischen denen ein rotglühender gusseiserner Ofen, Marke Salamandre, stand. Ich hatte vollkommen vergessen, wie sich Ofenwärme anfühlt. In der Burg wird nicht geheizt, das Schulgebäude hat eine Zentralheizung, aber nachts gehen die Heizkörper aus, um Kohlen zu sparen, was zur Folge hat, dass es immer bis mittags dauert, bis es einigermaßen warm ist. Wir müssen uns spartanisch abhärten nach dem Vorbild unseres Ordensgründers, es herrscht Mangel an allem, der nächste Krieg steht vor der Tür, die Russen kommen, Genügsamkeit ist eine gute Vorbereitung. Vor Behaglichkeit erschauernd, wickelte ich mich aus dem Umhang, und als ich das Brummen des Bohrers im Nebenraum hörte, hatte ich auf einmal auch keine Schmerzen mehr. In den Fenstern der Praxis sah man einen Garten, nackte Bäume mit Eisstalaktiten, das Wartezimmer ging auf den Platz mit dem Kriegerdenkmal hinaus. Ich war mitten drin in der Welt.

Und dort und damals sah ich Patricia zum ersten Mal. Das heißt mir gegenüber auf der anderen Seite des niedrigen Tisches voller Lesestoff hielt sich ein Exemplar der anderen Menschenart auf. Konfus vor Verlegenheit, zermürbt und zerrieben in der Trommel der Klosterdoktrinen, hatte ich schon auf der Straße der freundlichen Person mit dem Schal nicht recht ins Gesicht sehen können, beziehungsweise es mich nicht getraut. Ich nahm wahr, dass im Wartezimmer eine Frau saß, die Guten Morgen sagte, als ich hereinkam, was ich aber aus Prüderie nicht beantwortete, ich tat, als wäre überhaupt niemand anwesend, schon gar keine Frau. Mit einem streifenden Blick hatte ich sie sofort wieder ausgelöscht, wie ich Papst Pius einmal in einer Wochenschau an einer Reihe von Leuten hatte vorbeischreiten sehen, denen er allen die Hand drückte, nur bei den Frauen sah er weg, schon dem Nächsten zugewandt, hielt ihnen nur die Fingerspitzen hin. Ich war zwar in die Welt zurückgekehrt, fühlte mich aber deplatziert, furchtsam wie ein Zootier außerhalb des Käfigs. Ich gehörte hinter hohe, mit Glassplittern bewehrte Mauern, auch wenn ich dort gleichermaßen deplatziert war. Wie ein Tier im Käfig.

Nicht nur saß da eine Frau, es hing auch eine an der Wand, und die durfte ich getrost betrachten. Ein gerahmter Stich von der heiligen Apollonia, Märtyrerin mit Palmzweig in der Hand, ob sie auch Jungfrau war, wissen wir nicht, Gedenktag 9. Februar, Schutzheilige der Zahnärzte, bei Zahnweh anzuflehen. In der anderen Hand eine Zange mit Zahn. Mich konnte sie von meinen Schmerzen nicht erlösen.

Die Frau neben ihr sagte: Das muss aber saukalt sein an den Füßen.

Da erst nahm ich sie wahr. Sie trug Schuhwerk bis über die Knöchel, die Beine in engen Strümpfen aus warmem Stoff. Das Präfix sau dürfen die Schüler im Internat nicht benutzen, es ist ordinär, und wem es rausrutscht, der kriegt eine runtergehauen. Ihre Stimme. Noch bevor ich vom Saum ihres Kleides und den Strümpfen an ihr hochgesehen, die Augen ganz zu ihr aufzuschlagen gewagt hatte, kam mir wie aus ferner Vergangenheit diese Stimme entgegen, diese Frauenstimme und dieser muntere, erdige Tonfall aus der Gegend hier, ans Deutsche anlehnend, mir von zu Hause vertraut. Es schnürte mir die Kehle zu. Aus ferner Vergangenheit, aber ich wusste nicht mehr, von wann und woher. Jetzt sah ich sie erst richtig. Kastanienbraunes, nach schwelendem Rot changierendes kurzes, glattes Haar umrahmte ein mädchenhaftes Gesicht, ungefähr in meinem Alter. Als sich unsere Blicke für den Bruchteil einer Sekunde trafen und ich erstarrte, reagierte sie mit einem sanftmütigen Lächeln. Ihre Augen hinter kleinen Gläsern mit schimmernden Rändern. Sie nahm die Brille ab, schlug die Zeitschrift auf ihrem Schoß gelangweilt zu und warf sie auf das Tischchen zurück. Offenes, sympathisches Gesicht.

Dicke Wollsocken gibt es bei Ihnen wohl nicht? Sie holen sich noch was, wenn Sie so durch die Pfützen patschen.

Was antworten, angenommen ich bekäme in meiner Verlegenheit überhaupt etwas heraus? Dass unser heiliger Vater Franziskus ebenfalls keine getragen habe, jedenfalls sei das nicht überliefert, auch auf den Darstellungen würden sie fehlen? Wie er es barfuß mit den Stigmata aushielt, hat auch keiner aufgeschrieben.

Halten Sie sie doch an den Ofen, sie sind ja ganz blau. Die Brille verschwand in der Einkaufstasche unter ihrem Stuhl, sie sah nach draußen. Hübsches Kinn, hübscher ranker Hals, schöne Wimpern.

Welche Farbe hatten ihre Augen? Ich ertappte mich dabei, dass ich sie anstarrte, den Blick nicht von ihr abwenden konnte. Eine Frau. Die atmete. Eine Hand bewegte. Zum Kriegerdenkmal schaute. Zwei Soldaten. Der eine breitbeinig, die Faust zum grauen Himmel gereckt, der andere gestürzt, auch die Faust geballt, der Helm wie eine Eierschale neben ihm. Mit gesenktem Kopf saß ich da und belauerte sie.

Als fühlte sie es, sah sie mir gerade ins Gesicht. Mir stockte der Atem. Wurde ich rot, weil sie mich ertappt hatte? Weil ich eine Frau mit einem gewissen Interesse betrachtete? Das müsste ich eigentlich beichten, aber ich wusste, dass ich es nicht tun würde. Auch sie musterte mich jetzt, kurz, aber scharf. Ihre Iris von so hellem Grün, dass sie vom umringenden Weiß kaum zu unterscheiden war. Meine Augen, in die sie schaute, hatte ich selber seit Jahren nicht mehr zu Gesicht bekommen. Grau. Vielleicht immer noch. Wieder dieses leichte Zittern der Mundwinkel. Vor Geringschätzung natürlich. Natürlich dachte sie, wie siehst du denn aus in diesen Lumpen und mit diesen Schlammfüßen. Als aus dem Nebenraum ihr Name gerufen wurde, stand sie auf und griff nach ihrer Tasche. Es klang wie Dlahee. Nickte mir zu. Tschüüs. Ich schielte ihr nach. Grünes Kleid, gehäkelt, gestrickt, wie sagt man, eng anliegend. Ihre bestrumpften Beine.

Allein im Wartezimmer stöberte ich im Lesestoff auf dem Tisch. *Die Posaune* ließ ich liegen. Über das hundertjährige Jubiläum der Wiederherstellung der kirchlichen Hierarchie. Ebenso die *Katholische Mission* mit einem Mamelucken auf dem Umschlag. Die Weihnachtsausgabe der *Katholischen Rundschau*, der Papst im Profil auf einem samtenen Betstuhl, von Wunderlicht umstrahlt. Wir sollen den Rosenkranz häufiger beten. Ein Frauenmagazin? Sie hatte es in der Hand gehabt, darin gelesen! Ich schob es rasch wieder unter den Stapel, als jemand hereinkam. Guten Morgen. Ich die Hände fromm vor dem Bauch, er wärmte seine am Ofen. Frisches Wetter, nicht wahr, Ehrwürden? Ich sah vor mich hin. Die heilige Apollonia.

Der Zahnarzt: Der Nächste bitte.

Die Bäume im Garten. Oder war es ein kleiner Park? Hinter den triefenden Stämmen und Ästen die Anthrazitwand der Abraumhalde, so nah, dass man einzelne Brocken erkennen konnte, während der

Berg vom Kloster aus wie ein einziges schwarzes Massiv wirkte. Ich saß zurückgelehnt auf dem Stuhl, den Kopf auf der Stütze, und sah diese Brocken. Stevens war ein Fünfziger mit künstlich gewelltem Haar. Durch den langen weißen Kittel schien auch er einem Orden oder einer Kongregation anzugehören. Bestimmt hatte er seinen eigenen Platz mit Namensschild in der Kirche.

Wo tut´s denn weh, Bruder des heiligen Franz?

Ich zeigte überflüssigerweise auf meinen Mund, den ich schon seit Tagen am liebsten geschlossen hielt, denn alles tat weh, auch das Einatmen kalter Luft.

Ach richtig, ja, sagte er. Machen Sie ihn mal auf. Wir schauen es uns mal an.

Vor Zeiten in einem Museum. Ein Gobelin, auf dem eine Armee kleiner Figuren eine dichte Wolke von Pfeilen auf ein Zeltlager in einer dunklen Landschaft abschießt. Ich am Fuß des düsteren Bergs war das Zeltlager, von Tausenden von Pfeilen getroffen. Mit vom Zahnarzt noch weiter aufgestemmtem Mund, umklammerte ich stocksteif die Armlehnen, Zehen gekrümmt, Knie zusammengepresst, Schutt vor den Augen, der mir auch auf die Zunge rieselte, er mit Haken, Pfriem, Beitel, Harpune in meiner Mundhöhle herumfuhrwerkend, aus der Wimmern und Stöhnen, fast Geschrei aufstieg. Mein Mund eine Höhle voller Gruben und Schächte, durch die Pfeile schwirrten, in der Tiefe, in der Höhe, überall lagen Nerven frei, die bei der geringsten Berührung elektrische Schläge austeilten, ein sprühender Funkenregen wie an der Oberleitung der Straßenbahn. Ach richtig, ja, sagte er wieder mit der sonoren Stimme eines gregorianischen Sängers. Da ist manches zu tun. Wellige Haarlocke mit Schwung aus der Stirn. Wir machen erst das. Über mir, neben der hellen Lampe, die mich bis hinters Gaumenzäpfchen ausleuchtete, hing an einem Bügel ein Instrument, das er nach unten zog. Um es in Gang zu setzen, musste er unter dem Stuhl etwas mit dem Fuß betätigen, ein gleichförmiges Summen setzte ein. Seine Hände vor meinem Gesicht. Das Geräusch des Bohrers, ebenfalls summend, aber rasselnder, hämmernder, am Ohr, an der Nase, konzentrierte sich auf mein Gebiss, irgendwo weit hinten, unten, nein oben, nein vorne links oder rechts, nicht zu lokalisieren, Mund voll Lärm, hämmernd, bohrend, so muss es sich in den Stollen unter der Halde anhören. Mittelalterlicher Schmerz. Denk an unsere Märtyrer. Äther, dachte ich. Oder etwas anderes zur Betäubung oder Linderung. Gütiger Gott, wir bitten dich, erhöre uns. Wenn der Lärm einen Moment aufhörte, gackerte eine Stimme am Rand meines Bewusstseins: bis durch entlang für gegen ohne um Akkusativ vierter Fall. Dieser Deutsch gefärbte hiesige Dialekt, in dem auch der Zahnarzt redete. Im Internat wird er den Schülern mit Strafen ausgetrieben. Wir schaffen den Stock ab und setzen von nun an bei Unbelehrbarkeit und Aufsässigkeit den elektrischen Zahnbohrer ein! Je lauter sie schreien, desto besser behalten sie es, Bonaventura. Ich danke Ihnen für diese mir zurecht verabreichte Züchtigung.

Das war´s für heute, sagte Stevens. Ich habe die Hauptursache des Schmerzes beseitigt, aber Sie müssen auf jeden Fall noch ein paar Mal wiederkommen, denn da drinnen herrscht ein besorgniserregender Zustand. Noch nie einen Zahnarzt aufgesucht, was? Dachte ich mir. Es stimmte. Noch nie. Unser Eldert hat zum Glück ein gesundes Esszimmer, pflegte Tante Suzan zu sagen. Nicht wahr, Eldert?

Ein paar Tage später, es schneite, in meiner Wange hatte sich eine Beule gebildet, als hätte ich ein Ei im Mund, war dieselbe Frau wieder im Wartezimmer. Wir beide überrascht. Was für ein Zufall. Diesmal erwiderte ich ihren Gruß irgendwie, wenn auch mit unartikulierten Kehllauten. Sie wieder am Fenster, hinter dem jetzt beißender Wind den Schnee vor sich herjagte, der mir Tränen in die Augen getrieben hatte. Sie hatte die Brille auf, las aber nicht. Dieselben Schuhe wie letztes Mal, ihre Beine diesmal in einer schwarzen Hose. Eine Frau in Hosen. Kannte ich nur aus einem Film. Über das Leben von Chopin. Der lebte in Sünde mit einer Frau, einer Schriftstellerin, die ausschließlich Männerhosen trug. Sie wird Schweinshaxen gehabt haben, sagte mein Stiefvater. Du siehst doch auch aus wie ein Transvestit in deinem Sackkleid, sollte Patricia später bemerken.

All das Weiß, sagte sie, den Blick nach draußen gerichtet. Ich sah Sie durch all das Weiß gehen. Muss doch unangenehm sein. Wieder meinte sie meine nackten Füße. Die prickelten. In ihren Brillengläsern spiegelten sich die wirbelnden Flocken. Diese Stimme aus ferner

Vergangenheit. Sie war blasser, bildete ich mir ein, nachdem ich sie in den vergangenen Tagen und Nächten unablässig vor mir gesehen hatte. Sich in Askese übender Klosterbruder hatte Visionen von einer Frau, sie tatsächlich wiederzusehen, jagte mir Freudenschauer über den Rücken.

Ja, weiß, sagte ich lispelnd, zu mehr reichte es nicht. In den letzten Tagen hatte ich vor Schmerzen wieder kaum sprechen können, aber es war ein anderer, neuartiger Schmerz, der sich mit einem Geschwulst manifestierte, das ich mit einer Tranchiergabel aus der Küche aufzustechen versuchte. Bist du von allen guten Geistern verlassen, Bonaventura. Severin außer sich. Dafür ist so ne Gabel doch nicht da.

Der Marsch durch das Schneegestöber, das aus mir einen Prämonstratenser machte, hatte wieder etwas Befreiendes, für ein paar Stunden weg aus dem Konvent. Es musste an meinem federnden Gang zu erkennen gewesen sein. Eiswasser in den Augen und an den Füßen, die im heftigen Schneetreiben keine Spuren hinterließen. Wieder ohne Unterhose, aber sieh doch, wie ich dahinschreite, im Mund so viel Schmerzen, dass ich zwar nicht vor Freude singen kann, aber so befreit, dass ich auch innen ganz weiß werde. Immer nur so weiter, dachte ich, von der einen in die andere Gasse, verschwinden in diesem Weiß. Und da war auch die Frau mit den Schneeaugen wieder, und der Ofen brannte.

Was habt ihr da nun eigentlich drunter an?, fragte sie, und ich sehe jetzt noch, wie ich wie ein schamhaftes Fräulein den noch weiß gesprenkelten Saum meiner Kutte hebe, ein paar Zentimeter, ein paar Sekunden nur, und ihr die Trainingshose über meinem leichenblassen Bein zeige.

Sie reckte den hübschen Hals, ihre Brille funkelte. Das ist doch viel zu kalt. Bei dem Wetter. Wie könnt ihr da bloß leben? Ach, diese Stimme. Und die Buben in ihren kurzen Hosen. Seh ich manchmal vorbeikommen.

Frau Dlahee, rief der Zahnarzt. Sie nickte mir zu. Tschüss. Mit diesem Lächeln.

Tschüss, versuchte ich herauszubringen.

Es geht Ihnen schlecht, was, sagte sie noch und tippte sich an die Wange.

Ich sah aus dem Fenster, auf das Wirbeln, das Weiß draußen. Jeden Schmerz bin ich bereit zu ertragen, dachte ich, wenn ich den Rest meiner Tage dortbleiben dürfte. Und damit meinte ich nicht den Schnee, sondern das Weiß, die Nichtfarbe meiner Sehnsucht nach ich wusste nicht was, und doch wusste ich es. Als sie an mir vorbeiging, hätte ich sie berühren können, ganz kurz nur, hätte ich es doch getan, natürlich habe ich es nicht getan. Aber was, wenn? Nur ganz kurz mit der Hand.

Versuchen Sie, an etwas anderes zu denken, Bruder Bonaventura, sprach Stevens zur Melodie eines Antifons und richtete die Lampe auf meinen Schlund. Erst machen wir das. Ich dachte mir schon, dass es da einen Abszess geben würde. Denken Sie an etwas Schönes, was Sie gesehen haben. Ein schönes Gemälde. Oder etwas Erbauliches. In seiner Hand ein garstiges Skalpell, mit dem er eine Kerbe in das Geschwür schnitt. Allmächtiger Gott! Spülen Sie mal. Blut, Eiter, Felsbrocken. Dann woanders in meinem Mund wieder das Dröhnen des Schlagbohrers. Etwas Schönes, etwas Erbauliches. Die Frau im Wartezimmer. Dass ich ihr nachgeschaut hatte, sie in ihrer Hose mit den scharfen Bügelfalten, und ich sie ganz kurz mit der Hand. Et ne nos inducas in tentationem.

Das ist alles viel zu lang vernachlässigt worden, meinte Stevens. Typisch für so ein Kloster. Der eine oder andere Zahn muss raus. Machen wir nächstes Mal. Erst der Schmerz, nicht wahr? Ich nickte dankbar. Sein welliges Haar war ganz strubbelig geworden. Durch die schneebestäubten Bäume konnte man den Berg nicht mehr sehen. Das war auch vom Kloster aus so, nur der Turm blieb teilweise sichtbar, das Rad ruhelos in Bewegung, wie sich auch bei mir langsam alles wieder zu drehen begann. Ruhelos. Unklösterlich gehetzt, hektisch, ängstlich. Ich war Hiob aus der Bibel. Der gesagt hatte: Ich bin voll von Worten, weil mich der Geist in meinem Inneren bedrängt.

Wieder ein paar Tage später, der Schnee war zu Matsch geworden, im Kino spielte *Fanfan, der Husar*, Gérard Philipe, Gina Lollobrigida, war sie nicht im Wartezimmer. Hatte ich das denn erwartet? Außer mir war keiner da, ich musste sofort auf den Folterstuhl. Nichts Schönes, nichts Erbauliches, an das ich hätte denken können, denn sie war ja nicht da, die Frau, die ich doch nur einen Moment hatte sehen wollen, das hatte ich gehofft. So war ich früher zwei Mal hintereinander in denselben Film gegangen und Jahre später wieder zwei Mal, nur um Ingrid Bergman zu sehen, in einer Szene von nicht mehr als fünfzehn Sekunden. Dass sie mit oder ohne Brille auf der Nase am Fenster sitzen und vielleicht auch wieder was zu mir sagen würde. Was für ein Zufall! Worauf ich endlich etwas erwidern könnte, jetzt, wo das Wüten in meinem Mund abebbte. Ich könnte sie fragen: Und was tragen denn Sie unter der Hose?

Beim Herumfuhrwerken in meinem Mund ging etwas in die Brüche, die Splitter stachen mir in die Wange, fast auch in die Kehle. Jaja, sagte Stevens. Instrument mit Sichelhaken. Instrument mit fingernagelgroßem Spiegel. Noch ein Haken, eckiger. Instrument mit einer Art Dorn. Für das allerfürchterlichste Geräusch sorgte sein Fuß unterm Stuhl. Bergarbeiter legten im schwarzen Massiv das Skelett eines prähistorischen Ungetüms frei, das einst Flammen spie und brüllte, dass es nur so dröhnte in den Gewölben. Aus meinen Zähnen schossen Feuerblitze in mein Gehirn, explodierendes Licht im Gehäuse meines Kopfes, wo Wunden mit einem Schweißbrenner betastet wurden. Etwas Erbauliches? Die heilige Apollonia? Der hat man mit Zangen und Hämmern alle Zähne aus dem Mund gebrochen, bevor man sie bei lebendigem Leibe verbrannte; nach einer anderen Überlieferung sprang sie freiwillig ins Feuer. Ich konnte mich gut in sie hineinversetzen.

Wie kommen Sie denn darauf?, fragte der Zahnklempner. Äther? An Betäubungsmittel ist in dieser Zeit kaum ranzukommen, deswegen sind sie auch sehr teuer. Das Kloster findet nicht, dass solche Ausgaben für Sie nötig sind. Aber Äther, wieso denken Sie gerade an Äther? Ich schwieg. Nächsten Dienstag selbe Zeit?

Draußen versank ich mit den nackten Füßen im Matsch. Eingemummelt in den Umhang, stapfte ich dahin, nur auf dem Widerstandsdenkmal lag noch Schnee, der jetzt in großen Stücken herunterfiel. Marktbuden. Eine Frau rief: He Pater, hallo! Sie winkte. Ich hörte und sah es, aber mit mir hatte das nichts zu tun, ich zog mir die Kapuze über den Kopf, das konnte nicht mir gelten. Nochmals: Pater, he! Jetzt bleib doch mal stehen, potz Blitz! Diese Stimme! Ich drehte mich um und wäre fast ausgerutscht.

Jetzt erkannte ich sie. Magnificat anima mea. Meine Seele jubelt. Strickmütze bis über die Ohren. Orangenfarben, mit Troddel.

Ich hab dich bei Stevens rauskommen sehen. Hallo, hallöchen. Deine dicke Backe ist ja weg. Du erkennst mich doch noch? Wartezimmer. Ich war zwei Mal vor dir dran.

Guten Tag, Frau, brachte ich mit abgewandtem Blick heraus, wieder völlig verschüchtert.

Frau, Frau. Sag doch einfach Patricia.

Ich bin kein Pater, sagte ich. Ein einfacher Klosterbruder. Bonaventura. Meine Zunge fuhr scheuernd über Trümmerreste. Nächstes Mal geht's weiter, hatte Stevens gedroht.

Bonawas? So heißt du doch gar nicht. Nicht wirklich. Du heißt ganz normal Jan oder Sjeng oder so.

Lächeln tat zu weh, nur meine Augenbrauen hoben sich erstaunt. Wohin sollte ich bloß gucken? An ihr vorbei? Zu den Kindern, die sich mit dem nassen Schnee bewarfen? Sie ansehen? Bis ich es mich schließlich traute. Das verschwimmende Grün ihrer dunkel umrandeten Iris, Nase rot durch die Kälte.

Von Neapel, sagte ich einfältig.

Und dann sterben, sagte sie, wie aus der Pistole geschossen.

Patricia von Neapel, verdeutlichte ich. Und noch einfältiger: Heilige Nichtmärtyrerin, 25. August.

Lasset uns beten, bevor wir alle verrückt werden, parierte sie. Ihre Hände, ebenfalls orangenfarben in Wollhandschuhen, umklammerten links den Einkaufskorb, aus dem wie Andachtskerzen zwei Lauchstangen ragten, und rechts eine Mohrrübe, von der sie die Spitze abgebissen hatte und auf der sie jetzt kaute.

Der Gipfel der Einfalt: Schöner Name.

Ja. Und wie heißt du nun?

Wie das Wasser um meine Füße zum Rinnstein strömte. So, so schwappte die Angst wieder in mich hinein. Was für eine sympathische Frau. Ich fand sie. Ich fand sie. Aber. Unmöglich. Verboten. Nur Christus, treu den Knoten am Zingulum. Bilder und Geräusche von eisernen Türen, deren eiserne Riegel mit eisernen Schlössern knirschend verschlossen werden. Ich nickte und machte Anstalten weiterzugehen, das Freudenlied erstickt, doch sie gesellte sich zu mir.

Ich muss auch da lang. Geh ein Stückchen mit. Oder ist dir das unangenehm, findest du das ungehörig? Sie biss wieder in die Mohrrübe.

Sechsundzwanzig Jahre bin ich alt. Und gehe unter trübem Himmel. Neben ihr, die sich in meinem Kopf eingenistet hat. Die Kinder hatten es auf mich abgesehen und bewarfen mich mit tropfenden Schneebällen. Sie landeten um mich herum im Matsch, einer traf mich in den Rücken.

Wenn ihr euch nicht ganz schnell verpisst, rief Patricia und drehte sich zu ihnen um.

Dafür bewunderte ich sie. Ich wäre schweigend weitergegangen. Ich bewunderte sie.

Ich muss hier lang, sagte sie vor einer Seitenstraße. Was macht denn der Friedhof in deinem Mund? Möchtest du eine Mohrrübe?

Ich muss noch ein paar Mal hin, sagte ich. Dienstag halb zehn.

Ich hab's zum Glück hinter mir. Na dann tschüüs.

In ihrem Mantel mit dem Schlitz hinten entfernte sie sich von mir. In ihrer Hose. Mit ihrem Henkelkorb und der Troddel auf dem orangefarbenen Kopf. Entfernte sich von mir. Am Ende der Straße der Turm mit dem Rad, ein Stück näher als von den Klosterfenstern aus, viel größer, wie er da hinter den Schieferdächern aufragte. Auch die jetzt plötzlich aufheulende Sirene hörte sich vom Kloster aus eher wie ein gutmütiges Muhen an. Sie sah sich nicht um, obwohl ich stehen blieb und ihr sehnsüchtig hinterherblickte, bis sie um die Ecke verschwand. Sie verschwand. Fata Morgana.

Am Strand, siebzehn bin ich. Scharfer Wind vom Meer peitscht mir Schaum ins Gesicht. Er zerrt an meinen Kleidern, ich stehe schief im Flugsand, schreie mit kleiner brüchiger Stimme gegen die Elemente an. Mit weit geöffneten Armen lehne ich mich vor, stemme mich gegen den Wind wie gegen einen Körper. Die wilde Frau. Der wilde Wind greift mir in die Hose. So kann ich stehen bleiben, bis mich die

Sturmwand plötzlich nicht mehr hält, ich das Gleichgewicht verliere und mit einknickenden Beinen in den scheuernden Sand falle.

Mit einem Schlag war ich zurück auf dem Boden der Tatsachen, sah sie verschwinden, weg war sie, die Frau, sag doch einfach Patricia. Und auch wenn sie die orangene Hand noch gehoben hätte, hätte ich devoter Klosterbruder denn zurückgewinkt, Idiot, der ich bin? Gleich kocht sie Lauchsuppe für ihren Mann. Oder irgendwas mit Mohrrüben. Vielleicht auch beides. Die blöden Kinder nahmen mich wieder aufs Korn. Bums! Patsch! Klatsch! Fang!

Erst als ich mich dem Kloster näherte, der Schnee rutschte von dem die Festungsmauern überragenden Dach der Kapelle, merkte ich, was ich mit der Hand umklammerte, vertraut zwar, nur da, wo ich es festhielt, gehörte es nicht hin. Domitian öffnete mir das Tor. Erstaunt: Wieso läufst du denn mit 'ner Mohrrübe rum, Boon?

Mit dem Rücken an meiner Zellentür. Den Geist in meinem Inneren befreiend, der kräftig, in dicken vollen Strahlen hervorschoss, als müssten Brände gelöscht werden. Zungenspitze in einem hohlen Zahn, Augen fest zusammengekniffen, entleerte ich mich noch und noch, aber meine rotierende Unrast wollte nicht zur Ruhe kommen. Schon einmal so in der Sakristei, wo ich zwischen den heiligen Handtüchern den Geist ins Waschbecken sprudeln ließ, wo er sich im Abfluss drehte, bis er aufgeschlürft war. Denn voll von Worten dachte ich an diese Frau. In Hosen. Tschüüs.

An dem besagten Dienstag wurden der zertrümmerte Zahn sowie ein Eckzahn durch Extraktion entfernt. Stevens fiel das Haar in dünnen Löckchen in die Stirn, als er das Werkzeug zum Krater meines Mundes brachte. An etwas Schönes oder überhaupt an etwas anderes zu denken, war unmöglich, da war nur das Knirschen und Krachen, das ich hörte und spürte. Das Kloster findet Betäubung nicht nötig. Plötzlich schoss meine Zunge durch eine Öffnung, da wo die Stummel gewesen waren, war nun ein Loch, kurz darauf an einer anderen Stelle noch eins – wie wenn man im Dunkeln nach etwas tastet, das immer da ist und auf einmal ist es nicht mehr da. Hier haben wir den Bösewicht. Stevens hielt mir Apollonias Zange hin mit dem Fragment meines Zahns, der Schmelz von schwarzer Fäulnis angefressen, ein wenig

Blut daran. Klick machte der Zahn in etwas Metallischem außerhalb meines Blickfelds. Spülen Sie ordentlich.

Wieder draußen, widerwillig zur Festung zurück. In der Straße und über dem Denkmalplatz hing mit Ruß gesprenkelter Nebel. Der Stundenschlag der Kirchenglocke. Ich beschloss zu trödeln, meine gleich schon wieder abzutretende Freiheit zu genießen. Wie man als Kind den Nachtisch so langsam wie möglich löffelt, um das Ende des Genusses hinauszuzögern.

Wen seh ich denn da wieder auf nackten Mauken durch die Pfützen platschen?

Ordinärer Jargon, der mich am Hinterkopf unter der Kapuze traf. Aber ich erkannte die Stimme natürlich. Ihre Stimme. Fahrradklingel. Orangenköpfig radelte sie neben mir her, das Geklingel wie eine Luftschlange um sie herum. Frater Bongodingsbums, rief sie fröhlich.

Tag, äh, Patricia. Schlüpfte mir einfach so durch die Zahnlücken.

Sie stieg ab, ging neben mir, das Rad zwischen uns. Auf dem Gepäckträger ein Stapel des *Sportspiegels*. Den las ich früher immer. Es war ja Dienstag, da kam er raus, ich radelte extra dafür zum Bahnhof. Diese Woche für Sie! Schief gedruckt in einem gezackten Stern auf dem Titelblatt: König der Bahn Gerrit Schulte.

Den hab ich seit Jahren nicht mehr in der Hand gehabt, seufzte ich begehrlich.

Na dann nimmst du dir doch einen mit, sagte die Frau mit dem Fahrrad, die ich, in die ich, aber das wusste sie natürlich nicht, ich spürte es im Hals, der war zu, in meiner Brust war Aufruhr und wollte sich nicht legen, wie wirbelnde Papierschnipsel. Ich muss dienstags extra dafür auf dem Rad zum Bahnhof.

Dass sie das sagte, nachdem ich gerade exakt das Gleiche gedacht hatte, rührte mich tief, das musste doch etwas zu bedeuten haben! Ach wirklich?, dachte ich.

Zwölf Exemplare. Eigentlich zu wenig, aber tja, Papier ist knapp.

Ich: Zwölf!

Sie: Ich hab einen Laden. Nimm dir eins, dann bin ich das schon mal los.

Als ich den Lenker von ihr übernahm, was ich mich einfach traute, was ich einfach tat, berührten sich unsere Hände, warme Fäustlinge an meinen kalten Fingern. Ich ging mit ihr, Klosterbruder neben Frau in Hosen, das Rad zwischen uns. Fußgänger, die uns sahen, konnten meinen, es sei mein Rad oder doch wenigstens ein Klosterrad. Auch männliche Rockträger im Dienst unserer Mutter und Herrin, der heiligen Kirche, fahren auf Frauenrädern ohne Stange. Sehnsucht nach meiner Orbea Opal. Was Passanten möglicherweise auffiel, mich jedenfalls mit süßer Aufregung erfüllte, war, dass die Frau ihre gestrickte Hand, die den Lenker auf ihrer Seite festhielt, auf meiner ruhen ließ. Ha Patries, rief jemand. Und ich, ich ging einfach neben ihr her. Einfach so. Auf der Straße. Na wie geht´s, Tricia?, ein anderer. Wir kriegen wieder Schnee, rief sie. Den ganzen Matsch. Und sie hielt meine Hand fest wie der Schutzengel in einem Kinderbuch.

Die Abraumhalde lag hinter der baumgesäumten Straße, wo sie sagte, hier wohne ich. In dem Moment setzte sich das Rad im Turm in Bewegung, von hier aus nicht zu sehen.

Der Laden. Kleines Schaufenster neben einer schmalen Glastür. Delahaye mit ungeschickt gepinselten Buchstaben. Onkel Barend hätte das besser gemacht, aber jetzt wusste ich immerhin, wie sie wirklich hieß. Sie schob das Rad hinein.

Nun, also dann, tschüss, sagte ich.

Komm doch kurz rein, hörte ich sie sagen.

Das tat ich, als würde etwas, vielleicht die Kälte, mich von hinten hineindrücken. Nicht weiter als bis zur Schwelle.

Mach die Tür zu. Ich heize nicht für die ganze Straße. Ihre Stimme, diese Stimme, kam aus dem Raum hinter der Theke. Der Laden war etwa drei Mal so groß wie meine Zelle, dämmrig, aber wo sie war, sorgte sie für Licht. Sie kam ohne Mantel und nicht mehr orangenfarben an Kopf und Händen zurück, den Stapel Zeitschriften ordnete sie auf der Theke, einen Augenblick mit dem Rücken zu mir, mit über die Taille hochgezogener Hose, wie Männer Hosen tragen. Magst du einen Kaffee? An der Tür, in der ich noch stand, ich tat einen Schritt zur Seite, drehte sie das Schild um, das Wort GESCHLOSSEN nach innen.

Das kann ich nicht, stieß ich aus, ich muss zurück. Ich kann nicht so lange wegbleiben.

Dann denkst du dir irgendwas aus. Die Straße war aufgerissen, du musstest einen Umweg machen. Im Schnee lag eine alte Dame, du musstest ihr die letzte Ölung geben. Der Bohrer des Zahnarztes ging kaputt. Sag doch einfach irgendwas. Wie sie redet! Komm, setz dich, sagte sie.

Das Zimmer hinter dem Laden. Tisch, Stühle, Büfett mit großem Farbfoto darüber. Brennender Ofen, zwei Kohlenkübel. Der Ofen musste offenbar nicht nur den Laden, sondern das ganze Haus heizen, die Tür zu einer Küche stand auf und eine andere zu einer Treppe nach oben. Das Fahrrad in einem gepflegten Gärtchen mit zwei frierenden Hühnern. Dahinter der Berg. Das Dröhnen des Rads war zu hören, es stockte, begann wieder. Vier Sender in ihrem Drahtfunkradio, sie suchte Musik, um das Geratter zu übertönen und landete bei *Mutti, die hat immer recht*, gesungen von einem Kinderchor, den Rohrspatzen. Es versetzte mich in die Vergangenheit zurück. Und sie ist im Bett nicht schlecht, pflegte Onkel Barend seligen Angedenkens zu sagen. Ach, wie köstlich du wieder bist, Tante Suzan darauf.

Leg doch die Pferdedecke mal ab. Patricia hängte meinen Umhang irgendwohin. Kaffee aus einer roten Kanne, Tassen mit Flöte spielenden Hasen. Tischtuch beiseite geschlagen, sie war mit irgendetwas beschäftigt. Nähmaschine. Ihre Brille auf einem Stück Stoff. Frühstücksteller mit noch einer Brotkruste und etwas Schokoladestreusel. Aschenbecher. Auf der Rinne eine kaum angerauchte Zigarette. Miss Blanche. Den Schachteln lagen immer Fußballbildchen bei. Das Tapetenmuster bestand aus weißen Streifen. Ich nahm alles in mich auf. Ihre Welt. Und ich mittendrin unter dem befransten Lampenschirm. Und mir gegenüber sie, oben gestrickt in grün, Zopfmuster. Ich konnte nicht anders als sie anschauen, ihren Anblick aufsaugen, sehr unhöflich.

So, sagte sie. Sag mal was, Bruder Bieder.

Was für ein Zufall, dass wir uns wieder begegnet sind.

Das hast du dir so gedacht, was? Sie, die Tasse mit beiden Händen am Mund. Dienstag halb zehn, hab ich mir gemerkt. Hab dich abgepasst, wollte dich einfach noch mal sehen.

Von der einen Zahnlücke in die andere wanderte meine Zunge. Und ich dich, dachte ich. Wenn du wüsstest, wie sehr ich an dich denke. Aber ich schluckte es mit dem Kaffee hinunter. So etwas sagt ein Gottesdiener nicht zu einer Frau. Wir blickten einander schweigend an, ich betreten. Aus dem Radio dröhnte eine Trompete.

Ich hab was für dich. Sie legte ein graues Wollknäuel vor mich hin. Eigenes Fabrikat. Das Knäuel bestand aus zwei zusammengerollten dicken Socken. Zieh mal an.

Niedergeschlagen betrachtete ich sie. Solche Socken hatte ich angehabt, als ich noch Schuhe trug. Damit kann ich unmöglich rumlaufen, stammelte ich. Wir gehen barfuß.

Ja, blöd wie ihr seid, sagte Patricia. Nun zieh sie doch schon an. Ist ja nur hier. Schön warm an deinen Füßen.

Ich muss wirklich gehen, stammelte ich beklommen. Ich würde schon gerne, danke, aber.

Ja, sagte sie wieder. Zieh sie an und trink deinen Kaffee. Wie sitzen sie? An der Ferse vielleicht etwas weit. Sie guckte unter den Tisch und sah sich meine Füße an, in die Behaglichkeit strömte, sich nach oben fortsetzend bis in meine Seele. Die hab ich für meinen Mann gestrickt, sagte sie und ließ den Blick kurz auf dem Foto im silbrigen Holzrahmen ruhen, wobei ihr Gesichtsausdruck sich leicht veränderte. Im Radio fing einer zu reden an. Ich sah in das offene, vergnügte Gesicht eines jungen Mannes in meinem Alter, mit etwas hochgewehtem Haar, so als sei es windig gewesen, als die Aufnahme gemacht wurde.

Was macht dein Mann, wenn ich fragen darf?, traute ich mich sie schließlich und endlich zu fragen.

Sie zuckte zusammen, als wäre sie weit weg gewesen. Tschuldigung, ich hab da zugehört. Kopfbewegung zum Radio. Der Gemüsemann erklärte gerade, was es zu dieser Jahreszeit so gibt und wie man es schmackhaft zubereitet. Bei dieser Sendung schwenkte Tante Suzan immer das Geschirrtuch und rief uns, den Männern, zu: Haltet doch mal den Mund!

Rogier ist tot, sagte Patricia. Den Namen sprach sie französisch aus. Hat im Bergbau gearbeitet. Nicht unter Tage, im Büro. Auf dem Weg zur Arbeit hat ihn ein Lastwagen erwischt, er wurde vom Fahrrad geschleudert, und tot war er, verdammte Scheiße. Ist ein paar Jahre her, neunzehnhundertfünfzig.

Genau das Jahr, dachte ich und überhörte ihren Fluch, als man hinter mir die Tür mit Eisenschlössern verriegelte, im Jubeljahr. Seither nie mehr Socken getragen.

Sind sie nicht schön warm.

Ich nickte dankbar. Aber ich kann doch nicht seine Socken anziehen, das ist doch, das ist nicht.

Sie drehte das Radio lauter, um meine Einwände nicht zu hören. Inzwischen sang Willy Alberti *Schöner wie das schönste Gemälde bist du, nur du.*

Wie heißt du nun eigentlich? Zu Hause wurdest du doch nicht Bonofantius genannt?

Eldert, sagte ich leise. Haman, Eldert Haman. Als würde ich Spinnweben von einem vergessenen Koffer wischen und darin mich selbst wiederfinden.

Warum gebt ihr euch wie in einem Theaterstück andere Namen? Und was machst du da überhaupt?

Alles Mögliche, murmelte ich. Wohin führte mich mein Leben? Ich bin Aufpasser, Hilfsküster, Aushilfe in der Wäscherei, in der Küche, mal auf den Feldern draußen, mal beim Anstreichen, oder wenn ein Ball durchs Fenster geflogen ist, eine neue Scheibe einsetzen, das kann ich, hab ich von meinem Stiefvater gelernt.

Das ist ja toll! Und natürlich viel beten? Wie bist du um Gottes willen da gelandet. Begeisterung, Berufung? Eines Morgens bist du aufgewacht, und da hat Gott dir ins Ohr geflüstert: Eldert Haman, hier hab ich ein paar Lumpen in Kackfarbe für dich und du brauchst auch nie mehr Socken zu tragen. Von all den Oblaten verfaulen dir die Zähne ganz von selber, das ist doch kein Wunder.

Als ich lachte, wusste ich, dass sie die Lücke zwischen meinen Schneidezähnen sehen würde. Eigentlich bin ich Deutschlehrer, fing ich an und servierte ihr dann, es nahm mehrere Viertelstunden in Beschlag, Szenen aus meinem Leben. Wie daraus ein Klosterleben geworden war. Woraus ein solches besteht und wie es mit dem der Internatsschüler verknüpft ist. Sie sah mich an aus dem Seegrün unter den romanischen Bögen. Nicht zu fassen, sagte sie manchmal. Wirklich?

Zwei Mal kam jemand in den Laden. Ein Mädchen, das Linienpapier, ein kariertes Heft und eine Rolle Umschlagpapier brauchte, ein Mann, der fragte, darf ich dein Telefon mal benutzen, Tricia? Türlich, Sjaak, wirfst du zehn Cent in die Büchse? Ich sah ihr nach, wenn sie im Laden verschwand. Sie trug wieder die Hose. Ich hörte sie zwischen den Schreibwaren und Zeitschriften reden, melodisch ihre Stimme, freundlich, leutselig, und plötzlich fiel es mir ein. Sechs oder sieben war ich gewesen und ging an Mamas Hand. Ein Teich. Schau mal, die Entchen, siehst du das, Eldert. Was für Vielfraße. Nicht flennen, ermahnte ich mich, denn es war mir wirklich, als würde ich gleich in Tränen ausbrechen, jahrelang angestauten, jetzt, da ich ihr am Wohnzimmertisch mein Herz ausschüttete.

Und prügelst du auch mit dem Holz?, fragte sie streng. Ich schüttelte den Kopf. Und stellst du auch solche Dinge mit den Buben an? Nein. Jesus Christus, diese braven Mönche. Was da hinter den Mauern alles passiert. Und du bist ein Pechvogel.

Ich muss jetzt wirklich gehen, sagte ich, legte die wieder zusammengerollten Socken auf den Tisch und stand auf.

Musst du noch mal zu der Pflaume zurück? Sie meinte Stevens.

Freitag zum letzten Mal.

Auf dem Weg nach draußen sah ich all die im Internat verbotenen Zeitschriften, die normale Menschen lesen. *De Lach*, auf dem Umschlag Katharine Hepburn mit nackten Beinen auf einem Motorrad liegend. *Panorama. Revue.* Ha, *Tuney Tunes.* Vorne drauf ein dicker, lachender Schwarzer mit Gitarre. Fats Domino. Und ein neues Comic-Heft. *Die Abenteuer von Blake und Mortimer*, für mich neue Figuren, in tadellosen Herrenkostümen, aber anders als Dick Bos.

Hier, nimm mit. An der Tür steckte Patricia mir einen *Sportspiegel* zu, den ich nicht bezahlen konnte. Hier, drängte sie, steck schon ein. Brauchst du Geld für den Bus?

Domitian, nachdem ich geläutet hatte: Wie spät du bist, Bruder. Hat es so lange gedauert?
Der Bohrer ging kaputt, log ich. Wer lügt, sündigt gegen das achte Gebot. Ich meine nicht, was tust du da, sondern was hast du da verloren, hatte Patricia gesagt. Nicht deine Aufgaben, sondern warum ein Kerl wie du da so lahmärschig hängenbleibt.

Der Freitag. Es war frischer Schnee gefallen, in dem die Abdrücke meiner Sandalen zurückblieben, weg vom Tor in Richtung, in welche Richtung auch immer, nur weg. Mein Glücksgefühl dadurch gedämpft, dass es wohl das letzte Mal war, dass sich alle Himmelsrichtungen vor mir ausbreiteten. Weiß. Hinter mir am Ende der Straße, wo das Land aufhört, rumpelte die Straßenbahn vorbei, klingkling, heller klingelnd, als es hinter den Mauern zu hören ist, wo die Schüler, wenn sie in der Klasse aufschauten, das Weiß auch sahen.

Sie werden ja gehört haben, was das Wasser auf unseren Inseln angerichtet hat, sagte Stevens, noch bevor ich auf dem Stuhl saß. Schrecklich, schrecklich. Menschen auf den Dächern ihrer Häuser, in der Eiseskälte. In der Hoffnung, dass ein Boot kommt und sie rettet. Er stand mit dem Rücken zum Salamandre und massierte sich die Wärme in den Hintern. Das Wellengewirr auf seinem Kopf war gezähmt, offensichtlich war er beim Frisör gewesen. Beten für die Leute ist vorläufig das Einzige, was wir tun können. Wir halten in der Kirche den ganzen Tag Totenwache. Haben Sie Schüler im Internat, die aus der Gegend kommen, oder Klosterbrüder?

Mit schon aufgesperrtem Rachen konnte ich ihm nicht antworten. Ich hatte die Zeitungsausschnitte am Schwarzen Brett gelesen und Schnüffels Geschwafel über mich ergehen lassen. Gott gibt, Gott nimmt, Gott prüft, Gott straft. Ja, auch die Unschuldigen. Manchmal die, die er am meisten liebt. Lasset uns beten für unsere betroffenen Mitbürger. Vater unser. Die Katastrophe änderte nichts am Trott der gleichförmigen Tage, Gottes Wasser wütete anderswo, fraß sich anderswo durch die Deiche. Wir hatten keine Schüler aus den überschwemmten Provinzen. Ich dachte an Patricia.

Die Wunden heilen gut, stellte der Zahnarzt fest. Ihr Gebiss, obwohl lädiert, sollte jetzt so weit in Ordnung sein. Ich werde Ihnen noch ein Mal wehtun, dann haben Sie alles hinter sich und brauchen nicht mehr zu kommen.

Als ich aufstand, sagte er noch: Grüßen Sie recht herzlich Bruder Benedikt von mir!

Wieder draußen in meinem Umhang, Kapuze nicht übergezogen, bummelte ich noch etwas beim Denkmal herum, sehnsüchtig Ausschau haltend, aber sie tauchte nicht auf. Geh zurück in dein Elend, du Tölpel. Das dachte sie natürlich. Mich jetzt noch mal wiederzusehen, was das fünfte Mal gewesen wäre, hielt sie offenbar nicht für nötig, was bildete ich mir ein mit meinen diffusen Vorstellungen und Träumen, die immer im Nichts endeten. Dich gibt es gar nicht, schärfte ich mir ein, obwohl ich ja hier stand, inexistent existierend. Ich bin vor Jahren gestorben, der Welt abhandengekommen, auch wenn ich mich selber sah und andere mich gehen sahen. Nicht ganz ziellos durch den Schnee, der an meinen Zehen klebte, was ich sehr wohl wie ein Lebendiger spürte, der merkt, dass er barfuß in Sandalen durch kalte Materie latscht. Der Dampf um Mund und Nase ist der Atem eines toten Untoten, der jetzt fast rennt in seinem flatternden Habit. Ich existiere nicht und doch existiere ich und bin verliebt, ist das das richtige Wort? Schicke mir noch mehr Schmerzen in den Mund, Gott, der gibt und prüft, damit mir die Oberen öfter Dispens erteilen.

Ich hatte mir gemerkt, durch welche Gassen ich gehen musste, ich orientierte mich am Eisenturm. Innen an der Ladentür mit ihrem Namen, tausend Mal in meinen Gedanken und auf meinen Lippen, hing das Schild GEÖFFNET. Sie war geöffnet. Und ich geschlossen. Wieder war es, als würde etwas, irgendeine Macht oder Kraft, mich hineinschieben. Als käme der Mut, den Laden wieder zu betreten, von außerhalb. Selber wage und unternehme ich nie etwas, entschlusslos, lethargisch geworden durch den blinden Gehorsam gegenüber der Regel, die ich jetzt einfach übertrat. Wie in eine andere Welt versetzt.

Sie kam aus der Hinterstube, Brille auf der Nase, und machte ein vergnügtes Gesicht, als sie mich sah. Ich hab´s doch gewusst, sagte sie. Der Kaffee ist fertig, die Socken liegen auf dem Tisch. Ich brauchte nichts zu sagen, hatte auch noch nichts gesagt. Setz dich, sagte sie und fasste mich an. Sie fasste mich an. Ihre Hand strich mir über die Schulter, als ich mich gesetzt hatte, und sie hatte Schokoladen-Spritzgebäck auf einem Teller, und vom Regal beim Kamin nahm sie ein warmes Handtuch, mit dem ich mir die Füße abtrocknen könne, und dann zog ich mir die Socken ihres Mannes an.

Ich wollte dich einfach noch mal sehen.

Ja, sagte sie.

Wir lachten lautlos, ihre Augen sprühten, sie nahm die Brille ab und legte sie auf den Tisch. Dass ich hier saß und sie vor mir stand in ihrem Zopfmuster-Pullover und dem beigen Flusen-Rock, den sie diesmal statt der Hose anhatte, die gewaschen über dem Gestell hing, das war ein Ding der Unmöglichkeit. Das Grün des Pullovers harmonierte mit ihren Augen und ihrem rotblonden Haar und bedeckte eine bescheidene Wölbung. Dass meine Augen wie beim letzten Mal darüber hinweghuschten wie die biblischen Füchse über die grünen Kornfelder, auch das war ein Ding der Unmöglichkeit. Was ist ein Gelübde?, fragte Patricia. Das Radio, ein Salonorchester jammernder Streicher, stellte sie leiser. Sie ließ die Hand, mit der sie das tat, sanft, aber so unerwartet, dass ich hochfederte, auf meine Hand sinken. Und drückte sie kurz.

Wach auf, du Fossil. Bist du noch da?

Ja. Vorhin auf der Straße noch tot, fühlte ich mich hier ganz gegenwärtig. Ihre Hand. Warme Hand, zarte, schöne, sanfte Hand. Kräftig. Mama hält den Jungen fest. Mamas Stimme.

Dann antworte mir gefälligst, sagte sie, und schüttelte meine Finger. Warum du immer noch in der Burg herumspukst als braunes Gespenst. Du gehörst da nicht hin. Das habe ich von Anfang an gespürt. Beim ersten Mal, im Wartezimmer. Du fühlst dich in deiner Haut nicht wohl, und die Kutte, wenn du auch zweimal reinpasst, ist dir zu eng. Netter Mann, dachte ich, aber was für eine sträflich vernachlässigte Hängepflanze.

Ich komme da nicht weg, stammelte ich.

Patricia: Willst du denn weg?

Wie käme ich denn weg, selbst wenn ich es wollte?, sagte ich. Ich bin wie ein Affe im Zoo, so musst du dir das vorstellen, der sich außerhalb des Käfigs, in dem er jahrelang eingesperrt war, nicht zurechtfindet. Wo soll er hin, was soll er machen? Die Kutte ablegen und das Kloster verlassen, das gibt es nicht, das macht man nicht.

Warum nicht? Sie zündete sich eine Miss Blanche an. Schwalbe-Streichholz. Der Rauch aus ihrem Mund und zwischen ihren Fingern kringelte sich zu den Fransen der Lampe über dem Tisch empor. Sie zerknüllte die Schachtel.

Wer eine Kutte trägt, sagte ich, hat sich nun einmal zum Klosterleben verpflichtet, so wie sich Leute, die heiraten, zur Ehe verpflichten. Sich scheiden lassen, das gibt es doch auch nicht! Das ist eine Todsünde, sich scheiden lassen.

Du bist wirklich süß, sagte Patricia.

Ja, Martin Luther hat seinen Orden verlassen, sagte ich. Vor vier Jahrhunderten. Aber er war auch ein Ketzer, den der Papst exkommuniziert hat.

Sie brach in Gelächter aus. Armer Bub!

Was soll der Affe oder die Giraffe außerhalb des Zoos? Ich habe meine Identität verloren. Meinen Namen und alles, auf dem mein Name gestanden hat, Pass, Zeugnisse.

Unsinn. Sie streckte mir die Hand mit der Zigarette entgegen. Willst du auch mal? Es ist meine letzte, müssen wir teilen. Nicht nötig, sagte ich. Sie drückte den halb aufgerauchten Glimmstängel im Aschenbecher aus und legte ihn behutsam in die Rille.

Ich redete weiter: Ich weiß nicht mal mehr, wie ich aussehe. Es gibt dort keine Spiegel, denn, ich sagte das natürlich betont ironisch, wir spiegeln uns in der Tugend. Und Fotos von mir gibt es auch schon ewig nicht mehr.

Sie: Kleine Jungs mit Stöcken verprügeln und an ihren Pimmeln herumfummeln und noch viel mehr und Schlimmeres, versteht man das unter Tugend?

Das machen doch nur ein paar wenige von uns, wendete ich ein. Du darfst nicht so denken.

Sie: Ja. Aber diese paar wenigen missbrauchen aufs Schändlichste ihre Macht, und du hältst wie alle andern den Mund, denn eure ganze Betbruderschaft, lauter Hosenscheißer und Memmen, steht unter der Knute von einem solchen Überrock. Du bist mitschuldig, das ist dir doch wohl klar.

Ich gebe mir doch Mühe, für die Jungen da zu sein, verteidigte ich mich. Sie sind da auch eingesperrt und werden dressiert wie Tiere im Zirkus. Ich bin nett zu ihnen. Ich strafe nicht mit der Rute. Ich gieße ihnen keine kochende Suppe über den Kopf.

Mmm, machte Patricia. Man hat dich doch auch gedrillt, du bist völlig verkorkst. Genauso eingesperrt. Auch der Gefängniswärter lebt hinter Gittern.

Ich will ihnen keine Angst einimpfen. Ich will ihnen das Gefühl von Anteilnahme, Vertrauen, Geborgenheit geben, so weit ich das kann. Das habe ich mir zur Aufgabe gemacht, wenn ich schon für sie verantwortlich bin. Vor mir haben sie auf jeden Fall keine Angst. Wenn ich abhauen würde, dann würde ich sie doch ihrem Schicksal überlassen, sie im Stich lassen. Tschüss Jungs, seht zu, wie ihr ohne mich zurechtkommt, Bruder Bonaventura türmt, denn Bruder Bonaventura hält es hier nicht aus.

Patricia: Sehr großmütig von dir. Irgendwann haben die Jungen die Schule hinter sich und dann werden sie schon mit dem Trauma fertigwerden, das ihnen bei euch zugefügt wurde. Aber für dich gilt das nicht, so lange du da drin herumschleichst, um zu sehen, ob die Burschen ihre Hände über der Schulbank und der Bettdecke haben. Was kümmert dich das? Hast du wirklich die Absicht, dein ganzes Leben damit zu verbringen? Was hast du dann aus deinem Leben gemacht? Natürlich kannst du weg. Sie haben ihre Netze über dich geworfen und dich mit ihrem faschistischen System erstickt. Dazu gehört auch diese frustrierte Sexualität mit all ihren Auswüchsen.

Das Wort kannte ich nicht.

Sexualität, wiederholte sie. Sex.

Ich muss sie angestarrt haben, als hörte ich Bomben fallen.

Da unten vorne, weißt du. Was Menschen so damit machen. Rede ich mit einem dreijährigen Kind? Das gibt´s doch nicht.

Was man beim Schwimmen mit der Badehose bedeckt, fiel mir ein.

Das Mönchsgesindel reagiert seine Triebe an den Jungen ab. Dieser Machtmissbrauch und dieses Nazigeschrei, den Jungen in die Hose greifen, sich ausleben auf Kosten der Buben. Das ist, wieder dieses Wort, das ist keine normale Sexualität. Zölibat, sagte sie mit einer Grimasse, als müsse sie sich übergeben. Hier in der Gemeinde gibt es auch so einen. Pastor Glaudemans. Bestellt die Messdiener zu sich ins Pfarrhaus, bietet ihnen eine Zigarette an, ein Glas Kakao und begrapscht sie. Ein Junge hier in der Straße hat es seiner Mutter erzählt, alle wissen es, der Schulleiter auch, hier im Laden redet man darüber, hinter vorgehaltener Hand natürlich, und jetzt erzähl ich es dir. Er befummelt auch elf-, zwölf-, dreizehnjährige Mädchen und ältere natürlich. Er ist auf alles geil. Nimm dich in Acht vor unserem Herrn Pastor, halt vor allem den Mund, unser Herr Pastor hat überall seine Finger drin, auch den ohne Nagel zwischen den Beinen, Herr Pastor hat Einfluss im Himmel und in der Hölle. Nonnen haben es übrigens auch faustdick hinter den Ohren, kann ich dir flüstern. Und wie hältst du es mit deinem nagellosen Finger? Das edle Handwerk? Bist du auch geil auf die Bengel? Na, sag schon?

Ich antwortete, als wäre ich einer Gewissensprüfung unterworfen: Nein. Obwohl manche der Knaben schon wahre Engel sind. Das sehe ich durchaus. Wenn ich manchmal an einen von ihnen denke, gebrauche ich, ohne es zu merken, die Verkleinerungsform. Lieber kleiner Mark.

So fängt es an. Lass bloß die Finger von ihnen. Such dir lieber einen netten Bruder.

Ich dachte an meine Klostersittiche und schwieg. Das Wort Sex ging mir nicht aus dem Kopf. Ein x wie im Christusmonogramm, das x und p ineinander. Wir hörten die Nachrichten im Radio. Panikmeldungen. Sturmflut, Springflut, Windstärke. Alles unter Wasser, aber Ihre Majestät die Königin und Seine Königliche Hoheit, der Prinzgemahl, sind schon auf dem Weg ins Katastrophengebiet. Sie hatte die Zigarette wieder angezündet und bis auf die Fingerspitzen aufgeraucht. Den letzten Rest drückte sie seufzend aus. Das heißt, warten bis nächsten Monat. Kein Geld, alles rationiert, und die Kanadier sind nach Hause. Die ließen Zigarettenschachteln regnen, erinnerst du dich?

Bei uns kam erst noch der Hungerwinter, sagte ich. Mein Stiefvater sammelte Kippen.

Sie kam wieder auf das Thema zurück. Wieso deine Identität verloren? Zieh den Sack aus und du bist wieder Eldert Haman. Kannste gleich jetzt machen. Das Telefon steht dahinten. Du rufst an und sagst dem Pack einfach, ich komme nicht mehr zurück, Glück auf und tschüss. Brauchst eigentlich nicht mal anzurufen. Sie merken es schon von selber.

Das geht nicht, das geht nicht, sagte ich halblaut, flüsternd fast, und fühlte ein Frösteln von der Schulter abwärts, als wäre mein Rücken so glatt geworden wie die Straße draußen und jemand wäre darauf ausgerutscht.

Und dann schickst du ihnen eine Ansichtskarte mit einer nackten Dame drauf und schreibst dazu: Hilfe, es brennt im Stall. Das sagte Rogier immer.

Mutlosigkeit erfüllte mich bis in die tiefsten Stollen. Wir sahen einander an, lange, und dann nochmal, wir suchten einander mit den Augen, und ich liebte sie, aber das war natürlich unmöglich. Ich war ein Klosterbruder. Ich konnte es nicht sagen, traute mich auch nicht. Oder doch?

Ich äh.

Ja. Sie fasste wieder nach meiner Hand, die unruhig auf dem Tisch hin und her wanderte. Ich weiß, sagte sie. Unsere Finger ineinander verschlungen.

Ich äh. Muss jetzt wirklich gehen. Ich zog die Socken aus und legte sie vor sie hin. Vielen Dank.

Im Laden ließ ich den Blick über die Illustrierten schweifen, die Schreibhefte, das Briefpapier und die Schreibgeräte, die Kulis hießen und mit denen die Schüler nicht schreiben durften. Es gibt welche mit vier Farben. Alles, was ich dir erzählt und dir gebeichtet habe, müsste ich aufschreiben, dachte ich laut. Nur so, nur für mich.

Dann fang damit an, sagte Patricia.

Ich wieder: Das geht nicht.

Sie: Ich kann das nicht mehr hören. Findest du dich selber nicht schrecklich … Sie sagte nicht, was. Aber ich verstand sie trotzdem. Bestimmt ein beichtwürdiges Wort aus der Gosse.

Ich öffnete die Tür, das Schild GESCHLOSSEN schwang hin und her, sie schloss sie hinter mir. Rutsch nicht aus, großer Heiliger, sagte sie noch. Im Fenster der Tür, in dem sich die Straße spiegelte, drehte sie sich um. Meine Füße waren schon wieder schneekalt, als ich zurückschaute, und sie war nicht mehr da, sie hatte sich aufgelöst in dem niederrieselnden Weiß, in dem meine Fußstapfen schon nicht mehr zu sehen waren.

Bruder Leib ist die Zelle und die Seele der Einsiedler, der in ihr wohnt, so unser Ordensgründer. Er drückte sich bildhaft aus. Da saß ich, mein Leib als mein Bruder, der eine Zelle ist, eingesperrt in eine Zelle, wie meine Seele in Bruder Leib. Gebt ihr allem einen Namen, als wärt ihr eine große Familie?, hatte Patricia gefragt. Schwester Mond, Mutter Kirche, Heiliger Vater. Wie redest du diese Brotdose an? Neffe? Onkel Waschschüssel, Bruder Erdnussbutter, Tante Aschenbecher, Nichte Tretroller? Dass ich bei dem Gedanken daran lachen musste, bewies mir, dass meine Seele, Schwester Seele, sich nicht in meinem Bruder befand. Meine Seele war bei all dem Weiß der ganzen Welt, vom Fußboden der Zelle bis zur Endlosigkeit dort draußen, wo ich mich selber laufen sah, wohin auch immer, weg von hier. Kein Schmerz mehr in meinem Kiefer, aber ein anderes Weh war an seine Stelle getreten, Unruhe, Gewissensbisse, Zweifel, Ratlosigkeit.

Du bist so anders, Boon, sagte Wiro.

Ich sah ihn leer an, so leer wie die Zahnlücken, die meine Zunge ertastete. Darf ich dich um eine Zigarette anschnorren?, wollte er wissen. Ich habe keine mehr, log ich, obwohl ich genug hatte. Du hast bestimmt noch welche, drängte er. Nein, sag ich doch! Was ist mit dir, Boon? Du bist so, auf einmal, ich weiß nicht, so. Liegt es an mir?

Sollte ich Wiro erzählen von dem Weiß und der Sehnsucht und den Schatten und was mit mir geschah? Zunge zusammengefaltet, wo der Backenzahn gewesen war, ließ ich nichts raus. Niemandem vertrauen.

Hier, ich hab doch noch eine. Die wahre Bruderliebe, strahlte Wiro und zündete sie sich sofort an, hier, wo es verboten war, zu verbotener Stunde. Das verkohlte Streichholz zurück in die Schachtel. Nimm mich mit, Schwalbe, auf deinen Flug.

Ich hielt es in meiner Zelle nicht mehr aus. Ich hielt es nicht mehr aus mit mir selber zwischen den ganzen Kruzifixen, Betstühlen, Heiligenstatuen, Mitbrüdern, all dem Braun, Tricia, in diesen klobigen Gebäuden, in denen ich nur noch an sie denken konnte, an dich, und das Weiß unablässig, immer wenn es ging, aus Bruder Leib molk, manchmal den Büßerstrick um den Hals. Patricia.

Kurz nach jenem Freitag und dem Wochenende schlenderte ich um dreizehn Uhr fünfundvierzig durch das Haupttor, als müsste ich wieder zum Zahnarzt. Das nimmt ja kein Ende, sagte Domitian. Jetzt auf einmal auch nachmittags? Heute Morgen war es so voll, dass ich nicht mehr drankam, log ich.

Sieh doch, wie ich dahinschreite! Ich sah mich selber mit so großen Schritten gehen, wie es meine Lumpen zuließen, bei jedem Schritt ihren Namen denkend, hoffentlich hat ihr Laden geöffnet, ist sie da. Es nieselte, aber ich zog mir die Kapuze nicht über. Sei nicht erzürnt, Herr, und schaue nicht auf mein sündhaftes Leben. Ach, was kümmerte es mich, da ich fast rennend durch die mir inzwischen vertrauten Gassen tanzte, mit nassem Haar, nassem Gesicht, gleich reicht sie mir das warme Handtuch vom Gestell. Orson Welles. In dem kleinen Kino lief *Der dritte Mann*. Und ist sie nicht da, dann warte ich, einmal ums Karree, am Turm vorbei und der Halde, ich musste sie sehen, ich äh hatte jetzt vielleicht den Mut, es zu sagen, ich wollte bei ihr sein, denn ich denn ich.

Der Laden hatte auf. Drinnen fiel mein Blick gleich auf den neuen *Sportspiegel*, ich hörte die Nähmaschine schnurren, bevor ich ihren Namen rief. Patricia?

Ich bin hier, Eldert. Ihre Stimme klang, als wäre es selbstverständlich, dass ich da war, ja als hätte sie mich erwartet. Sie blieb am Tisch sitzen, als ich in der Tür zur Hinterstube mit Rogiers Foto erschien, er starrte mich an. Brille auf der Nase beugte sie sich über einen Stoff, der sich unter der Nadel kräuselte und den sie mit sicheren feinen Fingern zu drehen und zu falten verstand, ein Nadelkissen am Handgelenk, die Haare fielen ihr über die Wangen, und die Nähmaschine, deren Lampe ihre Hände beschien, hieß in goldenen eleganten Lettern Gracia. Sie trug eine Männerstrickjacke, dunkelgrau, über einer Wollbluse mit Figuren und roten Knöpfen. Unter dem Tisch sah ich, alles im gleichen Moment, Puschen und Hosenbeine, von anderer Farbe als das letzte Mal, dunkelblau. Kleider ihres Mannes offenbar. Sie sah zu mir auf, wie ich da klitschnass vor ihr stand. Flutkatastrophe jetzt auch schon im Bergbaugebiet, sagte sie, keine Spur erstaunt über mein plötzliches Erscheinen. Der Stoff glitt aus der abgestellten Maschine auf ihren Schoß. Dir auch einen guten Tag.

Ich hatte noch gar nichts gesagt, wenn ich auch vor Worten übersprudelte, die ich nicht auszusprechen wagte.

Und ich nix wie schmachten und warten. Den sehe ich nie mehr wieder, dachte ich. Und dann dachte ich, klar taucht er wieder auf. Und da ist er, der heilige Josef aus den Himmeln. Was stehst du denn rum wie ein Ölgötze?

Mich aus dem Umhang wickelnd, als wäre ich nach Hause gekommen, als gehörte ich hierher, die Socken, sah ich, hingen über dem Herd, schlug meine Freude in schwarze Angst um, was mache ich, was machte ich, es geht nicht, es ging nicht.

Sie hängte den Umhang über einen Stuhl am Ofen. Mit warmen Füßen ihr gegenüber, Nähmaschine beiseite gerückt, schob ich ihr die Zigaretten hin, vierzehn Stück, zwei schmale Schachteln mit der roten Ampel, eine noch zu. Hab dir was mitgebracht. Der Malachit ihrer Augen leuchtete kurz auf. Wie goldig. Das Wort, lange nicht gehört, vergessen. Lucky Strike, sonst nichts, jubelte sie und fasste meine Hand, was passierte da, sie drückte einen Kuss darauf. Kühle Lippen. Ein Kuss. Auf meine Hand. Ein Streicheln hinterher.

Sie habe die Flutkatastrophe gesehen, sagte sie. Mit der ganzen Straße fast, hier um die Ecke, wo sie einen Fernseher haben. Einen was? Nein, davon hatte ich noch nie gehört. Sie erklärte mir das Wunderwerk, Kino im Wohnzimmer, aber ich hörte nicht richtig zu, nur ihre Stimme, die mich auch zu streicheln schien, das war genug. Atemlos nur auf sie fixiert, nur sie ansehen, sie ansehen dürfen. Um die Lampe der Qualm ihrer Zigarette, an der sie sparsam, genussvoll nuckelte. Ich liebe dich. Das sagte ich nicht. Aber aus einem plötzlichen Impuls heraus traute ich mich etwas, was ich nie für möglich gehalten hätte. Mit den Fingerspitzen auf dem Tisch leicht ihre Hand berühren. Sie zog sie nicht zurück. Ich hielt es jetzt sogar für möglich, sie mit einem Finger zu streicheln. Sie öffnete die Hand und empfing meine, die zitterte, und sah mich an, wir sahen uns in die Augen.

Ich, sagte ich, aber sie unterbrach mich. Weißer Rauch aus ihrem Mund: Ja. Wir wissen es voneinander. Aber wir sagen es noch nicht. Sie drückte ihre Hand in meine, mit einem Finger berührte sie meine Pulsader unter dem steifen Band meiner Klosteruhr, was ich zwischen den Beinen spürte, und stand auf, denn jemand war in den Laden gekommen. Brille ab.

Eine Frau. Tag, Tricia, wollte mal hören, wie es mit dem Kleid steht, von Mama. Ich bin dabei, Virginie. Die Naht an der Seite und dann nur noch der Saum. Mache ich nachher. Deine Mutter kriegt es zurück wie neu. Wie geht's denn so? Die Frau: Unverändert. Miaut und kotzt nur immer. Würmer, meint der Tierarzt.

Neben der Nähmaschine lag aufgeschlagen eine Illustrierte mit einem Foto von Richard Burton und Jean Simmons, in biblischen Kostümen, in einem Film über das Gewand Jesu. Zimmertapete mit vertikalen weißen Streifen. Darauf starrte ich. Jetzt hatte der Unterricht angefangen, müsste jetzt eigentlich im Schlafsaal Innozenz III. den Fußboden fegen und wischen, auf den Knien im Schweiße meines Angesichts, obwohl es dort so kalt ist wie auf Antarktika, es wird nicht geheizt. Ob sie meine Abwesenheit bemerkt haben? Ich bin ausgerissen. Desertiert bin ich, und wie beim Militär erwartet mich die Exekution. Auf dem Schulhof? An einem Pfahl?

Patricia brachte die Frau zur Tür. So. Tür zu. Schild umgedreht. Ich bin nicht da. Möchtest du einen Schnaps oder so?

Erschrocken winkte ich ab. Nein. Bloß nicht. Das riechen sie. Nicht auch das noch.

Und dann war ich auf einmal auf der Treppe. Ging hinter ihren Hosenbeinen her die Treppe hoch, über meerschaumweiß gestrichene Stufen, als würde ich über Wellen gehen. Kommst du mit?, hatte sie nur gesagt, ohne eine Antwort abzuwarten, und ich folgte ihr, überrumpelt, verwirrt, betäubt, einfach so, ich war eh schon tot, die Wellen hoben mich himmelwärts. Das dachte ich aber erst später.

Ein Zimmer wie unten, weniger groß. Die beschneite Halde im Fenster wie der Fuji auf einem japanischen Stich. Ein Wägelchen entlud seine Ladung schwarzen Schotter auf den Hang, als wären es meine allerschlimmsten Sünden. Schauder liefen mir über den Rücken, ich konnte nicht schlucken vor lauter Nervosität, vor lauter Verlegenheit und überhaupt. Ein Doppelbett, auf einer Seite beschlafen, ein Kleiderschrank mit geöffneten Türen. Mehrere Paar Schuhe auf dem Fußboden, von ihr und ihrem Mann auf dem Friedhof, Bügel mit ihren und seinen Kleidern. Auf einmal erinnerte ich mich daran, dass an dem Tag, als mein Vater abtransportiert wurde, was ich durch einen Spalt zwischen den Vorhängen verfolgte, der Schrank im Schlafzimmer auch offen gestanden hatte. Drei Türen, die mittlere ein ovaler Spiegel. Ich hatte seine Brille in der Hand, die die Männer ihm aus dem Gesicht geschlagen hatten, und betrachtete seine Kleider auf seiner Seite des Schranks. Wer sollte die jetzt tragen? Zwischen zwei Hemden für sonntags die Perlenkette meiner Mutter. Die hängte ich mir um und setzte die Brille dazu auf, durch die ich so gut wie nichts sah, mein Spiegelbild verschwamm.

Patricia setzte sich auf die Seite des Bettes, wo die Decken und Laken unordentlich liegen geblieben waren, wie es bei uns im Internat nicht erlaubt war. Da muss man gleich nach dem Aufstehen das Bett abziehen und die Bettwäsche in strenge Vierecke gefaltet ans Fußende legen. Sie zog die Strickjacke aus und ließ sie auf den Teppich vor dem Bett fallen, auch das war in der Erziehungsburg nicht erlaubt. Alles gleich an Kleiderbügeln in den Schrank oder in den Wäschekorb unters Bett, nicht wie hier, wo Kleidungsstücke zwanglos verstreut herumlagen. Komm, setz dich zu mir. Neben sie, wo sie das Laken glattstrich. Meine Hand in ihrer Hand auf ihrem Knie, Knie an Knie.

Auf dem Nachttisch der Teller mit dem Spritzgebäck, eine Brille auf einem aufgeschlagenen Buch, dahinter ein gerahmtes Foto, sie mit Freesien im Haar in einem weißen halblangen Kleid, er im schwarzen Anzug mit Zylinder auf dem Kopf. Hier keine Tapeten, die Wände im gleichen Weiß gestrichen wie die Treppe. In Onkel Barends Laden standen die Büchsen mit den verschiedenen Weißtönen rechts auf den Regalbrettern bei den Lacken und Beizen.

Du hast von Tuten und Blasen keine Ahnung, was?, sagte die Frau, die mich neben sich aufs Bett gezogen hatte. Ich hatte mein Knie schon sittsam zur Seite und die Hand zurückgezogen und stützte mich auf die Ellenbogen, wie ich es auf dem Strohsack in meiner Zelle tat, auf meine Füße starrend, die in grauen Socken steckten.

He! Sie stieß mich an. Wo bist du mit deinen Gedanken? Passiert noch was?

Was erwartete sie von mir?

Gottjosefmaria und Christus auf einem Kamel, nein, so was himmlisch Tollpatschiges wie dich, so ein weltfremdes Küken hab ich noch nie im Laden gehabt. In meinem Bett auch nicht.

Das hörte ich sie noch sagen, bevor sie ihre Arme um mich schlang und mich rückwärts aufs Bett drückte. Die Matratze war weich und knirschte nicht wie altes Stroh. Das Laken auch eine vergessene Erfahrung. Und noch mehr. Sie presste ihren Mund auf meinen und noch mehr. Etwas bewegte sich an meinen Lippen entlang und schob sich hinein, es tastete sich über meine Zähne mit der Lücke so groß wie ein Fußballtor. Und noch mehr. Als würde ich die heilige Kommunion empfangen, berührte es meine Zunge, ringelte sich um sie, saugte, schlürfte sie ein. Wie fies das alles! Sie schmeckte nach Marzipan. Meine Arme unbrauchbar durch ihre Umklammerung, die Augen geschlossen, weil sie das auch tat, widerfuhr es mir, sah ich farbige Lichtbänder durch mein Hirndunkel wehen, und es fühlte sich an, als würde ich schweben wie auf einem Gemälde von Chagall. In meiner Klosterrüstung hatte meine Erektion keinen Platz für weitere Ausdehnung, wie ein Baum in einem Haus nicht höher wachsen kann als bis zur Decke. Dann hörte ich, wie etwas aufgeknöpft wurde, wie sie sich auszog. Schickte es sich, wenn ich die Augen aufmachte, was würde ich dann sehen?

Sie erblickte ich, mein Schauen wurde eine Brassband von Verwunderung, Bewunderung, Exaltation, Frömmigkeit, Entzücken, als wäre mir eine Vision zuteilgeworden, aber was ich für eine Brassband hielt, war in Wirklichkeit eine Reihe von Trötlauten, die die Sirene von sich gab. Patricia, meine Geliebte, nackt wie die Frau in der Muschel auf dem Gemälde, viel zu klein und ohne Farbe in der *Geschichte der Päpste*, außerdem oben und unten mit Tintenbalken zensiert. Zum ersten Mal sah ich eine Frau in diesem Zustand nicht gemalt, sondern in Wirklichkeit. Sie ließ sich betrachten, breitete die Arme aus wie der gekreuzigte Engel, der dem Franziskus erschien, als er die Wundmale erhielt. Wer weiß, vielleicht taten sich in diesem Moment auch in mir Löcher auf, noch andere als die zwischen den Zähnen. Draußen regnete und schneite es, der Lärm des eisernen Rads setzte ein. Sie ließ sich zurückfallen und schaute mich an, während ich wie aus Beton gegossen ratlos zu ihren Füßen saß. Nun?, sagte sie. Ihr den Hof machen, müsse ich, ihr schöntun, sagte sie. Blumenblätter aufs Kraushaar, wo ihre Beine anfangen, Spritzgebäck zwischen ihre Brüste. Haarbürste. Winzige Glühbirne. Du kennst dich aber wirklich aus. Streif dir erst mal das ganze Zeug vom Leib, kann ich dich auch mal begucken.

Das Skapulier, der Strick, die Kutte, das Hemd und, ja, die Hose, in der sich der Domturm abzeichnete. Sie umfasste ihn mit der Hand, nie eine andere Hand dort gefühlt, ich hörte sie Sachen sagen, die ihn noch eingebildeter machten, und dann ihr Mund, ihre Zunge, ich bäumte mich auf, dies konnte, dies durfte nicht sein, ich sündigte! Heiliger Antonius von Ägypten, Vater aller Klosterbrüder, von Satan mit den herrlichsten Verlockungen in Versuchung gebracht, denen du allen widerstanden hast, ich war eine Beute der Sünde mit dem x! Sie zog mich an sich und führte ihn hinein, in eine feuchte Bucht, warm, liebkosend weich, wo er sich in seiner ganzen Länge ausstrecken konnte, tiefer ging nicht, Vorhaut zurück hinter das Geschütz, das glühte und weiter hinein wollte in den schmalen Himmelsgang, dessen Wände vor ihm zurückwichen. Er stieß sich zur Entladung, so heftig, dass es wie Blumenstängel aus ihm, aus mir herausschoss, Kohlenglut in meinen Hoden, Stromstöße gegen meinen Anus. Ich ertrank. Das ist es also. Das ist es. Hatte ich Gedanken dabei? Keinen einzigen.

Haben wir oder habe vielleicht nur ich eine Weile geschlafen? In paradisum, noch immer auf ihrem Körper aus Engeldaunen, lag ich unter Decken, die sie über uns gezogen hatte. Wir küssten einander. Ich sie von den Augen bis zu den Brustknospen und weiter hinunter, auf Reisen mit all meinen Sinnen und Gliedern, bis ich das Tor sah, durch das ich hatte eintreten dürfen, die Flügeltürchen am Eingang, die durfte ich mit zaghaften Fingern öffnen, das erlaubte sie mir. Guck ruhig, sagte sie, das ist das andere Geschlecht, vor dem ihr so viel Angst habt. Wir nennen es Möse. Vulva, Vagina, Schamspalte, Scheide, Muschi, Mieze, Schnecke, Pflaume, Ritze, Dose, Fotze. Wenn du Möse sagst, weiß jeder, was du meinst. Was da tropft, das ist der Sündenpfuhl.

Noch während sie das alles sagte, traf mich die Angst wie ein glühendes Eisen. Ein zinnoberroter Satanskerl sprang mir in die Augen, die Arme um einen Phallus, dicker als er selbst; der Spritzkopf, geformt wie der Hut eines Fliegenpilzes, ragte über seine Hörner hinaus und versprühte Lava, Feuerwerksraketen und Arkaden einer brennenden Substanz. Das prasselte alles auf meine schwarze Seele herab, die versengt zusammenschrumpfte, der Herr ist erzürnt, er rechnet mir meine Sünden an und hetzt mir die Teufel auf den Hals. Wo mich verstecken? Ich schäme mich, denn ich bin nackt. Aus seinem gerunzelten Sack, so schwer und prall, dass er ihm bis auf die Hufe herabhing, quollen Hoden wie Erdkugeln aus Gummi, darauf setzte er sich rittlings und hopste federnd um mich herum, mit dröhnendem Gelächter, furzend, Strahlen spuckend wie ein Geysir. Dann war er mit einem Mal wieder fort. Aber ich hatte ihn gesehen, und die Angst dröhnte kalt in mir wie das Rad im Eisenturm.

Was hast du denn?, fragte Patricia. Was zitterst du denn auf einmal so? Brauchst doch keine Angst zu haben. Komm her mit dem Schrumpelding. Mit der Hand, beiden Händen, mit dem Mund brachte sie ihn wieder auf Vordermann wie einen Soldaten der Schweizergarde, nicht so mächtig wie der Strunk des Beelzebubs, des Herrschers über das Reich der Finsternis, aber stark nach Menschenart, es geschah, wie es geschah, und ohne dass ich Verfügungsgewalt über meinen Untertan hatte. Wieder glitt er hinein, wo es milchig feucht war und er sofort wieder zu rammeln anfing, doch die Geliebte vergrub ihre Fingernägel in meinen Hintern. Langsam. Gemach. Nicht gleich holadiho. Beherrsch dich, bis ich es sage und dann. Ich bringe es dir schon bei.

In ihrem Bauch begann ein sanftes Wogen, und wo er in ihr steckte, war mir, als umspannte ihn etwas, das sich bei jeder Bewegung lockerte und wieder zusammenpresste, sie hielt ihn mit einem gummibandartigen Muskel in Schach. Sie atmete in mein Ohr, ihre Zunge in meinem Ohr, ich halte es nicht länger aus, dachte ich und hielt den Atem an, während sie zu keuchen begann, ihre Beine über meinem Rücken, biss sie mir in die Schulter, ihre Fingernägel in meinem Hinterteil, dessen Hälften sie auseinanderzog. Ich fühlte ihn vorzeitig tropfen, aber er blieb aufrecht, irgendwo in ihrer Tiefe war ein Mund, der an ihm schlürfte. Das Gummiband riss in dem Moment, als sie Ja rief. Noch einmal Ja und Jajaja hintereinander, und auf meiner Orbea Opal 20 Speed, stehend im Sattel, trat ich in die Pedale, vorwärts, Rammbock, Treibstange, Presslufthammer, so tief es ging, hinaus bis zum Rand und wieder zurück, und meine Murmeln schlugen gegen sie, sie klebte an mir, ihre Füße, kalt, in meinen Achselhöhlen, Jajaja mit deinem Klöppel, lass los, lass los, ich fühlte, wie sein Kopf bis zum Zerbersten anschwoll, es kam zwar etwas, aber es stockte. Das Schwarz war wieder da, durch das unaufhörlich Blitze schossen. Aus der Kehle der Frau, die unter mir lag, stieß Satan obszöne Worte aus. Trotzdem tollte ich hartnäckig weiter in ihrem Pfuhl, ihrer Möse, Fotze, Ritze, Muschi oder wie es auch heißen mochte, wo ich ihm jetzt durch nichts gehindert die Zügel gab, bis hinterm Ziel der Schaum aus den Flaschen spritzte. Alles jubelte.

Wir lösten uns voneinander und lagen keuchend da, Arme und Beine noch ineinander verschlungen, sie wärmte ihre Füße, indem sie sie in die Socken zwängte, die ich noch anhatte. Jesses Maria, brachte sie heraus. Großer Gott. Das ist lange her. Über ihre verwuschelten Haare hinweg sah ich, dass sie das Hochzeitsfoto flach hingelegt hatte, das Bild nach unten. Die Dämmerung hatte sich hereingeschlichen und machte das Weiß im Zimmer grauer. Wie spät mochte es sein? Die Uhr war nicht mehr an meinem Handgelenk.

Deine Klosterzwiebel muss hier irgendwo liegen, sagte Patricia. Hab sie dir abgemacht, als du gerade so beschäftigt warst. Haste gar nicht gemerkt. Ich wollte dich ganz nackt, jedenfalls ohne den Mist von da drüben. Kann dir doch egal sein, wie spät es ist. Sie stützte sich auf. Was ist denn auf einmal los mit dir?

Wuchernde Unruhe und Beklemmung. Das war mit mir los. Nicht auf einmal, die ganze Zeit schon. Ich muss zurück, flüsterte ich, hatte mich schon aufgerichtet, Schweiß am ganzen Körper.

Du musst überhaupt nicht zurück. Sollen sie sich doch zum Teufel scheren. War es nicht schön, das Vögeln? Wieder ein neues Wort. Vögeln, bumsen, ficken, belehrte sie mich. Poppen, vernaschen, pimpern, rammeln, pennen. Das haben sie da bestimmt aus allen Wörterbüchern gestrichen. Na? Hat es dir etwa keinen Spaß gemacht? Sie zog mich wieder zurück in das Chaos aus Laken, Decken, Kissen, einem roten Schuh, einer Haarbürste mit harten Stiften, die mir in die Haut stachen, und schob sich über mich. Glaubst du, ich lass dich einfach so gehen, mein Ordensmann? Du bist doch höchstselbst zu mir gekommen, oder nicht, knusper, knusper, knäuschen, und jetzt verschlingt dich die gefräßige geile Hexe. Wieder ihre Zunge, meine Zunge, und alles fing von vorne an, Speichel und Marzipan, glitschige Körper, nix Badehose, mein Schweiß, ihr Schweiß, sie keuchte in meinen Mund und fing an, sich an mir von unten, von vorne hoch zu reiben, ihre Haare pinselten mir übers Gesicht. Irgendwo im Bett hatte sie ihre Brille gefunden und saß auf einmal auf mir und machte ein strenges Gesicht. Her mit der Schachfigur, sagte sie. Ich fühlte den Speichel, den sie auf dem Hut des Fliegenpilzes verteilte, den steckte sie sich, wo sie selber auch wieder feucht war, hinein. Auf den Knien, aber mit Beten hatte das nichts zu tun, rührte, drehte, stieß sie, Knospen vor, Bauch eingezogen, ihr tiefer Nabel gefüllt mit dem, was in Rinnsalen herabströmte, dort hatte das Haar eine andere Farbe als oben, ein paar Blütenblättchen klebten darin. Auf und ab bewegte sie sich ruckend über Beelzebubs Auswuchs, der manchmal rausrutschte und wieder hineingesteckt wurde. So, bleib gefälligst da. Meine Hände auf ihren Brüsten, meine Hände streichelten alles, was sie erreichen konnten, so weich überall, und als würde da unter der Weichheit ihre Weichheit erst beginnen. Mich selber von unten her in ihrem Rhythmus hochschraubend, war es mir, als ginge im Halbdunkel Licht von ihr aus. Den Kopf in den Nacken geworfen, Mund geöffnet, ritt sie sich auf meiner Fackel in für mich unerreichbare Höhen. Wieder breitete sie die Arme aus wie der Heiland, der zum versammelten Volke spricht, und in dem Augenblick kam aus ihrer angespannten Kehle eine Litanei liturgischer Anrufungen. Ooo! Heilige Mutter Gottes! Herrgottnochmal. Jaa! Heiliger Strohsack! Zur Ruhe gekommen, schaute sie auf mich herab, aber ich sah nicht ihre Augen, sah nur, dass die Brille ihr auf die Nasenspitze gerutscht war. Für dich auch wieder schön?, fragte sie mit ihrer zuckersüßen Stimme, an die ich mich von der Wiege her erinnerte.

Mein Steiß hatte sich zu einem mit Stacheln bewehrten Schwanz verlängert, aus meiner Stirn ragten Hörnerstümpfe, ich war bedeckt mit steifem, zottigem, rotem Bockshaar, und wo ich in ihr steckte, hatte zu meiner Sündenstrafe keine Entladung stattgefunden, da erschlaffte es und schlüpfte zum Tor hinaus.

Sie beugte sich vor, Hände auf meinen Schultern, ihr Gesicht ganz nah. Du musst nicht gehen, sagte sie im Dunkeln, ihr Atem über meinem Satansgesicht. Sollen wir zusammenbleiben, einfach hier zusammen? Ich könnte das schon brauchen und du erst recht, du verwahrlostes Äffchen.

Wie aus unterirdischen Höhlen tönte es tief aus mir: Das geht nicht.

Sie: Ach, du mit deinem ewigen geht nicht. Warum geht das nicht? Du bist doch schon hier, oder? Ich mag dich, hörst du? Und du mich nicht, denn du willst unbedingt zurück in den Käfig zu den anderen Tölpeln. Es ist schon Abend, das Rad bringt die Nachtschicht nach unten, ich mach uns was zu essen, und du bleibst hier. Da steht ein Schrank mit Männerklamotten, wenn es mir passt, passt es dir auch, sonst sorge ich dafür, Jacken, Hosen, Hemden, Pullover, Strümpfe, Schuhe. Such dir was aus. Und morgen gehst du ins Rathaus und holst dir deine Identität zurück, neuen Ausweis und solche Sachen, neue Adresse, wir müssen dir Bezugsscheine besorgen. Und dann suchst du dir eine Stelle in der normalen Menschenwelt, Bruder Fridolin.

Bonaventura, verbesserte ich sie.

Der hat zwei Paar Schuh mit Socken drin, sagte sie lachend. Du heißt Eldert Haman.

Ihr Lachen wurde in der Hölle tausendfach mit Beifall quittiert, mit schallenden Buhrufen, mit Geheul, Gemecker und Gebrüll, mit Gepruste und Geblöke, wie es der Wüstenheilige Antonius auch gehört haben muss, als ihn der Satan mit verlockenden Trugbildern versuchte, genau wie mich und unseren Heiland, dem der Teufel alle Königreiche und ihre Herrlichkeiten versprach.

Lass doch diese ewige Grübelei, sagte sie, und komm auf den Boden zurück.

Sie stieg aus dem Bett und machte das Licht an, sodass mir jetzt gezeigt wurde, wie eine nackte Frau steht und geht und die Knie beugt, um Kleidungsstücke aufzuheben. Venus mit Armen und Rundungen und Flächen und Geheimnissen, nicht als Statue im Louvre, nicht als Erscheinung in einem Film, wo ich so etwas übrigens noch nie gesehen hatte, nicht im Traum, nicht als Fata Morgana, sondern in wahrhaftiger Gestalt vor meinen Augen, sie ist die Verführung, ich brauche nur die Hand zu ergreifen, die sie mir entgegenstreckt.

Kommst du?

Sie verschwand hinter einem durchscheinenden Vorhang, wo sie als Silhouette sichtbar blieb in Helligkeit und Dampf und herabprasselndem Wasser.

Komm schon!

Ich saß auf einer winzigen Glühbirne, gedankenlos biss ich in ein Spritzgebäck, das sich in ein Ding aus dem Wehkamp-Katalog verirrt hatte, das ich noch nie gesehen hatte. Tante Suzan hatte es nicht an die Wäscheleine oder an den Ofen gehängt. Büstenhalter. Ich kannte das Wort, das schon. Ich fasste ihn an den Bändern und drückte die kleinen Körbchen an meine Augen. Magdeburger Halbkugeln einer Nicht-Jungfrau-nicht-Märtyrerin-nicht-Heiligen-Frau und doch einer Göttin, für immer meine Geliebte, ich bin eingeweiht, ich werde nie mehr unwissend sein.

Wenn du jetzt nicht kommst, gibt's gleich kein warmes Wasser mehr, rief sie.

Sie konnte mich durch den beschlagenen Vorhang nicht sehen, ich zog die Socken aus. Was jetzt? Als käme Satan Feuer speiend auf mich zu, bedeckte ich eilig meine Dürftigkeit mit Hose, Hemd, Kutte, Skapulier, zuletzt gürtete ich mich mit der Kordel, aus der man auch einen Galgenstrick machen kann und von der ein Knoten an die Keuschheit erinnern soll. Wo bist du, von mir Bonaventura genannter Mensch? Ich fürchte mich, Herr. Die Klosterzwiebel fand ich im Bett zwischen den verstreuten Spuren der Verdorbenheit. Es war neunzehn Uhr zweiundvierzig. Ich müsste jetzt im Studiersaal mit dem Rosenkranz in der Hand auf und ab wandern. Meine Sandalen? Die mussten unten sein.

Am Vorhang mit der vernebelten Frau vorbei schlich ich mich die weiße Treppe hinunter. Im Zimmer fand ich meine Latschen, dort zurückgelassen wie die von Moses auf dem Berg Horeb. Auch meinen Umhang. Die Ladentür mit dem nach innen gedrehten Schild. Im Regen zog ich mir die Kapuze über den Kopf.

Am Haupttor ein Auto mit deutschem Nummernschild. Hitlerauto aus dem Krieg, mattschwarz, Scheinwerfer und grinsende Stoßstange der Straße zugekehrt, als ich vorbeischlich, blieb ich daran hängen.

Boon? Domitian musterte mich, als sei ich von der Sturmflut an Land geschwemmt worden. Wir haben uns schon gewundert. Benedikt erwartet dich jetzt sofort. Dazu wedelte er mit der Hand neben seinem Kopf.

Bruder Superior saß mit aneinandergelegten Fingerspitzen an seinem Schreibtisch. Geballte Stille, in der er mich geraume Zeit musterte, ich ihn ebenso, aus meiner Kutte tropfte es in unregelmäßigen Abständen auf meine Füße, klopf, klopf, sonst kein Geräusch.

So Bonaventura Bruder, sagte er endlich. Und was machen die Zähne? Wo bist du den ganzen Nachmittag gewesen? Ich meine Anruf beim Zahnarzt du hattest keinen Termin. Schweig bevor du mir eine Lüge auftischst.

Ich war der Wolf auf seinem Schreibtisch und er, jetzt mit erhobenem Finger, sprach zu mir. Pfui, Bruder Wolf. Ich fixierte die Figur aus dem Märchen und hatte nicht die Absicht, mein Schweigen zu brechen, der Wolf hatte Franziskus schließlich auch nichts geantwortet, nur mit dem Schwanz gewedelt, wie geschrieben steht, was hätte ich meinem Konfrater mit dem päpstlich weißen Haar aber auch beichten sollen? Dass ich ge…, all die Wörter purzelten mir durch den Kopf, dass ich gewas hatte? Ich hätte ihm wahrscheinlich erklären müssen, was damit gemeint ist, wie ich es ja selber vor ein paar Stunden auch noch nicht gewusst hatte. Wir Klosterbewohner tun so was nicht.

Benedikt füllte mein Schweigen, indem er mir Tatsachen unterbreitete, denen ich nicht widersprach. Hier im Dorf und in Rodakerken herumgestrolcht wie ein Bruder Lustig und in Buchläden nicht wahr all die Bücher die du gelesen bevor wir dich in Liebe in unsere Gemeinschaft aufnahmen solch liederliches Zeug und in Läden wo sie solche Musikscheiben haben mit Tsches und Liedern ich meine. Er meinte natürlich Jazz, schnöde Negermusik, meinte er. Und dann noch bei so nem Indonesier wo du vorher auch immer Bier scharf gewürzt was man da bekommt sagt unser Severin. Eingeladen von jemandem der dich kennt noch von damals als du noch nicht unseren Habit der Armut tragen durftest. Und deine Pflichten hier? Und die Befolgung der Regeln unseres heiligen Vorbilds unseres heiligen Vaters Franziskus die du Bonaventura ewiges Gelübde? Und dann etwa auch noch einen Film im Dunkeln und Frauen und Morde und sittenlos. Du weißt die Jungen tauschen Bildchen von den Filmfrauen die müssen zerrissen und verbrannt ich meine die Bildchen meine ich.

Klopfklopf auf meinen linken Fuß. Klopfklopfklopf auf den rechten.

Nicht wahr, sagte er nochmals, die Hände flach vor sich auf der Tischplatte, die ich gelegentlich in Demut mit Bohnerwachs und einem Lappen polierte, und sah mich unverwandt an. Ich ihn ebenso, bei seiner Schilderung der Attraktionen immer nur der Gedanke: Es war hundert Mal festlicher, eine Million Mal aufregender, du kannst dir überhaupt keine Vorstellung davon machen. Ich sehe sie vor mir, als wäre ich bei ihr geblieben. Hätte ich es doch nur getan. Ihr Duft ist noch bei mir und ich schmecke sie noch und da unten prickelt es noch, am liebsten würde der gleich wieder ohne Badehose vom höchsten Sprungbrett ins Tiefe springen. Rede du nur, du verschrumpelte Weichbirne, so eine, wie sie die wurmlöchrige Mutter Gottes in der Kapelle in der Hand hält, plapper du nur deine Bandwurmsätze, so lang wie eine Staubsaugerschnur mit Knicken drin, du würdest vor Neid erblassen, wenn ich es dir in allen Farben, die es bei meinem Stiefvater im Laden gegeben hat, ausmalen würde. Warum lasse ich mich hier wie ein Internatszögling von diesem Superior abkanzeln, der nie was anderes gelesen hat als die faden Werke aus der Klosterbibliothek und die *Volkskrant*, die zusammengefaltet neben seinem Ellbogen liegt, nie Dixieland gehört, nie ein Foto von Marilyn Monroe betrachtet hat, wie sie in einem winzigen Höschen und einem Büstenhalter im Schatten einer Palme kniet. Weißt du überhaupt, was ein Büstenhalter ist? Was mache ich hier, wo der Teufel eher haust als da, wo ich ihn vor anderthalb Stunden zu erblicken glaubte.

Ich muss dir eine Pönitenz auferlegen, faselte Benedikt, denn schwerer Verstoß und geht mir zu Herzen. Nach telefonischer Rücksprache mit Bruder Gabriel unserem Bruder Provinzial im Haupthaus in Germisch.

Ach, da hätten wir den auch wieder, dachte ich. Genannt nach dem Überbringer der frohen Botschaft, Namenstag 24. März. Wieder telefonische Rücksprache mit dem Erzengel wegen mir, wie damals, als ich Benedikt hier zum ersten Mal gegenüberstand. Dass mir wie dem heiligen Paulus außerhalb der Mauern nach meinem Ausbüxen eine Bußübung bevorstehen würde, hätte ich mir an den Perlen des Rosenkranzes abzählen können. Ich hätte auf Tricia Patricia hören sollen, o Beelzebub, mein Freund, und mich hier nie mehr blicken lassen. Aber ich konnte mich ja jetzt immer noch umdrehen, kehrtmachen, ab durch die Mitte, was ich nach der ersten Unterhaltung in diesem Büro mit Christus an seiner Reckstange gleich hätte tun sollen, durch den Flur auf meinen nassen Sohlen raus aus dem Kloster statt rein. Schließ mir das Tor wieder auf, Domitian mit dem Eisenschlüssel, größer als der des heiligen Petrus im Vatikan, nicht Bonaventura, sondern Eldert Haman tritt aus.

Zehn Tage Rekollektion in unserem Hauptkloster in Germisch, lautete der Urteilsspruch. Ich erschrak, denn ich hatte von anderen davon gehört.

Gelegenheit, mich zu verdrücken, bekam ich erst gar nicht. Wie bei der Gestapo, so wurde ich abgeführt, an den Armen festgehalten von Konfrater Laurentius und einem anderen, mir unbekannten Bruder.

Wie sich herausstellte, war es ein Deutscher, in diesem Theaterstück hieß er Pontianus. In unserer Franziskusfirma ist er der Chef der Buchhaltung und Administration, heute zufällig hier, um zu Jahresbeginn die Berechnungen von Laurentius, dem Pferd, zu kontrollieren. Er fährt das Auto, das ich vor dem Haupttor hatte stehen sehen. Das

Insektengefährt, das der Führer seinem dankbaren Volk geschenkt hat. Gabriel hatte Benedikt bestimmt mitgeteilt, Pontianus, der nun schon mal hier sei, könne mich in Germisch abliefern. In Handschellen? Aufgrund der Art meines Vergehens dürfe Benedikt mich auf keinen Fall selbstständig reisen lassen, denn was könnte ich mit dem Geld für die Straßenbahn alles anstellen, jetzt, da ich mich der Klosterzucht entzogen und die verbotene Freiheit gekostet hatte.

Amadeo, der vor uns hergegangen war, hielt die Wagentür auf. Er drückte mir den Kopf nach unten, und er und Laurentius stießen mich ins Auto. Wie einen Juden oder eine andere Trophäe während des Kriegs, einen Kollaborateur oder eine Moffengriet nach dem Krieg, Kopf voraus ins Wageninnere und einen Tritt hinterher. Getreten wurde ich nicht. Domitian, Schlüssel am Strick, verfolgte interessiert das Geschehen, im Studiersaal und in Mansuetus′ Zimmer brannte Licht, er selbst ein Schattenkoloss im Fensterquadrat.

Ich solle ihm nicht die Sicht durch die Heckscheibe verdecken, mehr sagte Pontianus während der gesamten Holperfahrt nicht, mürrisch den Greifarmen seiner Scheinwerfer folgend, vorsichtig wegen der Glätte. In seinem faltigen Nacken eine Narbe. Stammte sie aus dem Krieg? Vielleicht hatte er sich ja dafür einen Orden ins Knopfloch seiner Uniform stecken dürfen.

Also schwieg auch ich. Da saß ich denn nun zum ersten Mal in meinem Leben in einem fahrenden Auto und fragte mich, ob alles wirklich so viel schneller vorbeizog als auf meiner Orbea Opal. Draußen war es schon ziemlich dunkel, in meinen Kopf senkte sich die Schwere und das Nichts, in denen ich wieder wie unter Hypnose verschwand. In die unsichtbare Landschaft starrend, füllte sich mein Hirn mit dem Weiß, durch das ich mich gehen, nein rennen, nein fliegen sah wie eine Schwalbe. Ob ich mich trauen würde, Pontianus zu bitten, kurz anzuhalten und mich aussteigen zu lassen. In dem Weiß finde ich schon den Weg durch die Dunkelheit, Patricia, Geliebte. Ich hätte Pontianus an seine Narbe klopfen und ihm in schnarrendem Deutsch befehlen sollen, den Käfer anzuhalten und mich meinem Schicksal zu überlassen. Das hätte ich tun sollen, wie es so vieles gab, was ich hätte tun sollen, aber nicht zu tun wagte. Warum traute ich mich nur nie etwas?

Rekollektion bedeutet Besinnung. Überdenken begangener Sünden, unpassender Gedanken, von Verstößen gegen die Regeln. Soll zur Einkehr und erneuten Ergebung in Gottes Willen führen, in seine Gebote und Institutionen, eingedenk unserer Gelübde, und zur Hochachtung gegenüber unseren Oberen. Miserere mei, domine. Es geschieht in völliger Absonderung und unter Ausschluss von allem.

Empfangen wurde ich von drei Ordensbrüdern, wieder nahmen mich zwei in die Mitte und führten mich durch lange, hallende Korridore, bis wir vor einer Zelle standen, deren Eisentür Gefängniswärter Nummer drei öffnete und hinter mir verschloss. Alles in grimmigem Schweigen.

Eine Zelle wie die, die ich gewöhnt war, nur kleiner. Glühbirne an der Decke, die Tag und Nacht brannte, auch wenn ich das Gefühl für Tag und Nacht verlor, denn sie nahmen mir meine Uhr ab. Strohmatte auf dem Fußboden, ohne Kopfkissen und Decken. Ein Eimer. Der einzige Gegenstand in dem sonst leeren Raum war eine Bibel. Seltsam genug, denn die wird in katholischen Kreisen nicht gelesen. Das Alte Testament kannte ich nicht, bis auf ein paar Geschichten. Ich las es dort während meiner Haft. Da stieß ich auf Haman, meinen Namensvetter, als Judenhasser gehängt. Buch voller Feindseligkeit, Mord, Hass, Vergeltung, Folter, Sadismus, Krieg, Blut und einem rachsüchtigen, despotischen Terrorgott, Herr der Heerscharen und Oberbefehlshaber über die Vernichtung ganzer Völker, schlimmer als – aber Vergleiche mit Personen aus der jüngsten Geschichte unterlasse ich lieber. Ich las im Sitzen, mit dem Rücken an die kalte Wand gelehnt, oder liegend auf der dünnen Strohmatte auf dem kalten Fußboden, manchmal auch im Stehen. In diesem Loch, wo die Kälte sich wie klammer Atem an mich heftete. Im Wachen wie im Schlafen behielt ich die Kleider an, Kapuze überm Kopf. In der ersten Nacht war der Umhang, mit dem ich mich hatte zudecken wollen, noch nass vom Regen, und er sollte auch in den darauffolgenden Tagen und Nächten nicht trocknen. Die Feuchtigkeit drang mir durch die Kutte in die Glieder, ich zitterte ohne Unterlass. Das Zeitgefühl kam mir abhanden, im Schlafen blieb ich wach und im Wachen schlief ich, mit dem Buch der Bücher, und in Gedanken bei dir. Du standst mir vor Augen in den Bildern, die ich im *Hohen Lied* beschrieben fand. Deine Augen sind wie Taubenaugen und du hast mir das Herz geraubt.

Einmal, als ich in den Eimer pinkelte, in dem das Gelb gefroren war, spürte ich etwas Fremdes an meinem verschrumpelten Organ, dessen Umfang auch der inspirierteste Bibeldichter nicht mit dem stolzen Trieb einer Libanon-Zeder verglichen hätte. Innen an der Vorhaut, Liebste, klebte ein Blütenblatt, eins der Blättchen, die ich auf deiner Fensterbank gepflückt und mit denen ich deinen Lustgarten geschmückt hatte, als sei es Henna, Narde, Safran, Myrrhe und Aloe. Ich werde es in die Bibel legen und nach meiner Freilassung ins Gebetbuch zur Hymne Tota pulchra es. Du bist über alles schön.

Dass ich das Blütenblatt in meinen feuchtkalten Lumpen erst jetzt fand, kam daher, dass es in der Zelle kein Wasser gab, mit dem ich mich hätte waschen können. Manchmal öffnete sich eine Luke in der Tür und jemand schob schweigend einen Brocken säuerliches Brot und eine Schale Wasser herein. Es reichte für eine Katzenwäsche, in Gedanken an Bruder Tiburtius, im Internat Aufseher im Waschsaal. Ich verdreckte allmählich und roch mich auch. Die Stoppel auf Wangen und Kinn verwandelten sich in einen weichen Bart, hinter dem noch vor Kurzem unerträgliche Schmerzen gewütet hatten, die Spuren von Stevens´ Operationen konnte ich noch mit der Zunge ertasten. Manchmal öffnete sich die Tür, ein jugendlicher Postulant wechselte den Eimer aus, wortlos und mit abgewendetem Gesicht.

Ein andermal ging die Tür auf, und herein kam der Schnüffel von Germisch, ein Pater unseres Ordens. Er hatte sich einen Klappstuhl mitgebracht und eine Decke für die Beine. Seinen Sermon und seine Ermahnungen hielt er auf Deutsch, nachdem er mich gefragt hatte, ob ich die Sprache verstehe, abgehackt, eine Atemwolke vor dem ebenfalls abgewandten Gesicht. Ob ich beichten wolle. Das fragte er eigentlich nicht mich, sondern den bestialisch stinkenden Raum, wobei er schon eine segnende Geste machte, rasch, rasch, er fror. Ego te absolvo. Er vergibt mir, obwohl ich noch kein einziges Wort gesagt hatte. Jedoch, liebe Gläubige, schon der gute Vorsatz gilt als Beichte, was natürlich sehr bequem ist, der gute Vorsatz war übrigens bei mir nicht vorhanden. Ich traute dem Kerl nicht über den Weg, überhaupt niemandem, der mit dem Orden zu tun hatte. Zwischen der Strohmatte und ihm kniete ich, wofür mir die Kraft eigentlich fehlte, ich drohte umzukippen, als hätte ich zu viel Luminal geschluckt oder wäre mit dem in Äther getränkten Lappen von Mansuetus in Berührung gekommen, ich stützte mich mit den Fingerspitzen ab. Nachdem mein Besucher die Luft über mir gesegnet hatte, nahm er eine Hostie aus einer silbernen Schachtel. Im Internat geht Schnüffel genauso durch die Krankenstation und in die Zellen, in denen bettlägerige Konfratres sich nach unserem Herrn in Oblatengestalt verzehren. Ein Messdiener mit einem Glöckchen geht vor ihm her und kündigt sein Kommen an, als wäre er ein Eisverkäufer. Auserkoren wie ich bin, alle heiligen und seit Kurzem auch alle unheiligen Wörter zu kennen: die Schachtel heißt Pyxis mit x. Der Ohnmacht nahe, sah ich, wie das Ding sich verflüchtigte, als wäre es flüssig geworden, und dann verdampfte. Die Person, vor der ich kniete, wurde zu einem braunen, dann durchsichtigen Dunstfleck, kurz darauf war er verschwunden. Mitsamt Klappstuhl und Decke durch die Tür, an die er erst noch mit der Faust gehämmert hatte. Das hatte ich auch schon etliche Male verzweifelt getan, allerdings vergeblich, während ihm sofort geöffnet wurde. Scharniere ächzten und stöhnten. Der Schlüssel drehte sich im Schloss. Eherne Geräusche, auch das Hämmern, sie erreichten mich, als wären sie von Wasser gedämpft.

Ich zu weit draußen im Meer damals und Kopf unter Wasser, wo der Motor eines hundert Meter entfernten Bootes sich ähnlich angehört hatte, und alles, Wasser und Kälte, war zu schwarzem Nebel verdunstet, in den ich immer tiefer versank. Mit der gleichen Verzweiflung wie heute hatte ich damals zu schreien versucht, mit dem gleichen Ergebnis. Schreie unter Wasser produzieren nur Luftblasen. In diesem Kerker, in dem ich schon im Begriff war, mich bis zur Unkenntlichkeit aufzulösen, hatte Schreien, an die Tür Hämmern nur Stille zur Folge, sausende Stille, wie damals unter Wasser. Hier klang das Rascheln des Papiers beim Umblättern einer Seite in der Bibel schon wie Windrauschen in Baumwipfeln.

Für den Chorleiter. Bis zum Schluss. Und mit meinem Gott überspringe ich Mauern, las ich. Ein Psalm Davids. Zu behalten für den Fall, dass ich hier rauskomme, Gott brauche ich dafür nicht. Den Leib des Herrn, den der Dunstfleck von vorhin mir auf die Zunge gelegt hatte, rollte ich zwischen Daumen und Zeigefinger zu einer Kugel, die ich gegen den Eimer schnippte. In der Totenstille klang es wie ein Beckenschlag. Nichts zu hören und zu sehen, nichts zu riechen außer mich selbst, nichts zu schmecken oder zu berühren, als hätten sie mich auch meiner fünf Sinne beraubt.

Als mich das Meer in die Tiefe zog, konnte ich mich noch einmal an die Oberfläche kämpfen, noch einmal Luft holen, aber ein weiteres Mal hätte ich es nicht geschafft, mich nicht mehr retten können, ich sank zurück in das Schwarz, das an mir zog, ich wurde immer schwerer. Mama! Da, im allerletzten Moment, schlug mir etwas an den Kopf, ein Brett, das im Wasser trieb, und brachte mich wieder zu Bewusstsein. Ich umklammerte es mit den Beinen.

Dieses Brett, das war während meiner Rekollektion Patricia. Wachend, schlafend, gleichviel, immer dachte ich an sie. Tricia! Patricia! So inständig, dass sie manchmal durch die Mauern, durch die Stahltür hindurch die Zelle betrat, wie die Erscheinungen, von denen im Alten Testament, im Evangelium und in anderen Geschichten die Rede ist. Und sich zu mir auf die klamme Strohmatte legte und ich meiner Fantasie freien Lauf ließ. Wir beide nackt, wenn ich auch in der nicht weg zu fantasierenden Kälte den Mantel, der schon zu modern begann, eng um mich schlang. Und bei dem x in dem geheimnisvollen Wort aus Patricias Mund musste ich wieder an das Nazisymbol denken, es war ein x mit Widerhaken. Überall, in Rotterdam und in ganz Europa, war es gewesen. Ein schwarzes Tier mit gebrochenen Füßen in einem weißen Rund vor blutrotem Hintergrund. Vom Führer persönlich entworfen. Gefräßig dahinstapfend, alles zermalmend, zermahlend, pulverisierend, bis nur Angst übrig war. Die gleiche Angst wie hier vor dem, was das magische Wort beinhaltet. Die gleichen Verbrechen unter einem anderen Symbol, auch wie ein x, nur aufrecht.

Irgendwann, das Blütenblatt lag auf meiner Hand, ich konnte es mit den Fingern umschließen, bevor es davonflog, öffnete sich die Tür, mit der Versuchung war es vorbei.

Hinter einem schweigenden Bruder her wankte ich schlotternd durch feuchtkalte Flure, gehen konnte ich noch, je näher wir der bewohnten Welt kamen, desto wärmer wurde es mir. Der Bruder öffnete eine Tür. Ein heller Duschraum mit Seife und einem Rasiermesser, auch saubere Kleider erwarteten mich. Jetzt, da die befleckte Seele durch die Beichte gereinigt war, durfte der Leib sich waschen wie Christus im Jordan. Die Tür konnte, o Wunder, von innen verschlossen werden, nicht wie bei uns im Kloster, wo die paar schmuddeligen Duschkabinen weder Türen noch Vorhänge haben, wir Brüder haben schließlich nichts zu verbergen. Aus den Brausen dort tropft es nur wie bei einer undichten Dachrinne, das Wasser ist nie warm, es kommt irgendwo aus einem Kessel. Einmal im Monat dürfen wir Brüder im Turnus unter die Dusche. Für die Schüler im Waschraum, vierzehn offene Kabinen einander gegenüber, gibt es nicht einmal einen Wasserhahn, den sie bedienen können. Konfrater Tiburtius regelt alles in der Mitte des Raums, er lässt das Wasser strömen oder versiegen, je nach Laune, und er bestimmt die Temperatur. Die Schüler müssen das Ritual jeden Freitag über sich ergehen lassen. Jeden Freitag zittern und beben sie vor Tiburtius.

Hier in Germisch gab es wahrhaftig einen Regler für kaltes und einen für warmes Wasser. Ich streifte mir das am Körper klebende Fell ab und ging in den Regen hinein. Das Wasser, so heiß, wie ich es aushalten konnte, prasselte wohltuend auf mich herab, trotzdem hörte ich nicht auf zu zittern. Erst den Bart vom Gesicht, wozu Christus und unser heiliggesprochener Ordensgründer nie gekommen sind. Ich setzte mich dabei auf den Ablaufrost, damit das Wasser unter mir wegfloss, wo ich mich in all den Tagen auf dem Eimer mit dem Taschentuch abgewischt hatte, das jetzt in den Wellen das franziskanische Braun loswurde. Die Schenkel aneinander gepresst sammelte ich das Wasser in meinem Schoß und schaute zu, wie mein auftauender Schwanz langsam wuchs und an die Oberfläche stieg wie eine Boje.

Ich stellte mir vor, meine Hand, die ihn jetzt umschloss, wäre ihre, vor zehn, elf Tagen, vor einer Ewigkeit.

Was ist denn mit diesem Duschbruder Tilburgus?, hatte Patricia gefragt.

Im Duschraum stehen die Jungen nackt herum, bevor sie in eine Kabine dürfen, Handtuch und Seifendose verlegen vor dem Unterleib. Tiburtius schwingt seine Rede. Über die Reinigung des Körpers. Jeden Freitag aufs Neue. Zur Demonstration zeigt er auf irgendeinen der Jungen, der mit hochrotem Kopf vor die Truppen nach vorne treten muss und nicht weiß, wie er gucken soll. Hände weg. Die Beurteilung dessen, was sich dahinter verbirgt, wird er auf dem Schulhof von seinen Kameraden zu hören bekommen. Kamelschwanz. Schlaffi. Wir fangen hinten an. Vom Nacken bis zum Briefkasten. Jeden Freitag der gleiche Witz, bei dem niemand einen Ton von sich gibt und er den Finger oben auf die Ritze legt und bis nach unten streicht, wo er kurz andrückt. Nehmt Seife. Ich kontrolliere es. Umdrehen. Die Haare. Das ganze kosmetische Zeug muss raus. Gesicht. Ohren. Achselhöhlen. Bauch. Und das hier. Er nimmt den des Jungen zwischen Daumen und Zeigefinger. Das muss ganz zurück, doziert er. Dieses freche Einauge muss mit dem Kopf ans Tageslicht. Bei manchen schiebt Ehrwürden die Vorhaut mit einem Ruck zurück, sodass sich der Junge vor Schmerz krümmt, bei anderen ist der Penis so verschämt, dass der Bruder mit beiden Händen zugreifen muss. Hier am Kragen, wo bei diesem Bengel Streichkäse klebt. Mit Waschlappen und Seife. Ich kontrolliere es! Auch das, was darunter baumelt. Bruder Tiburtius hebt es mit zwei ausgestreckten Fingern hoch und hält es der verkrampften Stille hin. Wenn die Jungen unter der Dusche stehen, schaut er bei ihnen vorbei. Beim Haupthahn dreht er das Wasser mal auf Polarkälte, mal auf vulkanische Hitze, sodass die Jungen schreiend aus den Kabinen rennen. So könne er kontrollieren, ob alles nach seinen Vorschriften geschieht. Zeig mal her.

Hier unter der Dusche, nichts zu befürchten, keine Blicke auf mich gerichtet, beschloss ich, erst einmal genussvoll zu pinkeln, in die Wasserstrahlen hinein. Danach das andere, wofür ich mich auf den Rücken legte, heißer Regen prasselte auf mich herab. Patricias Hand und ich unsichtbar in den weißen Dampfwolken, die den Raum füllten. Augen zu. Hinauszögern bis kurz davor und wieder bis kurz davor. Ruhig. Gemächlich. Bedächtig. Patricias Stimme und vor meinen Augen die Pforte zwischen ihren Beinen, die sie mir öffnete. Das andere Geschlecht. Guck ruhig. Bis es kein Halten mehr gab, und meine Hand spürte, wie es kam, hinaus, nach draußen, viel, länger als die paar Sekunden, die es sonst dauern durfte, und aufrecht blieb er durch das prasselnde Wasser auf Bauch, Hoden, Schenkel. Kein einziger Gedanke in den Augenblicken der Erlösung, der Befreiung, der Gnade. Gleich darauf das Zurücksinken in die Ausweglosigkeit. Es gab keine Patricia, es war nur meine eigene Hand, ich durfte mich weder an sie erinnern, noch sie heraufbeschwören.

Plötzlich lautes Hämmern an der Tür, jemand rief etwas auf Deutsch, die ersten an mich gerichteten Worte während meiner Strafexerzitien. Das Hämmern an der Tür und das Schreien in der edlen Sprache Goethes und der Gestapo erinnerte mich an eine frühere Episode in meinem Leben. Als sie meinem Vater die Brille von der Nase geschlagen hatten, war sie, die Brille, erst an die Wand, dann unter den Tisch geflogen, wo ich sie an mich nahm, bevor einer der Schufte seinen Stiefel darauf setzen konnte. Nach dem Versiegen des Wassers ging das Schlottern wieder los, das wahrscheinlich nie mehr aufhören würde. Oben auf den bereitliegenden Kleidern lag die Klosterunterhose. Mir blieb nichts anderes übrig, als sie anzuziehen, sie war mir viel zu weit und reichte mir fast bis an die Brustwarzen. Bestimmt hatte man auch festgestellt – und gemeldet –, dass sich unter meinen alten Klamotten keine Unterhose befunden hatte. Wie das jetzt wieder erklären?

Ich bekam einen Maulwurfshügel schwerer deutscher Kost von einem stillen Jüngling serviert, der mich nicht ansah. Neben dem Teller lag die Armbanduhr, die sie mir abgenommen hatten. Ihr schwaches Ticken war das einzige Geräusch in dem Raum voller Stühle und Geschirrschränke, Trockenblumen und Heiligenfiguren. Christus an der Wand. Neben ihm Pius mit seinen fanatischen Stechaugen. Die erste warme Mahlzeit in all den Tagen.

Zwei Brüder tauchten in der Tür auf, beide in Reisekleidung. Der eine bedeutete mir mit einer Kopfbewegung, ich solle ihnen folgen.

Geredet wurde wieder nicht. Sie nahmen mich, der ich auch in einen frisch riechenden Umhang gehüllt war, in ihre Mitte. Legten ein ziemliches Tempo vor. Bedeckter Himmel, nicht unangenehm, wenn auch zu kalt für nackte Füße, ich atmete tief ein. Normal gekleidete Sterbliche in den Straßen, die junge Frau mit geblümtem Kopftuch, die uns klingelnd auf dem Rad überholte, warst nicht du, Geliebte, mein Geheimnis, Blütenblatt im Ärmelaufschlag, meine Wehmut und mein Kummer, weil sie mich zwingen werden, dich zu vergessen.

Hinein in die Straßenbahn. Holzbänke für zwei. Ich am Fenster, wo sich die Welt zum letzten Mal an mir vorbeischob, der eine Wächter neben mir, der andere im Gang, Hand an der Schlaufe, kein Entkommen möglich, sollte ich das erwägen, schweigend starrten sie ausdruckslos vor sich hin. Ich verstand, warum ich hatte duschen dürfen und saubere Kleider trug, natürlich konnte ich nicht dreckig und stinkend in die Tram, wenn auch unser Ordensgründer in seinem Mittelalter nach Wölfen gestunken und mit verfilztem Bart herumgelaufen sein mag. Der Leib ist ein Esel, sprach er. Der Leib ist ein Werkzeug, predigte er.

Zum Umsteigen in eine andere Straßenbahn hatte der ältere meiner beiden Begleiter Geld in einem braunen Stoffbeutel mit brauner Kordel. Schließlich tauchte nach einer scharfen Kurve die Rückseite der heimatlichen Festung hinter der Ringmauer auf. Die Jungen in der Klasse würden das Klingeln hören. Wortlos lieferten sie mich beim Tor ab. Als es sich öffnete, und Domitian erschien, machten sie kehrt und marschierten wieder die Straße hinunter, Kopf in der Zipfelmütze, den Blick auf das Pflaster gerichtet, das sich unter ihnen weiterdrehte. Da bist du ja wieder, komm rein, Boon, sagte Bruder Pförtner.

Auf dem Schulhof scharten sich Schüler um mich, ein paar fassten meine Hände, andere zogen mich an den Armen, der Ball war für eine Weile vergessen, man wollte sich vergewissern, dass ich tatsächlich wieder da war, einige hüpften, Hände in die Luft, jubelnd wie ihre Eltern, als die Befreier mit ihren Panzern in die Stadt gefahren kamen. Etwas wie Resignation breitete sich in mir aus, ich versöhnte mich mit der Tatsache, dass ich doch wieder hier war, gleich wieder wie von selber in meiner Funktion oder in der Rolle, die ich hier spielen musste. Halt die Ohren steif. Nicht flennen.

Da war Wiro. Bonaventura, I presume? Gut, dass du wieder da bist, Frater. Ach, die Bengel haben dich ganz schön vermisst, sich andauernd nach dir erkundigt. Remigius hat so lange deine Aufgaben übernommen. Das sagt ja wohl alles. Wie war es da drüben? Siehst ganz schön mitgenommen aus.

Ich wechselte einen Blick mit ihm, was eine Antwort erübrigte. Alle wissen, was eine Rekollektion in Germisch bedeutet. Zu antworten brauchte ich auch nicht auf die stillschweigende Frage, was ich denn um Himmels willen verbrochen hatte, um eine solche Strafe zu verdienen. Das hatte sich inzwischen herumgesprochen und war ausführlich diskutiert worden. Unser Konfrater Bonaventura hat ohne Wissen, geschweige denn Zustimmung der Oberen einen ganzen Nachmittag bis abends außerhalb der Klostermauern verbracht. Was hat er da getrieben? Wenn die wüssten. Die Zahnschmerzen?, fragte Wiro nur. Sind weg, sagte ich.

In den Korridoren der Burg, in den Zimmern und Sälen nickten die Brüder mir zu wie immer, über meine Verfehlung wurde nicht gesprochen, sie war bestraft worden, und damit war es genug. Benedikt wollte wissen, ob ich da drüben unserem Provinzial, unserem weisen Konfrater Gabriel, begegnet sei. Ich schüttelte den Kopf. War mir in der Gefangenschaft nicht erschienen wie der Engel unserem ersten Papst Petrus im Kerker. Mansuetus nickte mir nicht zu, schleuderte mir im Vorbeigehen einen Blitz entgegen. Knurr! Alles wie gehabt. Tagsüber hatte ich wieder die häuslichen Arbeiten zu verrichten, gleich zu Anfang setzte ich eine neue Fensterscheibe ein, die bei einer Schneeballschlacht auf der Strecke geblieben war. Donaat Houweling, der Übeltäter, bekam zur Strafe von Remigius Schläge mit dem Handbesen auf seine durchfrorenen Oberschenkel. Abends Aufsicht im Studiersaal. Dann im Schlafsaal. Bitterer Teegeschmack im Mund. Martin Luther in der *Geschichte der Päpste*. Was der sich alles getraut hat! Geräuschlos vor den Kojen auf und ab, mein Schatten vor mir, unter mir, hinter mir, Rosenkranz schlaff zwischen den Fingern, Alard Haagen schluchzt wieder, was ich mir versage. Bei jedem Schritt Tricia Tricia. In der Ferne leuchtete im Dunkeln der Turm mit dem Rad, jetzt kannte ich das Geräusch, das es machte, ich hatte ja darunter gelegen in ihrem Schlafzimmer mit dem Kleiderschrank. Schöntun, schmücken, dachte ich. Hätte ich nur Perlen und Rubinen gehabt und goldene Geschmeide, hätte ich dir nur Lionel Hamptons Vibrafonklänge wie Bänder umhängen können, Schönste, Liebste. Aber habe ich dir nicht mit der Vergötterung in meinen Augen schöngetan und dich geschmückt? Doch, doch, mein Schatz, und mit deiner Wundernadel. Ich hörte sie, ihre Stimme, ihr Keuchen und meines dazwischen, als ich an die Zellentür gelehnt meine hastigen weißen Opfer darbrachte. Alles, wie es immer gewesen war, auch meine jetzt steigende Unruhe, alles würde in ewiger Wiederholung so bleiben. Immer sah ich sie, mit offenen Augen, mit geschlossenen Augen. Satan zeigte sie mir nackt, lachend, lasziv am Kreuz, den Unterleib mir entgegengestülpt, für all das kannte ich die heiligen Wörter, Ziborium, Monstranz, Kustodia, auch wenn es die anderen waren, die Beelzebub mir gackelnd ins Ohr flüsterte. Nie in Wort, Tat, Absicht oder Gedanken?, bedrängte mich Schnüffel mit seinem stinkenden Atem im

Beichtstuhl. Ich hütete meine Zunge hinter meinen geschlossenen Lippen, mit Zunge und Lippen habe ich ihr schöngetan.

Tito, das ist Theo Woltgens, Erdkundelehrer, kam auf dem Schulhof auf mich zu. Wo hast du die ganze Zeit gesteckt? Urlaub in Italien gemacht, um dich auf Deutsch mit dem Nazi-Spezi Pius XII. in seinem Freizeitpalais Castel Gandolfo zu unterhalten? Du weißt, dass der Heilige Vater alle Vögel in seinen Gärten hat abknallen lassen, weil das Gezwitscher ihn beim Beten stört?

Dann sprach er ihren Namen aus.

Mitten zwischen den schreienden, rennenden Kindern und in dem Moment, als mir eine unreife Kastanie direkt vor die Füße fiel. Ihren Namen.

Patricia Delahaye.

Nicht mit dem leisen Plumps der missratenen Kastanie auf den Steinplatten – nein, mit einem Donnern, das nur ich hörte, regnete eine ganze Ladung Grus aus dem Kosmos herab, landete nicht vor meinen Sandalen, sondern in mir, Herz, Magen, Eingeweide, alles geriet durcheinander, wurde verstopft, keine Luft mehr.

Sie hat sich nach dir erkundigt, sagte Tito. Was ist? Ist dir nicht gut? Sympathische Frau. Er geriet ins Schwärmen. Witwe mit fünfundzwanzig. Ihr Mann war Ausputzer in unserer Fußballmannschaft gewesen, prima Kerl, patsch, bumm, tot, vor ein paar Jahren. Sie hält sich mit Näharbeiten über Wasser und einem Laden für Papier, Schreibzeug, Büroklammern und so und Zeitschriften. Ich kaufe jeden Dienstag nach der Schule den *Sportspiegel* bei ihr. Dann unterhalten wir uns ein wenig. Sie weiß wohl, dass ich hier arbeite, im Internat der Brüder, ich werde ihr das irgendwann gesagt haben. Auf einmal erkundigt sie sich nach dir. Bruder Bonoundnochwas. Mit a am Ende. Ob ich dich kenne. Bonaventura? Ja, den kenn ich. Und woher kennst du den?, frage ich. Vom Zahnarzt, sagt sie. Ich sage, Bonaventura habe ich schon eine Woche oder länger nicht mehr gesehen. Sie fragt, ist was mit ihm? Wenn du ihn siehst, grüße ihn unauffällig von mir, ganz herzlich. Na, na, denke ich. Na klar, sage ich, wenn ich ihn sehe. Und jetzt sehe ich dich. Als hättest du beim Papst eine Badewanne voller

Messwein ausgesoffen, so schlotterst du. Ich soll dich recht herzlich grüßen von Patricia Delahaye.

Vielen Dank. Mit einer Stimme, die ich nicht wiedererkannte. Grüß sie auch von mir. Und sag ihr. Nein, lass mal.

Was hast du?, fragte Theo.

Was hat sie gesagt? Hat sie sonst noch was gesagt? Wie war sie? Was hatte sie an?

Na, na, sagte Theo wieder. Nicht drauf geachtet. Soll dich grüßen, das ist alles.

Am nächsten Tag war Mittwoch. Ich sah Theo zufällig vor Anfang des Unterrichts auf dem Weg zur Besenkammer, er stellte gerade sein Rad in der Eingangshalle ab.

Hör mal, sagte er im Flüsterton und zog mich am Ärmel Richtung Schulhof. Patricia. So fing er an. Gestern wieder in ihrem Laden wegen dem *Sportspiegel*. Halben Cent teurer geworden. Alles wird immer teurer. Was guckst du so komisch?

Ich sah ihn und sah gleichzeitig alles andere. Die Mauer, über die ich es nicht schaffte, die hohen abweisenden Fassaden um den Schulhof, gegen die ein Ball getreten wird, den Turm der Kapelle und den hellen bewölkten Himmel. Wieder war ihr Name, mein Geheimnis, gefallen und wehte wie ein Windstoß voll Glück durch meine Verzweiflung.

Ging wieder um dich. Er lebt noch, ist aus dem Vatikan zurück, hab ich gesagt. Sie verdutzt. Vatikan? Da musste er Singvögel abknallen, hab ich gesagt. Kleiner Scherz. Keine Ahnung, wo er die ganze Zeit gesteckt hat, hab ich gesagt. Ja, wo warst du eigentlich die ganze Zeit? Ich habe ihr nicht verraten, dass du wie ein Gespenst aussiehst. Mein Gott, bist du käseweiß.

Weiß, dachte ich.

Als ich gehen wollte, sagt sie, Moment, warte mal einen Augenblick. Sie kritzelte etwas auf eine Karte mit so einem Ding, das man jetzt überall sieht, mit mehreren Farben. Tat sie in einen Umschlag. Bat mich, sie dir zu geben. Persönlich. Heimlich, still und leise.

Erst versetzte er dem Ball, der auf uns zu gerollt kam, einen festen Tritt, hopp Sparta!, dann öffnete er seine Tasche und zog ein Buch in einem braunroten Umschlag heraus, das er mir hinhielt. Unter dem Schutzumschlag. Was Besseres fiel mir nicht ein. Dir das Briefchen einfach so zu geben, schien mir bei den vielen Fenstern und Augen hier unvernünftig. Steck es in deinen Jutesack. Kriege ich es von dir zurück? Ich habe noch zu ihr gesagt, Héloise gibt dem Boten eine Botschaft mit für Abélard. Weiß nicht, ob sie das verstanden hat. Übrigens, sie trug einen dunkelblauen Pullover und ein Männerhemd. Läuft da was zwischen euch? Ist ja spannend. Hast du dir das auch gut überlegt?

Julian hatte schon getrillert. Theo spazierte davon. Eine nette Person, sagte er noch. Tja.

Mit Eimer, Besen und Aufwischlappen stieg ich flugs zum Schlafsaal hinauf und gleich in meine Zelle. Mittwochmorgen, falls keine dringlicheren Aufgaben anstehen, Fußboden im Schlafsaal wischen, der im Laufe desselben Morgens von Julian inspiziert wird. Auf eine Visitenkarte hatte sie ein rotes Herz gemalt. Nicht das brennende Herz Jesu, das unser Salvator auf dem Obergewand trägt und auf das er mit beiden Zeigefingern zeigt, auch nicht das Herz Marias, der Mutter der sieben Schmerzen, von sieben Dolchen durchbohrt, das auch sie wie eine Brosche auf der Brust trägt. Wie wirr sieht es inzwischen in meinem Kopf aus. Patricias Herz war von fröhlichen gelben Sonnenstrahlen umringt. Ich, dann das Herz, dich. Darunter ein paar Küsschen in vier Farben. Ich starrte darauf, zitternd vor Aufregung, vor Rührung, wahrscheinlich auch vor Kälte, nichts kann mich hier noch wärmen, Liebste. Mit einem Bleistiftstumpf zog ich vertikale Gitterstäbe durch das Herz. Ich dich auch. Für mehr war keine Zeit, Julian konnte jeden Moment auftauchen. Wie viel möchte ich dir sagen, von Worten bin ich voll, ganze Seiten, ein ganzes Buch würde ich dir vollschreiben. Seufzend die Karte zurück in den Umschlag, mit meiner Spucke auf ihrer versuchte ich ihn zuzukleben und versteckte ihn da, wo ich ihn gefunden hatte.

Ich gab Theo das Buch zurück. Ich habe etwas von mir hören lassen. Würdest du?

Er, ohne mich ausreden zu lassen: Ich gehe nur dienstags, wenn ich hier fertig bin, in ihren Laden. Ich komme nicht dran vorbei, ich muss einen Umweg machen. Aber gut. Heute Mittag Training. Kann vorbeifahren.

Aus Dankbarkeit werde ich für dich beten, sagte ich.

Er: Ja genau, dafür kann ich mir was kaufen. Warum gibst du es ihr nicht selber? Weißt du, was du bist? Ein Arsch. Bruder Arsch. Fortsetzung folgt. Ich muss los.

Für dieses Wort kriegen die Schüler Prügel.

Am darauffolgenden Mittwoch holte er aus seiner Tasche wieder das Buch hervor.

Er: Ich weiß Bescheid, Ehrwürden, und werde den Mund halten. Deine Angelegenheiten gehen mich nichts an, außer dass du ein Arsch bist, wenn du dir diese Chance durch die Lappen gehen lässt und hier weiter den scheinheiligen Hampelmann spielst. Das habe ich ihr auch gesagt. Sie mag dich. Und du? Du bist ein armer Teufel. Wenn dir so viel an diesem Klostergetue liegt, dann solltest du keine Zettel mehr mit ihr austauschen und überhaupt nicht an Frauen denken. Also schlag sie dir aus dem Kopf. Aber du bist natürlich ganz voll von ihr, das sieht doch ein Blinder mit dem Krückstock, mir brauchst du nichts vorzumachen. Je länger das Theater dauert, desto eher wird sie dir den Laufpass geben statt umgekehrt. Dass du´s weißt.

Wieder Mittwoch. Tasche, rotes Buch. Ich wartete jetzt schon auf ihn unter der Uhr.

Er sagte: Ich traue ihr zu, dass sie hier klingelt und dich nach draußen zerrt, mit zu sich nach Hause. Warum ziehst du nicht einen Schlussstrich unter das falsche Leben hier und machst es dir mit ihr gemütlich? Du vertrödelst hier nur deine Zeit. Gemüse schnippeln und Kartoffeln schälen für hundertfünfzig Mann, in der Wäscherei die Mangel drehen, Heiligenfiguren abstauben und auf die verängstigten jungen Hunde aufpassen. Sie hat´s mir erzählt. Ich hatte keine Ahnung. Du bist nicht ganz bei Trost. Eine Schande, dass du das alles mit dir geschehen lässt, so ein hervorragender Lehrer. Das Mansuetusschwein mit seinem Fiedelbogen sollte man steinigen und den ein oder anderen gleich mit. Zieh die Kutte aus und geh zu ihr. Durchs Haupttor. Dann rechts. Und geradeaus. Du findest es schon, lauf nur hinter deinem Schwanz her. Na ja, musst es natürlich selber wissen.

Theo verstummte jäh. Andreas war aufgetaucht, Hyacinth erwarte mich am Nachmittag in der Sakristei, Kupfer putzen. Unser Bruder Küster verträgt den Geruch des Reinigungsmittels nicht.

Kupfer putzen, höhnte Theo. Er drehte sich zu seinem Fahrrad um und stellte die Tasche mit einem Schwung auf den Gepäckträger. In der Tasche das Buch. An der geheimen Stelle mein Gekritzel. Die Spannbänder knallten, zwei Mal das Geräusch wie von einem Bannfluch. Domitian schloss das Tor auf. Ich müsste ihm den Schlüssel entwenden, es ist immer abgeschlossen. Draußen bog Theo nach rechts ab.

Nach der Visitenkarte mit dem Herzen diesmal eine halbe Seite aus einem Schreibheft. Anrede: Liebe Wollsocke. Warum warst du auf einmal weg? Am darauffolgenden Mittwoch eine ganze Seite. Mann meines Herzens. Keuscher Schürzenjäger. Liebster. Sie sei am Kloster vorbeigeradelt und habe ganz lange mit der Fahrradklingel geklingelt, das hätte ich doch bestimmt gehört. Spring hinten auf. Du warst auch auf einmal weg, hörte ich von T. Wo warst du? Passt du auch gut auf dich auf und überhaupt. Ob du mir auch mal was schreibst, irgendetwas? Ich denke an dich mit großer Sehnsucht. Komm doch zu mir, das willst du doch auch. Spüre ich. Weiß ich eigentlich ganz genau. Fass doch den Entschluss. Trau dich einfach. Ist gar nicht schwer. Ich warte auf dich. Some sunny day. Hier unten ein Kuss. Unterschrieben mit einem P und einem Herzchen, zehn Herzchen, Küsschen bis ganz unten in tanzenden Farben. Die Seiten so klein gefaltet, dass sie in einen Visitenkartenumschlag passten.

Ich musste, was sie schrieb, auswendig lernen, denn ich hatte Höllenangst, die Zettelchen aufzubewahren. Ich musste sie verbrennen, Liebste, mein Herz in tausend Stücke. Schwalben-Streichhölzer. Wozu auf einmal Streichhölzer?, fragte Wiro. Die verbrannten Schnipsel zerdrückte ich zu einem Brei, den ich sofort mit dem Lappen von meinem Tisch im Schlafsaal wischen konnte.

Eine leere Seite, hinten aus der *Geschichte der Päpste*, riss ich in Streifen und kritzelte etwas darauf, für sie, fieberhaft, hasenfüßig, mit dem Bleistift, mit stumpfer Spitze. Auch du meine Liebste. Ich grüble, aber kann mich nicht entschließen. Traue mich nicht. Und dann doch.

Wie kann ich hier weg? Viele Küsse. Dahinter malte ich ein Herz, was wegen der rauen Tischplatte misslang.

Am nächsten Mittwoch hatte ich den Bleistift gespitzt. Mit dünnen Buchstaben schrieb ich der Geliebten, dass ich hin und her schwanke. Wie ein Schiff in heftigem Sturm. Mache mir wirklich Gedanken, aber viel einerseits andererseits. Die Gedanken wie wimmelnde Mauerasseln. Ich dich auch. Aber das. Aber dies. Mein Gewissen, meine Verantwortung für die Jungen. Ich weiß, ich sollte wagen, was ich mich nicht traue, aber ich traue mich nicht. Warte nicht auf mich, ich bin doch nur ein. Hier brach die Spitze des Bleistifts ab, der so kurz war, dass er kaum zwischen meinen Fingernägeln hervorlugte. Kein Anspitzer zur Hand, im Studiersaal hatte ich mir einen von einem Jungen geborgt, oder ein Taschenmesser, dessen Besitz hier übrigens verboten ist. Nervös und angespannt. Hände nicht unter Kontrolle. Verzagt. Verzweifelt fummelte ich den Zettel in den Umschlag und schob ihn in das Versteck.

Doch nur ein was? Das bekam ich wieder von Theo zu hören, als ich ihm das Buch zum dritten Mal zurückgab. So eine liebe Frau und so mutig und du? Muss ich noch sagen, was du bist?

Sie hat mir doch noch geantwortet.

Hinten als Siegel das Poesiebildchen eines Engels mit Pfeil und Bogen. Wieder beginnt sie mit Liebster. Es macht mich glücklich, aber die Beklemmung, die Unruhe will nicht weichen. Der Zyklop über der Klotür durchforscht mich bis in die engsten Gassen und abgelegensten Winkel meiner Seele und meines Hirns. Mein Geheimnis droht löchrig zu werden, jetzt, da Theos Buch, Gott sei Dank in einem mit Klebeband zugeklebten Umschlag, schon durch mehrere Hände gegangen ist, denn natürlich wird man sich wundern, warum der Erdkundelehrer mir ein Buch bringt. Und ihr Name wird innerhalb dieser Mauern schon laut ausgesprochen, dein voller Name, Patricia Delahaye, von Theo und heute Morgen von Doktor Renting in Gegenwart von bereits drei Zeugen.

Ich sitze mit aufgestützten Ellenbogen auf der Holzkiste mit dem Loch, ich sitze auf dem Deckel. In dem dampfenden Verschlag mit dem Gestank von Jahrhunderten dröhnen die Fliegen um mich herum wie Messerschmitts. Sie landen auf meinem Kopf und meinen zitternden Händen und auf Patricias mitzitterndem Brief. Sie hat ihn auf Durchschlag- oder Luftpostpapier geschrieben, auf dem der von meinem Gesicht tropfende Schweiß durchscheinende Flecken hinterlässt. Die Buchstaben, heute von ihr mit Stahlfeder geschrieben, verschwimmen, und immer dieselbe, immer eine andere geschwulstförmige Kamikazefliege stürzt sich darauf, huscht darüber hinweg, vergrößert die Flecken. Der Schweiß drückt mir gegen die Augen, ich möchte heulen vor Wut, mit der ich die Schmeißfliegen verjage, und vor Ärger, weil ihre Worte sich vor meinen Augen in der Salzlauge auflösen.

(…?…) nur atmen, so lange man kann, und mir das Glück (in Kapitälchen) (…?…) genommen. Ich habe solche (Sehnsucht?). Du bist mein neues Glück, und ich sehne mich nach dir, unsere Liebe hat erst begonnen, aber (…?…) kann diesen Gedanken nicht (ertragen?). Komm zu mir, die Welt ist hier. Du lebst in einer (Unwelt? Unsinnswelt?), in der du nicht (wagen?) darfst (unterstrichen), was du (wagen? unterstrichen) möchtest. Du bist doch kein (…?…) und ich warte jedenfalls auf dich. (…?…) geöffnet, sonst klingelst oder rufst du. Ostern. Ich bemale für dich die Eier meiner eigenen Hühner. Ich liebe (dich?) und du mich doch auch. Zehn (dicke? Küsse?). Fasse den Entschluss jetzt.

Ein Tropfen, so groß wie eine Erbse, fällt aus meinem Haar auf das letzte Wort, das wie die anderen sofort verblasst. Wenn ich den Brief weiter weg halte, kann ich ihn in dem trüben Licht überhaupt nicht mehr lesen, und die Satansfliegen scheinen das glänzende Papier noch mehr für eine Landebahn zu halten, sie stürzen sich, schrille Laute ausstoßend, auf die Wörter, um sie aufzusaugen und den Brief gewissermaßen mit ihren ekelhaften Leibern zu zensieren.

Für das andere, sich an einer Schnur ringelnde Papier interessieren sie sich merkwürdigerweise überhaupt nicht, es ist Abfall aus der Druckerei, in den ein von Laurentius auserkorener Junge mit dem Locher Löcher knipsen durfte. Mach doch wie ein Kätzchen, das Milch schlürft. Hoppe, hoppe Reiter. Das Papier ist entweder zu glatt und zu steif oder so weich, dass man mit den Fingern hindurchstößt, die man dann einfach am Kasten oder an der Wand abwischt. Der jüngste Novize darf alles putzen. Nur atmen. Gestank.

Wieder versuche ich, den Brief zu lesen, mache aber beim Abwehren der Angreifer schließlich einen Riss hinein. Unwelt, glaube ich zu entziffern. Fasse jetzt. Liebster hat oben drüber gestanden. Die Tränen halte ich zurück. Du hast dir alles selber zuzuschreiben. Ich höre es dich sagen, ich höre deine Stimme, diese Stimme, ich höre dich in deinem Laden vor dich hin summen, als du für mich ein Poesiebildchen aussuchst.

Als ich aufstehe, bleibt mir der Deckel am Hintern kleben, er fällt neben das Loch, Unterseite nach oben. Heißer Kotgeruch steigt aus der Tiefe auf, darüber schwebt eine Wolke von Fliegen, die sich bald aus dem Strudel befreien und bald wieder von ihm verschluckt werden. Der Resonanzkasten verstärkt ihr Gesumme zu einem dumpfen Vespergesang aus dem Hades. Ich bin Eldert Haman, wegen des Gestanks atme ich durch den Mund, aber es gibt kein Entrinnen. Eldert Haman bin ich, ein würgendes, nach Luft schnappendes Nichts. Einen Schleier vor den Augen, reiße ich den Brief in kleine Stücke, in immer kleinere, noch kleinere, was ich mehr fühle als sehe, und während mich die Abgesandten Satans, des Fürsten der Fliegen, umschwirren, öffne ich die Hand über dem Loch und lasse die Schnipsel ins Dunkel fallen. Wo kein Heulen und Zähneknirschen ist, aber ein ewiges Gesumme über einem Sumpf aus Kot, auch dem von Mansuetus, Benedikt und allen anderen. In den versinken deine lieben Worte und das Poesiebildchen. Ich schiebe den Deckel zurück, lege die Schutzhülle wieder um das Buch, das ich im Umschlag an der Brust aufbewahre. Eldert Haman schwitzt vor Wärme und Angst. Darf (unterstrichen) nicht wagen, was er wagen möchte (unterstrichen). Es ist zehn vor vierzehn Uhr.

Wil van Lanschot hatte sich in der Besenkammer versteckt, in die wir die Leiter gestellt hatten, und kommt jetzt heraus. Auch er, denke ich, kennt ja Korrespondenzschnipsel. Mamas Karte. Ein Kuss auf die Nase und alles Gute. Gerötete Augen. Nicht flennen, ich habe auch nicht geflennt, wenn ich auch nahe dran war. Wir Männer flennen nicht. Bin ich denn ein Mann in meinem braunen Rock?

Na, Wil, schon fertig in der Kapelle?

Er geht wieder dicht neben mir, fasst mich aber nicht bei der Hand oder am Gürtel. Wenn er mich von der Schule schmeißt, höre ich ihn mit gepresster Stimme, aber auch wieder forsch sagen, ist das nicht schlimm, kein bisschen. Ich will sowieso weg. Ich auch, denke ich. Es ist hier sch sch schrecklich, bringt er heraus. Ganz deiner Meinung, denke ich, nicht einmal überrascht über seine Offenheit. Wir sind der gleichen Ansicht, das scheint er zu ahnen. Ich presse die Lippen aufeinander und tue, als hätte ich ihn nicht gehört, Fliegenbrummen im Ohr. Mein Vater ist bei der Luftwaffe und hat eine Pistole, sagt er. Da werden wir schon sehen. Ich gehe zur Uni. Und Mark auf die Seemannsschule, auch in

Amsterdam. Da bleiben wir zusammen. Pakt ist Pakt, denke ich. Als hätte er in der Besenkammer einen festen Entschluss gefasst, von dem er nicht mehr abweichen wird. Und Gelübde ist Gelübde.

Mittwochnachmittag. Mittwochs und samstags dürfen die Schüler unter der Leitung von Tischlerbruder Pankratz mit der Laubsäge arbeiten, tischlern, modellieren. Der Werkelklub. Andere sind beim Naturklub, dem Astronomieklub, dem Missionsklub. Der letztere sortiert Silberpapier und die Verschlüsse von Milchflaschen oder löst Briefmarken von Umschlägen und Ansichtskarten. Das Geld kommt den armen Negerlein in unseren Missionsgebieten zugute. In der Druckerei dürfen die Schüler mit dem Setzkasten und der Tintenwalze kleine Texte auf Papier drucken, das dann in der Latrine landet. Bruder Kasimir von der Druckerei mag das Wort Klub nicht, er spricht von einer Gilde. Eduard leitet den Gesangsklub, der nicht so heißt, sondern Schola cantorum, ihr gregorianischer Gesang begrüßt uns, als wir die Kapelle betreten. Schüler, die etwas ausgefressen haben und bestraft werden, sind natürlich von allem ausgeschlossen. Wil van Lanschot wird mit drei Federn gleichzeitig die hundert Mal zu wiederholende Strafarbeit erledigen, die ihm Julian aufgebrummt hat, immer vor Angst bebend, der Eber könnte plötzlich auftauchen und ihn an den Haaren aus der Bank zerren. Schleimpfropf. Nachgeburt eines Stinktiers.

Im Chor hantieren Brüder mit Eisenstangen, die sie aneinanderschrauben und aufrichten. Man hat ein Podest herbeigeschleppt für den Bischofsthron, das Gerüst soll den Baldachin tragen. Wer hat gesagt, dass die Leiter schon weggeräumt werden darf?, krächzt Hyacinth hysterisch. Bring sie sofort wieder her, van Lanschot. Wil sieht mich fast flehentlich an, der Pistolenheld weiß, er bleibt am besten in meiner Nähe. Hyacinth: Du brauchst nicht wieder mit dem Jungen mit, Bonaventura, ich brauche dich hier nötiger. Van Lanschot kann das alleine. Zieh den Strumpf hoch, van Lanschot. Als Wil durch das Seitenschiff mit den Kreuzwegstationen wegschleicht, bin ich nicht der Einzige, der ihm nachschaut. Hat ein Hund ihn gebissen, fragt Bruder Martin. 'Ne ganz schöne Schramme hat er da am Bein. Die anderen gucken jetzt auch, wechseln Blicke. Kommentarlos.

Hyacinth schleppt sich mit den Fahnen ab, die morgen beim Empfang seiner Exzellenz in der Prozession getragen werden sollen. Schwere Stoffungetüme an dicken Stangen, auf denen Heilige und sakrale Symbole abgebildet sind. Ein Josef aus Goldfäden, ein Kelch, aus dem eine Hostie steigt wie eine erwachende Sonne, eine Engelwolke um das IHS-Monogramm, Franziskus in Verzückung mit den Wundmalen Christi. Die Fahnen liegen das ganze Jahr über ungeschützt auf dem Dachboden, wo auch der Thron steht. Ich löse Hyacinth ab, in der Staubwolke ist er schon ganz krumm vom Niesen. Ruh dich ein bisschen aus, Bruder, sage ich, aber Bruder Küster, das schweißnasse Gesicht abwechselnd dunkelrot, ockerfarben, leichenblass, bleibt nervös und keuchend in meiner Nähe.

Ich stelle mir vor, du siehst mich, Tricia, Liebste, so wie ich dich gesehen habe und noch immer sehe, in deinem Laden, in deinen Räumen. Wochen ist das schon wieder her! Unsere Liebe hat erst begonnen. Wie kannst du das schreiben? Wie kann etwas beginnen, das nie eine Fortsetzung findet? Ich habe solche Sehnsucht. Als würde ich es dich sagen hören, obwohl ich in Wirklichkeit nur den ständig von Eduard unterbrochenen Gesang höre. Ich auch, antworte ich, würde ich ihr antworten, ich habe auch eine solche Sehnsucht. Schwindlig vor Verlangen nach dir. Aber was soll ich tun? Was mache ich bloß, was mache ich hier? Mein ganzer Körper, mein durchpflügtes Hirn fiebert nach dir.

Vom Horizont des langen Korridors nähert sich Bruder Olaf von der Nähabteilung. Hinter ihm zwei Brüder, Assistenten, die einen Ballen krapproten Stoff zwischen sich tragen. Es ist der von Motten befallene und ausgebesserte Baldachin für den morgigen Besuch seiner Exzellenz, dem alle mit Schrecken entgegensehen. Olaf beäugt die Fahnen aus nächster Nähe und befühlt sie. Sagt murmelnd zu Benignus, der wie Patricia ein Nadelkissen am Handgelenk trägt: Die müssten auch dringend repariert werden. Fühl mal, da kannst du hindurchblasen. Benignus fühlt, Norbert auch. Eine der Fahnen, Hyacinth und ich haben sie nebeneinander an die Wand gelehnt, neigt sich zur Seite, bleibt aber stehen. Wir hören, wie der Stoff reißt. Hyacinth ächzt. Soll ich sagen, dass ich jemanden kenne, der auch gut mit Nadel und Faden umgehen kann?

Wil van Lanschot hält die Leiter fest, auf der Martin steht. Hammerschläge gegen das Gerüst, über das der Baldachin gespannt werden soll. Martin bekommt ihn auseinandergefaltet gereicht. Es entsteht so etwas wie ein römisches Militärzelt, an der Öffnung mit silbernen Fransen gesäumt, hier und da muss noch etwas gerichtet werden, obenan leuchtet das bischöfliche Wappen in Weiß, Silber, Gold. Wil an der einen Armlehne, ich an der anderen, schleppen wir den Thron für den Bischof aus der Sakristei, er ist schwer wie Eisen und von einem anderen Rot als der Baldachin und ganz ausgebleicht. Olaf beugt sich über den Sitz, beäugt das gepolsterte Medaillon auf der Rückenlehne, klopft darauf und zupft daran und murmelt seinen Gesellen wieder etwas zu, die ebenfalls nickend fühlen. Zu Hyacinth: Wenn das alles immer auf dem feuchten Dachboden steht, darf man sich nicht wundern. Man muss sich nur drauf setzen, schon reißt der Stoff und die Federn springen raus. Bruder Schneider nimmt auf dem Thron Platz und hüpft ein wenig darauf herum. Bruder Bastler, der die Stangen zusammengeschraubt hat, meint: Und wackeln tut er auch. Hier muss ein Nagel rein, besser eine Schraube. Bruder Küster, zappelig vor Nervosität, einem Erstickungsanfall nahe, mit sich überschlagender Stimme: Bist du verrückt geworden, Olaf. Dich da einfach drauf zu setzen. Das ist der Thron für. Das ist verboten. Bist du verrückt geworden. Weg da. Ich muss das melden. Das ist. Das ist. Du hast dich doch selber auch drauf gesetzt. Das sage ich natürlich nicht. Er sinkt auf der Altarstufe neben unserem verhüllten Heiland in sich zusammen. Wo ist seine Atempumpe? Sein Wutanfall ist so heftig, dass Wil van Lanschots Kopf wieder zu wackeln anfängt.

Im Flur stehen inzwischen die Stühle, die in den Altarraum getragen werden müssen. Zwölf, aufeinandergestapelt. Stehend haben die Stühle die Form einer Sechs, auf dem Kopf die Form einer Neun. Als ob sie. Ich bringe es dir schon bei, sagt Patricia. Wil und ich stellen sie in zwei Reihen gegenüber dem Bischofssitz auf. Elf sind genug, keucht Hyacinth, schon wieder auf den Beinen und hin und her hetzend.

Die Orgel setzt ein, morgen nach dem Gloria wird sie bis Ostern schweigen. Da sie beim gregorianischen Gesang nicht zum Einsatz kommt, muss es sich um die Introduktion zu einem Lied handeln, mit dem der Bischof morgen begrüßt werden soll. Erst donnert das alte Instrument gewaltig, dann geht es über zu leiseren, freundlicheren Akkorden, sie haben etwas Beruhigendes, scheinen sogar in der Hitze für etwas Erfrischung zu sorgen. Die Knabenstimmen fallen munter ein, Eduard an der Orgel bringt sie wieder zum Schweigen: Schon ganz ordentlich, muss aber verhaltener klingen. Der Chor fängt wieder an. Dann erhebt sich plötzlich über allem ein Knabensopran, so hell und klar, dass es einem ins Herz schneidet, summend begleitet von anderen hohen Stimmen, Sopran, Alt, Tenor und sogar von ein paar Bässen unterstützt. Wegen der mit zahlreichen Staubkörnern durchschossenen blendenden Sonnenstreifen, die im Mittelschiff hängen, ist die Schola cantorum nicht gut zu sehen, aber das ist auch nicht nötig. Nach den ersten Tönen sehen Wil van Lanschot und ich uns an, er hält den Kopf still, sein Gesicht öffnet sich wie eine Blüte. Mark! Aus der Krankenstation entlassen. Wil lauscht, Kopf im Nacken, vorgestreckter Adamsapfel, Freude, Rührung, gar … Aber Wil van Lanschot und Tränen?

Die anderen sind verschwunden. Hyacinth, aufgeregt kommandierend, dreht sich zu mir um und klopft auf seine Armbanduhr. Musst du nicht um halb vier bei Bruder Benedikt sein? Es ist fünfzehn Uhr sechsundzwanzig, sehe ich. Woher weißt du das?, frage ich ihn. Keine Antwort.

Wil geht neben mir her auf den schwarzweißen Fliesen, der Gesang aus der Kapelle begleitet uns. Du kannst nicht bei mir bleiben, Wil, sage ich. Du musst sehen, dass du. Er dreht sich um seine Achse, nach links, nach rechts und sieht mich ratlos an. Er tut mir leid, aber ich kann ihn schlecht unter meinem Skapulier verstecken. Er rennt los, zurück zur Kapelle, nein, nicht zur Kapelle, wohin dann, er kommt zurück, flitzt an mir vorbei zum Ende des Gangs, wo er auch nicht weiß, wohin, und dann ist er weg. Er mit seiner Pistole. Mama!

Sekunde. Sekunde. Noch drei. Noch zwei. Als es auf der Uhr im Gang genau halb vier ist, der Sekundenzeiger erreicht die Zwölf, klopfe ich, worauf es Sekunde, Sekunde, Sekunde dauert, bevor Benedikt, Namenstag 11. Juli, Herein! ruft.

So Bonaventura. In gemessenem Ton.

Die Plastik mit dem Wolf ist etwas beiseite geschoben. Mitten auf Benedikts Schreibtisch steht das Telefon, offenbar hat gerade ein Gespräch stattgefunden, seine Hand ruht noch auf dem Hörer. Unter seiner anderen Hand eine Reihe von Notizzetteln, die er immer wieder aufnehmen und hinlegen wird, nachdem er den obersten Zettel nach unten geschoben hat. Ernsthaft mit dir reden.

Gestern Abend, fängt er an. Ich denke: Jetzt geht´s los.

Unser Bruder Mansuetus hat sich über dich beschwert gleich heute Früh vor der Messe was du gestern Nacht im Schulgebäude zu suchen hattest. Möchte ich auch wissen was du da zu suchen hast spät gestern Abend im Schulgebäude. Deine Aufgabe war nicht wahr im Schlafsaal Innozenz III. wo du einfach im Stich die Jungen ihrem Schicksal. Keine Verantwortung ich meine deine Verantwortung einfach beiseite pflichtvergessen. Das ist das geht nicht Bonaventura.

Soll ich den Mund aufmachen und antworten?

Außerdem sagte Mansuetus, fuhr Bruder Superior fort, warst du nicht nach unseren Ordensregeln gekleidet. Nur die Kutte Skapulier nicht Strick nicht. So zeigen wir uns nicht Bruder Bonaventura. Bruder Mansuetus entsetzt dich so ungepflegt vor seiner Tür zu sehen wo du nichts zu suchen. Zudem hast du unseren Mitbruder Mansuetus bei seinen Meditationen gestört.

Macht unser Konfrater das in der Unterhose? Aber ich weiß jetzt, dass sich Antworten erübrigen. Mein Blick streift den sich windenden Christus über Benedikts Kopf. Der hätte mit der ihm eigenen Bescheidenheit gesagt: Ich bin der Weg, die Wahrheit und das Leben. Was ist die Wahrheit? Was derjenige sagt, der die Macht hat. Müsste ich nach bestem Wissen und Gewissen nicht antworten: Unser Konfrater Mansuetus ist ein bigotter Halunke, den man außerhalb dieser Mauern wegen seiner Taten vor Gericht stellen würde. Im Nebenraum, dessen Tür offen steht, hört Amadeo mit. Er wird wohl die Zettel für Benedikt sortiert haben, Beschwerden und Verstöße meldet man der Schlupfwespe, auch wenn Mansuetus Benedikt schon in aller Herrgottsfrühe direkt angesprochen hat, in einem Aufwasch auch auf Wiro wegen des Rauchens.

Bruder Mansuetus, so Benedikt, sei erschüttert und bestürzt darüber, wie impertinent ich mich verhalten habe, wie wir Brüder uns nicht zueinander. Gleich heute Morgen hat er mit diesem Telefon hier seinen Freund ich meine Bruder Gabriel.

Ach, da haben wir ihn wieder, denke ich. Unser Bruder Provinzial in Germisch. Wie der Eber wohl in dem Gespräch die Wahrheit dargestellt hat, wie hat er vertuscht, was er mit Mark Freelink angestellt hat?

Bruder Gabriel hat noch ein paar Mal vor einer Minute angerufen um mit mir und Mansuetus zu konferieren. Über dich. Unser weiser Bruder Gabriel ist zu dem besonnenen Urteil gekommen Entschluss Lösung für dich und für uns alle. Wir werden darauf zu sprechen ich gleich.

Oberster Zettel unter den Stapel.

Nicht nur vernachlässigst du deine Pflichten als Aufseher Bonaventura auch andere Aufgaben die man dir aufträgt machst du Hyacinth sagt ich zitiere hier steht unerhört ohne Ehrfurcht vor Handtüchern und den Eimer in dem sonntags Spargel im Mai. Hast Gesicht und Hände darin gewaschen abgetrocknet für Reinigung Kruzifix benutzt nicht für diesen Zweck.

Bruder Hyacinth meldet außerdem, nächster Zettel, dass dir von Bruder Domitian ein Buch von Herrn Woltgens. Sehr bedenklich wenn nicht noch viel bedenklicher du scheinst dich um unsere Ordensregeln nicht mehr. Nicht erst mir noch Bruder Mansuetus Schulleiter zur Genehmigung vorgelegt. Das lese ich hier. Du erhältst somit verbotenerweise solche Bücher die du früher auch gelesen hast voll des Schmutzes gottlos et cetera perge perge ungeeignet für Glieder unserer Gemeinschaft. Hyacinth meldet du es ihm aus der Hand gerissen. Was für ein Buch Bonaventura? Geschwind in die Kutte. Zitiere hier steht. Will das Buch jetzt auf der Stelle auf meinem Schreibtisch. Wo ist es?

Wie sehe ich aus? Bin ich blass? Dann allerdings nicht vor Schreck. Ich verziehe keine Miene, sehe ihn an. Als er mit seinem nervösen Wortgehäcksel aufhört, tritt in beiden Zimmern eine tiefe Stille ein, wie in Filmen, kurz bevor das Schicksal zuschlägt. Tricia. Ich denke an sie. Sie wartet heute nicht auf Theo Woltgens, er wird ihr gesagt haben, dass er Urlaub hat, heute braucht sie nicht auf mein hilfloses Gekritzel zu warten. Aber dein Brief an mich ist in meinem Kopf, Liebling, zum Glück schon gelesen, als ich den Umschlag mit dem Buch hervorhole, um es der Gestapo auszuhändigen. Fasse deinen Entschluss jetzt, rufst du mir zu. Stille. Das Schicksal nimmt seinen Lauf. Welches Urteil haben sie über mich gefällt? Verurteilung, Richterspruch, wie Gott ihn bei seiner Wiederkehr auf Erden verkünden wird, wenn die Toten auferstehen. Stell es dir vor.

Ich lege den Umschlag vor Benedikt hin, der danach grapscht wie ein Hund nach einem Knochen. Er reißt das Buch heraus, zehn dicke Küsse, denke ich noch, und schlägt es auf. Wie aus dem Nichts steht Amadeo hinter ihm und beugt sich über seine Schulter. Der Titel, Bruder Superior liest ihn laut vor, lautet: *Mit dem Rad durch Umbrien*. Bruder Superior schaut zu mir auf. Du hast doch gar kein Rad mehr. Befeuchtet seinen Daumen mit der Zunge, blättert. Umbrien? Landschaft in Italien, flüstert Amadeo in Benedikts Ohr. Erdkundebuch, so, so, sagt Benedikt. Von unserem Erdkundelehrer mit Naturschätzen und Kirchen von außen und innen. Aber was soll das?

Hör mich antworten. Aus dem Stegreif. Nie in das Buch reingeschaut, nur den wurzelroten Schutzumschlag aufgeregt abgenommen und wieder angebracht, ausschließlich auf das fixiert, was sich dahinter verbarg, keine Zeit für Sonstiges, ich bin genauso überrascht. Zur Ergänzung und Bereicherung, sage ich, meiner Kenntnisse über das Leben unseres Ordensgründers, des heiligen Franz von Assisi. Er stammte ja aus Umbrien.

Benedikt winkt ab. Klappt das Buch zu, schlägt mit der Faust darauf und schiebt es von sich. Amadeo hat sich davongemacht. Was für eine Enttäuschung.

Jetzt wird er mich fragen, warum ich es denn Hyacinth aus der Hand gerissen habe. Nein, der nächste Zettel ist an der Reihe, eine Beschwerde nach der anderen.

Bruder Küster berichtet auch dass du Schüler mit Vornamen anredest dieweil, oberster Zettel nach unten, unser Bruder Rochus gesehen hat dass du mit Schülern Hand in Hand gehst mit diesem Jungen. Im Gang mit unseren Missionsgebieten sagt unser Bruder Rochus ich meine das bunte Fenster komme gleich darauf wozu du auch keinen Zugang hast.

In meinem Kopf beginnt es zu lärmen. Fasse den Entschluss jetzt! Wie der Schall einer Warnglocke, die nur dieses eine Wort wiederholt. Entschluss. Entschluss. Entschluss. Entschluss. Ich muss hier weg. Entschluss. Entschluss.

Vertraulicher Umgang mit den Schülern ist unsere oberste Devise Bonaventura jederzeit. Ich meine das ist das geht nicht tun wir nicht. Wir gehen nicht als ob wir klebrige Freunde mit den Jungen um und fassen sie nicht an. Hand in Hand. Nur wenn ein Schüler sich schlecht aufführt darf sich die Hand gegen ihn erheben und ihm gerecht verabreichen. Bruder Schulleiter hat uns Erzieher das deutlich ausdrücklich als Regel. Hand in Hand. Kann man dir im Schlafsaal auch nicht mehr trauen sagt Bruder Mansuetus auch und Bruder Gabriel.

Kalter Schweiß klebt mir am Körper, mir ist, als würde sich mein Gewicht verhundertfachen. Wieder ist es, als würde ich wie von Äther betäubt stürzen und fallen, fallen, in die Tiefe, die Tiefe. Doch ich bin hellwach, und das Fallen ist kein Fallen, ich bin ein durch einen summenden Raum katapultiertes Geschoss. Aber statt durch die Welt zu fallen, stehe ich mit geradem Rücken, während es mich fröstelt, diesem Oberfeldwebel gegenüber und starre auf seinen Kopf mit dem mehldünnen Haar. Auch er schwitzt. Meine Hände umklammern den Knotenstrick wie die Reling eines Schiffes. So fahre ich davon. Er sieht mich nicht mehr an, sein Blick huscht hin und her, Wand, Neonröhre,

Radio, Franziskusfigur, Telefon, Zeigefinger in der Drehscheibe, das Loch der Null, der Zettel, der obenauf liegt.

Dieser van Lanschot mit dem du Hand in Hand mit dem warst du auch heute Nachmittag auf der Krankenstation. Dafür keine Erlaubnis und nichts zu suchen. Bruder Mansuetus hat mir von diesem Jungen und du schlenderst schamlos mit ihm. Bruder Johannes Vianney berichtet euch nach kurzer Abwesenheit auf der Krankenstation ertappt wo der andere Junge ich kann seinen Namen nicht lesen. Mark Freelink, ruft Amadeo aus dem Nebenzimmer. Der dort epileptischen Anfall inzwischen dem Himmel sei Dank vorbei. Unser Bruder Johannes Vianney hält es für unstatthaft unverantwortlich dass ihr und du Bonaventura weil der Junge Ruhe braucht. Unser Bruder sehr kompetent weiß wenn Schüler krank sind brauchst du dich nicht. Die Verstöße Bonaventura häufen sich. Bruder Mansuetus sagt auch und Bruder Gabriel.

Gedankenlos dreht er die Wählscheibe des Telefons ganz herum, behält den Finger beim Zurücksurren in der Öffnung. Ich habe eine solche Sehnsucht, aber ich kenne deine Telefonnummer nicht, Patricia, meine Liebste. Soll ich Amadeo bitten, mal bei D im Telefonbuch nachzuschlagen? Entschluss. Hallo Patricia? Ich bin´s.

Nächster Zettel. Und wie schon öfter, wenn ich etwas denke und ein anderer spricht es aus, deklamiert er, ich erstarre, Silbe auf Silbe: Pa tri ci a. Röchelnd hüstelt er sich den Frosch aus dem Hals. Dann noch einmal, diesmal im Frageton: Pa tri ci a?

Ich umklammere den untersten Knoten. Hellwach im tiefsten Raum, ein Stromstoß durchzuckt mich, es wird dunkel. Mein Geheimnis hat jetzt also schon das Hauptquartier erreicht. Wie kommt er zu dem liebsten Namen, den er ausspricht mit brauner Schmiere in den Mundwinkeln und in einem Ton, als würde er eine Natter zerbeißen? Der Name einer Frau in unserer zölibatären Männergemeinschaft, jetzt kommt eine Finsternis, und der Vorhang im Tempel zerreißt.

Wer ist das Bonaventura? Sein Blick wieder auf mich gerichtet. Offensichtlich kennst du offenbar eine Person die so heißt. Patricia. Wer ist das?

Ich antworte nicht, atme nicht. Die Stille schleicht sich wieder herein. Meine Faust umspannt die Riffel des Knotens. Ich beiße die Zähne aufeinander, von denen ein paar fehlen. Ich darf nicht wanken, die Unterwelt wird mich nicht verschlingen.

Doktor Benning, sagt Benedikt. Renting, kräht Amadeo. Bruder Johannes Vianney hat gehört steht hier dass Doktor Brenning hier aus dem Dorf dir Bonaventura etwas ausrichtete von einer Frau aus dem Dorf hier. Bruder Johannes Vianney hat den Namen Patricia gehört. Wer ist das? Wollen wir wissen. Deswegen auch angerufen. Hand am Hörer, Finger streichelt die Wählscheibe. Mit Germisch unserem Bruder Gabriel Provinzial. Wollen nein müssen wir erfahren. Frauen. Wer ist Patricia Bonaventura? Keine Angehörige. Deine Stiefmutter heißt Suzanna hat Bruder Amadeo nachgesehen und du hast keine Schwester noch Schwestern hat Bruder Amadeo nachgesehen diese Patricia. Wahrscheinlich hier im Dorf begegnet wann? Als du früher noch frei aus und ein oder Anfang des Jahres ständig zum Zahnarzt? Uns immer ernsthafter gefragt Bruder Mansuetus auch Bruder Gabriel auch was du an dem Nachmittag bis spät nach Mitternacht nun eigentlich ohne Erlaubnis deiner Oberen außerhalb unseres Konvents. Eine Person die so heißt. Patricia.

Ich kann es ihn nicht mehr sagen hören. Er spricht deinen Namen aus, als würde er ihn aus der Klosterscheiße fischen.

Hast du nichts zu sagen Bonaventura? Wir warten. Antwort. Erklärung. Uns Respekt schuldig. Gehorsam und treu den heiligen Gelübden deinen Oberen und unserer Gemeinschaft aber deine Haltung und dein Tun in einem Wort, er liest von einem Zettel ab: erbäääармlich.

Tüfftüff. Piep. Dideldum. Bommeldibum. Ich habe nichts zu sagen und verdeutliche das, indem ich ihn mit unbewegter Miene ansehe, die Lippen fest verschlossen. Unwelt. Unsinnswelt. In meinem Kopf die Glocke, die dröhnt und dröhnt.

Nun?

Er fragt die Stille, der Stille folgt. Er wiederholt das Wörtchen, affirmativ dieses Mal. Er wird das Urteil verkünden. Er setzt sich in Positur wie Olaf auf dem Thron des Bischofs. Er schwitzt. Wie ich.

Nun! All diese Verstöße und Verfehlungen und diese Gleichgültigkeit. Deine Pflicht versäumt und intime Beziehungen zu Schülern das ist ganz und gar. Wir verhalten uns lauter gegenüber den uns anvertrauten Zöglingen respektieren wir sehr gewissenhaft und erlauben nicht dass du den guten Namen saubere Weste unseres Instituts. In schlechtes Licht Bonaventura! Er streckt mir den Zeigefinger entgegen wie der Gründer dieser Bande dem frechen Wolf. Auch Bruder Mansuetus sagt.

Ich sehe den massigen behaarten Fleischklumpen in seiner Unterhose vor mir. Noch andere obszöne Bilder, wie von Gustave Doré gestochen. Der ehrwürdige Bruder labt sich an sadistischen Demütigungen. Der ehrwürdige Bruder befingert, betatscht, belauscht den reizenden Knaben. Der ehrwürdige Bruder zwingt den blonden Schüler, seinen Penis in den Mund zu nehmen. Der ehrwürdige Bruder penetriert den auserwählten Schüler mit dem Finger, mit der Zunge, mit dem Schwanz in der viel zu schmalen Öffnung, bis Blut fließt. Der ehrwürdige Bruder spritzt dem uns anvertrauten Zögling seinen Samen ins Gesicht. Dabei denken wir an die Güte unseres Heilands, dessen Leib wir täglich verzehren, und an das Beispiel unseres Ordensgründers. Wer es auszuplaudern wagt, kommt in die Hölle. Ich umklammere den Knoten, drücke die Fingernägel in die Handballen, die Sehnen meiner Handgelenke wie Stricke. Wütend vor Entrüstung, obwohl Wut nicht meiner Art entspricht. Deiner was?, höre ich Tito sagen. Deiner Art? Die Art einer Made, meinst du wohl. Würdest du nur mal aus der Haut fahren, sagt Patricia. Entschluss. Entschluss.

Bist ab jetzt telefonisch Bruder Germisch deiner Pflicht als Aufseher enthoben. Auch deiner Aufgabe als Hilfsküster. Ohne Ehrfurcht vor geweihten Gegenständen Sakrileg wie Bruder Hyacinth uns berichtet. Und Doktor Rengeling. Hier aus dem Dorf vom anderen Geschlecht Patricia. Sind wir zu dem Schluss. Urteil nach Rücksprache. Mit einer Geste wie beim Kartenspiel wirft er die Zettel auf den Tisch, greift sie sich wieder, fächelt sich damit Luft zu. Urteil dass wir dich nicht länger hier in unserem Internat und unserer Gemeinschaft dulden können. Gehorsame Unterwerfung unter Gott und unsere Regeln und dienstbar deinen Oberen mit Händen und Füßen betreten hast du die Bonaventura. Darum unser weiser Germisch und auch Bruder Mansuetus ganz gewiss zu klarem Urteil gekommen. Beschluss Lösung. Der makellose Ruf unserer Schule. Urteilen wir. Für uns alle und die Schüler und dich. Wann noch mal Amadeo?

Stille. Dröhnende Stille. Man schwitzt. Seine Blicke huschen wieder hin und her. Der heilige Franziskus bequatscht den Wolf. Wanke ich? Nein. Nur das Gefühl, aber ohne Angst, dass man auch mich jetzt mit weißen Tüchern verhüllen wird. Wenn sie nur nicht glauben, ich würde mich wieder einsperren lassen. Diesen Vorsatz hatte ich schon gefasst, bevor ich an Benedikts Tür klopfte.

In fünf Tagen, ruft Amadeo. Ostermontag. Bremen.

Einstimmiges Urteil, sagt Benedikt. Auch zum Schutz unseres Instituts und der Jungen und für dich besser das Beste. Wir schicken unsere Söhne in die Welt hinaus die Saat zu säen. Ich meine. Lösung wenn du deine Kräfte und Talente Bonaventura in unseren Missionsgebieten. Großer Mangel an Kräften und Talenten in unseren Missionsgebieten berichtet unser Bruder Monulf jetzt Superior in Fakfak. Neuguinea. Was uns die Revoluzzer von unserem Niederländisch-Indien noch übrig gelassen haben. Den kennst du doch noch Monulf Erdkundebruder Vorgänger von Herrn Woltgens. Von Bremen aus schicken wir Bonaventura dich per Frachtschiff Ärmel hochkrempeln bei der Überfahrt nach Fakfak. Da werden unsere Brüder dich.

Fuckfuck, denke ich. Wen meint dieser Kapaun in der Mauser, der an mir vorbei mit zwei Zimmern spricht, meint er mich? Heiße ich Bonaventura? Sieht er mich schon an der Reling eines Frachtschiffes stehen? Die weiße See. Manchmal war der Himmel darüber rot wie Eidotter. Bremen? Als ich mit meiner Orbea Opal dort war, bestand die Stadt zu drei Vierteln aus Schutt. Da geh ich nicht wieder hin, flankiert von zwei Wächtern. Entschluss. Und mich kriegen sie nicht nach Fuckfuck, ans andere Ende der Welt, weit weg von dir, um dort den armen Negerlein, für die wir hier Verschlüsse von Milchflaschen und ausgeschnittene Briefmarken sammeln, das Unheil zu verkünden. Entschluss. Benedikts Redeschwall nimmt kein Ende, Amadeo übernimmt die zweite Stimme, ich höre keinem mehr zu. Ich kneife so fest in den Galgenknoten, dass mir die Ohren sausen, als schlössen sich Schleusentore. Ihre Zunge in meinem Ohr. Morgen. Ich fasse schon die nächsten Entschlüsse. Ich werde dazu den Mut haben. Ich heiße nicht Bonaventura, mein Name ist Eldert Hamann, der Aufsässige, ich gehöre nicht mehr zu eurer Organisation. Bei diesem Gedanken ist mir, als sähe ich mich in einem Spiegel, in dem ich jahrelang unsichtbar war. Einem ovalen Spiegel wie einmal an einem Kleiderschrank gesehen. Aus dem steige ich und bin: Ich. Ein Schrank voll normaler Männersachen, sagt Patricia, die die Hosen, Hemden, Pullover ihres entschwundenen Mannes aufträgt, wenn ich sie auch jetzt nur noch ohne Kleider vor mir sehe, aber mit der Perlenkette meiner Mutter. Unsere Liebe hat erst begonnen. So heftig presse ich die Hand zusammen, dass der Knoten sich von selber löst und meine Ohren sich wieder mit Geräuschen füllen. Ich muss den Büßerstrick höher und fester ziehen, was den beiden Braunhemden nicht entgeht, wohl aber, dass ein Knoten fehlt. Was macht es noch aus, ich will diese Uniform ohnehin nicht mehr tragen. Ich bin ein römisch-katholischer Luther. Sieh mich hier stehen, ich kann nicht anders. Entknote mich gerade selber.

Überfahrt ursprünglich für Elisäus aus unserem Haupthaus in Germisch, erklingt Amadeos Stimme. Du Bonaventura reist unter seinem Namen. Alles geregelt kein Problem der Kapitän ist katholisch.

Weiß füllt mein Hirn, endlos, horizontlos. Ich sehe, ohne eine Miene zu verziehen, erst den einen, dann den anderen an. Begrabt euren Jesum getrost alleine. Ich habe den Leichnam noch gewaschen, er kann direktemang zur Hölle fahren.

Du kannst gehen Bonaventura. Weitere Anweisungen bekommst du von Amadeo.

Das Buch hatte ich mir ausgeliehen, sage ich noch. Herr Woltgens hätte es bestimmt gerne zurück.

Benedikt stempelt den roten Umschlag wieder heftig mit der Faust, ein feuchter Abdruck bleibt zurück. Dafür sorgen wir. Schiebt Umbrien mit dem Nagel seines kleinen Fingers Amadeo zu. Noch etwas Amadeo? Die Schlupfwespe nimmt ihm die erledigten Zettel ab. Hyacinth sei gerade mit einer Beschwerde über Bruder Olaf vorbeigekommen. Gleich, stöhnt Benedikt. Der Alte ist sichtlich erschöpft.

Im Gang trete ich auf die weißen Fliesen, meiner Pflichten enthoben. Rochus, der rückwärts rutschend den Boden wischt, grüßt mich nicht. Ich ihn auch nicht. Unter der Sekundenuhr, sechzehn Uhr siebzehn, sehe ich den Schulhof. Fußball spielen in der Hitze. Wil van Lanschot, der nicht mit seinem Freund Mark Freelink reden darf, redet mit Mark Freelink, heftig gestikulierend, im toten Winkel neben der Turnhalle, nicht vom rechten Fenster im zweiten Stock des Schulgebäudes aus zu belauern. Deshalb auch ein verbotener Ort. Der traut sich was, obwohl er doch so gut wie vogelfrei ist. Mark, zerbrechlich, alabastern wie der Engel über seinem Bett, saubere Kleider, Schuhe an beiden Füßen, nickt, spricht etwas, nickt. Sein einer brauner Schuh hat schwarze Schnürsenkel, mir als ehemaligem Aufseher fällt das sofort auf. Guido Weytjens stellt sich dazu, was insofern in Ordnung ist, als die Internatsregeln den Kontakt zwischen zwei Jungen verbieten, unflätig redet man daher am besten zu dritt. Wil hält Guido sein violettes Bein hin, der fährt zurück und ruft etwas, was ich hinter dem geschlossenen Fenster natürlich nicht verstehen kann. Zehntausendmilliarden Bomben und Granaten, die große Krake soll ihn zermalmen, diesen Hatschi-Bratschi! Ich weiß, dass er schändliche Comic-Hefte liest. Ich habe ihnen immer alles durch die Finger gesehen, jetzt hat Remigius meine Stelle eingenommen. Der brüllt und verwahrt den Prügel in seiner Kutte. Die Aktivitäten der Klubs sind zu Ende, jetzt geht es ab in den Studiersaal und danach, von Freitag auf heute verschoben, erwartet die Schüler das Ritual der Dusche, denn morgen kommt hoher kirchlicher Besuch, sauber müssen sie sein, alles wird kontrolliert.

Geht mich alles nichts mehr an, nichts habe ich mehr damit zu tun. Gelobt sei, der mein Schöpfer ist, er hat mich mit seiner Liebe gut geführt. Fällt mir gerade ein, wir singen es manchmal. Psalm soundsoviel. Mein Schöpfer ist er nicht, er mag seine Liebe behalten, bis hierher hat er mich falsch geführt, wie es bei uns im Krieg Helden gab, die Nazis, die sich nach dem Weg erkundigten, in die falsche Richtung schickten. Riskante Widerstandshandlung gegen eine Übermacht. Mir schwebt Größeres vor. Entschluss! Ich denke an Bombenwerfer. Die Schüler müssen verschont bleiben, ein paar gute Leute aus der Bruderschaft auch. Bomben auf dieses Institut. Bomben auf das ganze Institut der römisch-katholischen Kirche.

Heute ist Donnerstag vor Ostern, Gründonnerstag.

Erst ritt unser Heiland Jesus Christus auf einem Esel durch die Menschenmenge, die ihm unter Hosanna-Rufen mit Palmzweigen zuwinkte und vor den Hufen des Tiers Kleider ausbreitete. Das war am letzten Sonntag. Am heutigen Tag verkündet er, das Licht der Welt, der wahre Weinstock, der Wundertäter, Sohn Gottes und König, Religionsstifter und Scharlatan, hurra, sein Leib sei das Brot, von dem wir essen sollen. Wir gedenken der Einsetzung der Eucharistie, des Sakraments des Altars. Haben auch alle gebeichtet, um dieser Gnade teilhaftig werden zu dürfen? Mag sein oder auch nicht. Die größten Schurken beichten ihre Schandtaten nicht und sättigen sich doch am Leib des Herrn.

Während dieser Ereignisse, für die die Brüder zwei Stunden, die Schüler eine Stunde früher aufgestanden sind als sonst, stehe ich ganz hinten. Domitian hat mit einigen Helfern den roten Teppich bis zur Straße ausgerollt, nachdem man draußen alles gefegt und sauber gespritzt hatte. Jeder, sogar ich, hat von Kasimir ein Heftchen bekommen, frisch aus der Druckerei, noch nach Tinte riechend, in dem der Ablauf der Feierlichkeiten zu lesen steht. Die Schüler bilden ein doppeltes Spalier vom Haupttor bis zur Kapelle, Knie geschrubbt, Haar gekämmt von Bruder Frisör Emebert, mit einem geraden Scheitel rechts, die Uniform tipptopp, die Hose hat zwecks Falte unter der Matratze gelegen. Im Turm fängt die Glocke, die in ein paar Stunden nach Rom fliegen wird, zu läuten an. Die Blaskapelle marschiert herbei mit *Limburg teure Heimat*.

Da sind die Wagen. Da ist Monseigneur. Seine Exzellenz der hochwürdigste Herr Bischof zwängt sich aus dem vordersten schwarz glänzenden Hai. Kleiner als sein offizielles Porträt nahelegt, beleibter auch und älter. In schwarzer Soutane mit violetten Knöpfen vom Kinn bis zu den Schuhen, diese mit Silberschnallen, violette Stola über der Magengegend mit herabhängenden Fransen. Er schleppt einen meterlangen violetten Mantel hinter sich her, vom Sitzen im Wagen noch ganz zerknittert. Seine Exzellenz schnauft mit dicken Backen, sein Gesicht ist von der schon drückenden Morgenhitze feucht beschlagen. Mit violetten Handschuhen rückt er das goldene Kreuz mit den roten Steinen auf seiner Brust zurecht. So stolpert er vorwärts. Aus dem zweiten Hai kriecht zeitgleich sein Generalvikar, ebenfalls mit violetten Knöpfen, und reicht dem Bischof den Stab, damit er nicht umfällt. Er trägt einen flachen Gegenstand, den er ausklappt, und, Simsalabim, es ist die goldene Mitra. Die setzt er dem betagten Prälaten aufs erbleichte Haar, das bereits eine violette Kalotte schmückt. Und sieh einer an, da steht er wie aus dem Mittelalter transponiert. Jetzt noch ein weißer Bart, und er ist es, huldreich winkend, huldreich blinzelnd hinter den Brillengläsern. So dürfen die Zeitungsfotografen ihn mit ihren kelchförmigen Blitzlichtern verewigen. Auf der Straße sind Dorfbewohner herbeigeströmt. Der Besuch des Bischofs war in der Regionalzeitung angekündigt worden, der Ausschnitt mit seinem Bild hing bei uns am Schwarzen Brett. Du befindest dich nicht unter den Leuten, Liebste. Seine Exzellenz hätte sich leicht verbeugt und dir den Segen erteilt.

Die Blaskapelle verstummt. Eduard hebt die Hand, und der Knabenchor heißt seine Exzellenz den hochwürdigsten Herrn Bischof mit einem Lied willkommen, dessen Text im Heftchen steht. Ihr Völker alle, klatschet in die Hände! Jauchzet Gott zu mit lautem Jubelschall! Man begrüßt ihn. Ein Bruder tritt hinzu, den ich noch nie gesehen habe, sinkt in die Knie und küsst den goldenen Ring mit dem roten Stein am Handschuhfinger. Wer mag das sein?

Wiro hat sich mit Lebuin von der Bäckerei neben mich gestellt und zieht die Schultern hoch. Lebuin, der schon länger im Kloster ist, weiß Bescheid: Das ist Gabriel, unser Provinzial aus Germisch. Dass ich den noch zu Gesicht bekomme! Ein energischer Vierziger mit gesunder Gesichtsfarbe, blondes Gras auf dem Schädel, seitlich und hinten rasiert, Modell Blumentopf wie bei uns allen, und mit eisigem Blick, in dem Fanatismus schwelt. Vom Typ her einer, der zu den dreizehnjährigen Soldaten gehört hätte, die in den letzten Kriegstagen vor dem Führerbunker aufmarschierten und denen Hitler mit zitternden Fingern in die Wange kniff. Meine Ehre heißt Treue. Blitzkarriere in der monastischen Welt. Er wischt sich das Gesicht mit dem gleichen Taschentuch, wie wir alle eins haben, wobei ihm das Heftchen aus der Hand flattert. Er dreht sich um und scheint alle Anwesenden gleichzeitig im Blick zu haben. Auch mich. Schau ruhig.

Dann kniet und küsst Benedikt. Dann Mansuetus, heute in einer Kutte, die trotz seiner Fülle bis auf die Sandalen reicht, wo sonst seine dürren Beine sichtbar sind. Der Schulleiter im Sonntagsstaat. Haariges, schwitzendes Schwein in Unterhose, so werde ich ihn in Erinnerung behalten. Du gehörst vor Gericht, was nicht geschehen wird. So ein frommer Mann.

Monseigneur ist es gelungen, die Stufen zum Haupttor zu erklimmen, vom Generalvikar beflissen zur Vorsicht gemahnt, und betritt jetzt den Gang, auf dessen Fliesen sein Krummstab bei jedem zweiten Schritt tickt.

Als er an uns vorbei ist, stößt Wiro mich an. Wir haben es gehört, sagt er. Du wirst mir fehlen. Uns allen.

Natürlich haben es alle gehört. Amadeo wird es ausgesummt haben. Bonaventura wird zu unserer Mission nach Fakfak geschickt. Nach telefonischer Beratung mit dem da. Siehst du schon, wie ich das Buschmesser schwinge und durch die Urwälder stapfe, in einem von singenden Papuas gepaddelten Einbaum die Kampongs besuche? Muss ich den Eingeborenen Deutsch beibringen? Ich schüttle entschlossen den Kopf.

Wieso nein, fragt Wiro.

Genau das. Nein. Ich sehe mich nicht mit einem Tropenhelm auf dem Kopf, Kreuz in der Hand, das Lügenheil Jesu Christi verkündigen, das mir gestohlen bleiben kann. Letzteres behalte ich für mich.

Wiro: Was dann?

Darauf antworte ich nicht. Hier, ich halte ihm meine geschlossene Hand hin und fülle seine mit allen Zigaretten, die ich noch habe. Ich kann sie nicht für Tricia mitnehmen, leider, und will sie nicht in meiner Zelle zurücklassen.

Wiro vergisst sich einen Moment. Donnerwetter!, ruft er laut, was im Stimmengewirr glücklicherweise untergeht.

Zwischen den Schülern, die sich dem Bischof anschließen, sehen wir Wil van Lanschot, ausnahmsweise einen Scheitel im Haar, Rücken krumm, Kopf gesenkt. Der kam gestern doch wahrhaftig mitten in der Nacht in den Schlafsaal, sagt Wiro. Ich habe natürlich gemerkt, dass seine Koje leer war, aber nach deiner Geschichte habe ich mich nicht auf die Suche nach ihm gemacht. Hat von mittags bis nach elf im Karzer gesessen. Ganz durcheinander, pechschwarz im Gesicht, helle Streifen vom Flennen. Starre vor mich hin und denke, das enttäuscht mich aber, Wil. Soll ich Wiro berichten, was ich sonst noch alles von Wil weiß, was vorgestern Nacht alles vorgefallen ist? Bericht der Mutlosigkeit, wie ich mich selber siebenundsiebzig Tage nicht getraut habe und mich jetzt noch krampfhaft an meiner Entschlossenheit festhalte. Mansuetus will ihn von der Schule schmeißen, sagt Wiro noch. Mansuetus ist ein Schuft, erwidere ich. Wiro zuckt zurück. So reden Brüder nicht übereinander. Ich habe beschlossen, nicht länger Bruder zu sein.

Als Wil an mir vorbeigeht, hebt er das Gesicht, sein Blick für eine Sekunde in meinem. Ich kann nichts mehr für dich tun, durchfährt es mich. Mit hängendem Kopf schleppt er sich weiter. Mach´s gut, Wil. Hätte ich ihm mit dem Daumen Mut machen sollen?

Wir müssen los, sagt Lebuin und zieht Wiro am Ärmel. Die Bäckerei sorgt für die Obstkuchen für den Bischof und die Mönche, die Schüler bekommen ein Nonnenfürzchen. Du kriegst ein großes Stück, verspricht Wiro. Als Dankeschön. Ach, es ist mir alles nicht mehr wichtig.

Hinter der Sekundenuhr wird seine Exzellenz von Schnüffel im Messgewand ohne Kasel in Empfang genommen und von noch jemandem, es muss ein Priester sein, er trägt die Stola um den Hals, Symbol für das Joch des Herrn. Das muss Pfarrer Glaudemans sein,

Hirte der hiesigen Gemeinde. Fülliges Heuchlergesicht, in das ein schlaffer, etwas schiefer Mund gezeichnet ist. Auch ihn sollte man vor Gericht stellen. An Kindern und Jugendlichen hat sich die Geistlichkeit schon seit Jahrhunderten vergangen, sie wird es auch in Zukunft tun, alle wissen es, aber halten den Mund, denn sie fürchten die Gestapomacht der Kirche. Vom unfehlbaren unheiligen Dogmenpapst, mit goldener Krone auf seiner Sedia gestatoria hoch über dem furchtsamen Volk thronend, bis hin zum unbedeutenden Internatsbruder oder auch zur unbedeutenden -schwester. Auch Christi arglistige Frauenbrigade, erzählte mir Patricia, versteht sich auf unerwünschtes Betatschen, grausames Öffnen, Kneifen, Eindringen, Quälen, Demütigen. Und mit Höllenstrafen drohen, falls die Mädchen es ausplaudern. Auf dem Bogen über der Tür zur Kapelle steht Extra ecclesiam nulla salus. Außerhalb der Kirche gibt es kein Heil. Heil, schon das Wort, es bedeutet buckeln und schweigen. Und dann kommen alle in den Himmel.

Hyacinth führt die Prozession an, puterrot schleppt er sich mit dem Kreuz ab. Normalerweise hätte er mir diese Aufgabe übertragen. Neben ihm Andries Treijerhave, auf der anderen Seite Klaas Bentinck, noch von mir geputzte Rauchfässer schwenkend. Wie die anderen Messdiener, die ihnen folgen, tragen sie die roten Soutanen und die Hemden für hohe kirchliche Feiertage, gesäumt mit kostbarer Brügger Spitze. Ich brauchte sie nicht zu lüften. Zum Schluss wird Bruder Küster die Messdiener vorne und hinten abgeklopft und betatscht haben. Stämmige Schüler tragen die Fahnen. Der Riss ist provisorisch ausgebessert worden, sichtbar nur für den, der es weiß. Einige Meter dahinter schreitet Monseigneur, der Generalvikar trägt seine Schleppe. Alle anderen Jungen sind schon in der Kapelle, manche kichern überrascht beim Anblick der eingepackten Heiligen und weil das große Kruzifix nicht mehr von hoch oben herabschaut. Es liegt, von mir gewaschen, auf der Altartreppe. Später muss es wieder hinauf, ohne meine Assistenz. Überrascht auch, weil mein Platz vorne mit Blick auf den Altar und die Schüler von Remigius eingenommen wird; er hat mein Messbuch vor sich, in dem ich die Stoffbändchen für den Gründonnerstag schon bereitgelegt hatte. Irgendwann wird er auf das Blütenblatt darin stoßen. Die Orgel jubelt noch einmal, bevor sie bis Ostern schweigt. Der hohe Gast nimmt unter dem Baldachin auf dem Thron Platz, der nicht mehr schwankt, auch der Sitz bleibt intakt.

Ich stehe ganz hinten am Weihwasserbecken, der Raum vor mir voll Sonnenlicht und Hitze, Feierlichkeit, Nervosität, ich stehe da, immer noch hat mich die Angst im Griff, und immer wieder läuft es mir kalt den Rücken herunter, aber ich halte mich tapfer, ich traue mich nicht, wozu ich mich trauen muss, aber ich werde es tun. Den untersten Knoten habe ich nicht wieder in den Strick geknüpft, und als sich jetzt Glaudemans vor den Altar stellt, um seine Predigt zu halten, löse ich den nächsten Knoten.

In einer Mundart des Limburgischen, die gefälligst jeder zu verstehen hat, deklamiert der Pfarrer: Der Herbst bläst ins Horn, und es weihraucht im Holz.

Er hält kurz inne und legt dann richtig los: Dies, eure Exzellenz, Brüder, meine lieben jungen Freunde, ist ein Vers des berühmten katholischen flämischen Schriftstellers Maurits Timmermans, der vor ein paar Jahren von uns gegangen ist. Zutiefst betrauert. Nachdem er uns Dutzende schöner Bücher geschenkt hatte, darunter auch eins über das Leben des heiligen Franz.

Benedikt nickt, er hat es nicht gelesen, aber es steht, wie er weiß, im Bücherschrank des Aufenthaltsraums. Er sitzt im Altarraum gegenüber dem Bischof in Gesellschaft der Ältesten der Brüderschaft. Gabriel und Mansuetus unterhalten sich flüsternd. Jetzt verstehe ich, warum wir nur elf Stühle hinstellen sollten, der zwölfte Apostel ist Lambert, an Kopf und Gliedern heftig wackelnd, in seinem Rollstuhl, von Johannes Vianney hereingeschoben. Dieser wischt ihm den Speichel vom Mund. Hände fromm im Schoß hat sich Dickerle neben ihn gesetzt, dann Plechelm, dann die Klostersittiche und Laurentius.

Das Holz, dröhnt Glaudemans. Das Holz. Wieder eine Pause. Dann mit schallender Stimme: Welches Holz?

Wil van Lanschot und andere schauen auf. Der Pfarrer kann sich die Erklärung sparen.

Gemeint ist das Holz, das unser Erlöser, fährt Glaudemans fort, zum Schädelberg hinauftragen musste. Das Kreuz! Pause. Auf seinen Schultern. Gottes Sohn, der seinen Vater angefleht hat, ihn doch nicht so schrecklich leiden zu lassen. Auf seinem zerschlagenen Rücken. Drei Mal brach er zusammen. Unter dem Holz! Unschuldig wie ein Lamm. Daran er genagelt wurde. Das aufgerichtet wurde. Da hing er! Nimm es uns nicht übel, rief er dem Vater zu. Wir wissen nicht, was wir tun. Es folgt eine längere Pause. Jesus, fährt Glaudemans fort und schwingt den Arm in die Höhe. Um uns von unserer Sündenschuld zu erlösen. Selber ohne Sünden. An diesem Holz. Schandholz. Er zeigt nach unten, denn dort liegt es zu seinen Füßen auf den Stufen. Das Holz der Schmerzen!

Ein paar Schüler werfen sich Blicke zu. Der letzte Knoten löst sich aus meinem Strick.

Oh! Das Fluchholz!, jammert Glaudemans. Unser Herr Jesus, der uns so lieb hatte. Lasset die Kinder, liebe junge Burschen wie euch, zu mir kommen, hat er noch gesagt. Da hing er. Die Arme geöffnet, als wollte er uns, euch, noch umarmen und Gutes tun. Aber das ging nicht mehr. Die Nägel! Dieses vermaledeite Marterholz! Was haben wir ihm angetan? Wieder sekundenlanges Schweigen, in dem er die hängende Unterlippe über die Oberlippe faltet. Das Finale: Wir müssen dir danken, Gott, und tun dies auch, in tiefem Kniefall, den Rücken gebeugt, für das Leiden deines geliebten Sohnes Jesus. Erduldet für unsere Schuld. Mea culpa!, dröhnt es wie ein Herbsthorn. Die Rauchfässer hängen qualmend links und rechts vom kahlen Altar an Ständern.

Stille. Das übliche Hüsteln der Erleichterung nach der Predigt.

Jetzt?

Ich warte noch einen Augenblick.

Auf der Empore über mir setzt die Orgel wieder ein, verhalten, leise, beruhigend. Dann beginnt Mark Freelink zu singen, erst ist seine Stimme dünn und schüchtern, dann fächert sie sich auf zu wasserhellem Klang. Pange, lingua, gloriosi, singt er. Wil van Lanschot hebt sein Pickelgesicht. Es ist verboten, in der Kapelle nach hinten zu schauen. Remigius reckt den Hals. Auch Mansuetus richtet jäh den Oberkörper auf und schaut hinauf. Lieber kleiner Mark. Denke ich das? Ich sehe den zarten blonden Knaben vor mir. Lass deine Finger von denen, sagt Patricia. Ich schon. Mansuetus' Gesicht ist erstarrt, verzerrt. Sieht er Mark Freelink dort auf der Empore, von wo er selber immer mit lauerndem Blick hinabschaut, Buch aufgeschlagen, Bleistift gezückt. Lingua bedeutet Zunge. Pange ist die Befehlsform von pangere, bezeugen. Pange, lingua, gloriosi. Bezeuge, Zunge, glorreich. Wir wissen Bescheid, Mansuetus. Auch über die Handlungen der anderen Apostel um dich herum. Einmal werden Zungen es bezeugen, aber wann ist einmal, nach wie vielen Päpsten, die alle auch Bescheid wissen, sich aber auf die glorreichen Zungen beißen. Haltet es geheim. Schweigt. Seid gottesfürchtig. Wir haben es nicht gewusst.

Kaum ist das Lied zu Ende, tut sich was am Altar. Der Vikar schält den Bischof aus dem Mantel, als seien es Deckflügel eines Marienkäfers. Die Mitra folgt. Die Handschuhe. Den Stab hat man ihm schon vorher abgenommen. Über die violetten Knöpfe wird ihm eine Albe angezogen, deren Ärmel er sofort bis zu den Schultern hochzieht, großer Gott, wie heiß es ist. Schnüffel sitzt neben seiner Exzellenz, nicht auf dem Podest, sondern auf den Steinplatten, auf denen ich mich einst bäuchlings ins Klosterleben schob. Hyacinth reicht ihm den von mir missbrauchten Eimer, etwas Kellenförmiges schwimmt darin, selber hält er eine Silberschale an die schwer atmende Brust, eine Schale, wie ich sie aus der Küche kenne und oft gespült habe, über den Arm ein gewöhnliches Geschirrtuch, nicht eins aus der Sakristei.

Bischof, Schnüffel und Hyacinth überqueren nun den von Wil van Lanschot staubgesaugten Läufer und begeben sich zu den zwölf Brüdern. Diese streifen die Sandalen ab, die Exzellenz in Demut und dem Beispiel unseres Herrn Jesus Christus folgend waschen wird, der die Füße seiner Jünger wusch, bevor er beim Abendmahl seinen Leib darbot. Auch dem Judas? Auch dem Judas. Auch Mansuetus? Ich sehe, wie er seine Hachse dem Ring mit dem roten Stein entgegenstreckt, der seiner Exzellenz gerade an den bloßen Finger gesteckt wurde. Der Bischof kniet sich vor ihn hin und gießt ihm Wasser über den Fuß, das von der Schale aufgefangen wird. Seine Exzellenz trocknet den Fuß ab. Seine Exzellenz beugt sich tief hinunter und küsst den Fuß, den er mit beiden Händen umfasst. Ihr seid rein, sprach der Menschensohn bei der Fußwaschung zu seinen Getreuen. Aber nicht zu allen.

Jetzt!

Ich setze mich in Bewegung. Ich gehe. Siehst du mich? Durch den Mittelgang nach vorne. Geblendet von der Sonne, Lichtexplosionen im Kopf, ich atme nicht, mein Herz schlägt nicht, ich sehe nichts, und sehe doch, wie alle Schüler und Remigius die Köpfe in meine Richtung drehen, alle wenden mir das Gesicht zu, und ich höre nichts, auch wenn Eduard jetzt bestimmt Orgel spielt. Zwischen den Kreuzwegstationen und den verhüllten Heiligenfiguren. Da gehe ich. Sieh mich, ich traue mich. Todesangst ausstehend. Um die Kommunionbank herum zum Altarraum, wo Schnüffel dem Bischof am Arm zum nächsten Fuß hilft. Die Geistlichkeit dreht sich zu mir um, jemand kommt auf mich zu, steht neben mir, der Vikar, glaube ich, und sagt mit leiser Stimme etwas zu mir, glaube ich.

Neben dem Läufer, wo alles vor drei Jahren anfing, lasse ich den knotenfreien Gürtel von mir abgleiten und steige heraus wie aus einer Schlinge. Benedikt oder sonst wer sagt laut etwas. Ich höre es nicht. Spielt die Orgel noch? Keine Ahnung. Ich beuge mich vor und ziehe mir die Kutte über den Kopf, als ich sie loslasse, fällt sie wie ein Frauengewand zu Boden. Muss ich dazu Gebete sprechen? Bist du verrückt, Bonaventura? Einige Apostel sind aufgestanden. Lambert brabbelt wie ein Säugling, tritt, fuchtelt, sabbert. Hinter mir müssen auch Schüler aufgestanden sein. Das gehört nicht zur Liturgie des Gründonnerstags. Das Hemd, das an mir klebt, das nach meinem Schweiß riecht, reiße ich mir wie die Haut vom Leib. Ich? Ich, ja, jetzt fast nackt vor dem Altar. Sandalen aus. Ganz einfach. Auch die Klosterzeit gebe ich ab, ich streife die Uhr vom Handgelenk und lege sie zu den anderen Sachen. Licht, überall weißes Licht, gesprenkelt mit den Farben der bunten Fenster. Auf einem davon Franziskus, wie er sich auf dem sonnenüberfluteten Marktplatz von Assisi, Umbrien, die Kleider auszieht. Ich ahme ihn nach in seinem Exhibitionismus. Auch damals war ein Bischof zugegen. Auch die Hose, damit ich ganz nackt und bei mir selbst bin? Ich behalte sie an, das hatte ich schon beschlossen, ich werde sie per Post zurückschicken. Mit einer Ansichtskarte? Dieser Bischof wird mich wohl nicht mit seinem Pluviale bedecken, wie es dazumal dem Franziskus vergönnt war. Ist es totenstill? Eine, höchstens anderthalb Minuten konnte alles gedauert haben. Auch wenn ich die beengende Kleidung jetzt los bin, bleibt doch das Gefühl, dass ich sie noch trage, die Kapelle ist die Hölle, und die Hitze versengt mir die Haut. Jemand sagt etwas. Ich höre es. Höre es nicht. Zu mir? Worte. Dann Bonaventura. So heiße ich nicht.

Sieh mich, wie ich dem offenen Tabernakel den Rücken zukehre, barfuß, schwitzend wie ein Kautschukbaum, noch immer blind, auch wenn ich alles wahrnehme, und taub, auch wenn ich die Stimmen höre, das Poltern, den Lärm und mitten hinein die Orgel. Durch den Mittelgang zwischen den Bänken, aus denen die Schüler mich sprachlos, verdutzt anstarren, gehe ich, ich renne nicht, ich schlurfe nicht, ich gehe, wie ich immer gehe, zum anderen Ende der Kapelle, selber überrascht über meine plötzliche Gelassenheit. Ich habe mich getraut. Ich traue mich noch immer. Klosterbruder legt Kutte ab und verlässt die Kirche. Mein Entschluss sollte allgemeine Nachahmung finden.

Auf halber Strecke, meine Füße bleiben bei jedem Schritt am Marmorfußboden kleben, als wollte die Kirche mich zurückhalten, ist auf einmal der Junge neben mir. Hat sich an den anderen vorbei unter ziemlichem Gerangel aus der Bank geschoben.

Wil van Lanschot. Legt seine verschwitzte Hand in die meine, geht mit geradem Rücken auf seinen beschlagenen Schuhen neben mir her, wieder ist ihm der Strumpf runtergerutscht und sein Haar verstrubbelt, in das Emebert einen Dünenpfad angelegt hatte. Jetzt kannste aufs Nonnenfürzchen pfeifen, das ist alles, was ich denke. Noch ein Junge quetscht sich aus seiner Bank. Bleib sitzen, Jonkergouw, höre ich Reginald schnauzen. Dave Jonkergouw also. Dann Guido Weytjens. Jozef Kloosterboer. Auch Klaas Bentinck verlässt mir nichts, dir nichts den Altar, zieht im Gehen das Chorhemd mit den kostbaren Spitzen aus, über die er achtlos hinwegstapft, und knöpft sich das Rot vom Leib. Was haben wir vor, Bentinck? Mansuetus′ Stimme übertönt die Orgel. Bentinck gibt wahrhaftig Widerworte, wobei er die Nase hochzieht, was einen Grunzlaut zur Folge hat. Knurr!, ruft jemand. Ähmm, ein anderer. Die Lunte am Pulverfass. Geht dort die Fußwaschung einfach weiter, der Rücken seiner Exzellenz mir und dem ganzen von mir angerichteten Schlamassel zugewandt, rafft Hyacinth schon meine abgeworfenen Sachen zusammen, um sie aus dem bischöflichen Blickfeld in die Sakristei zu tragen? Tagelang wird er wieder ans Bett gefesselt sein. Ich schaue mich nicht mehr um, habe im Blick nur die offene Doppeltür der Kapelle. Dort ist der Ausgang. Von der Empore hüpft uns Mark Freelink entgegen. Er lacht, wie er das manchmal tut mit seinem blassen Mund, der nicht so hübsch bleiben wird. Wil van Lanschot lässt meine Hand los. Der Pakt kann ratifiziert werden. Durch die Halle zum Haupttor, das ebenfalls offen steht. Domitian ist nicht da. Aber selbst wenn.

Ich, Eldert Haman, siehst du mich, Liebste, erscheine unter Orgelklängen am Himmel mit meinem nackten mageren Oberkörper, oben am roten Teppich, und marschiere weiter. Die Blaskapelle ist noch da, es röchelt ein Horn. Boon? Was machst du bloß? Das ist Wiro, der mir gefolgt ist und mich an der Schulter fasst.

Was ich mache? Die Straße nach rechts. Weiß. Das weiße Licht von Bruder Sonne in den Augen. Sonnenlicht besteht aus allen Farben und strahlt weiß. Durch mich hindurch. Die Menschen, die noch warten, um den Bischof herauskommen zu sehen, verstummen und weichen vor mir zur Seite. Wil van Lanschot, Mark Freelink und noch ein Junge sind mir vorausgerannt, schauen sich nach mir um, Arme und Beine im Überschwang. Andere geflohene Desperados verschwinden in andere Richtungen, johlend, so wie es in mir johlt, Schauer auf dem ganzen Rücken. In all dem Weiß explodiert das Weiß eines Fotoapparats drei Meter vor mir.

Patricia, GEÖFFNET, sagt: Wo hast du denn die ganze Zeit gesteckt?

Zutendaal, 2012–2014

Pauline de Bok

Blankow oder Das Verlangen nach Heimat

Eine Frau aus Amsterdam lässt sich mit ihrem Hund auf einem Gehöft im Mecklenburgischen nieder. Es ist kalt, feucht, unwirtlich. In den verfallenen Gebäuden und im Boden findet sie Reste des Lebens voriger Bewohner, unterhält sich mit den Einheimischen, rekonstruiert Geschichte – und übt sich im Alleinsein.

Pauline de Bok hat sich einem Abenteuer ganz eigener Art ausgesetzt, und dabei ist ihr ein wunderbares Buch gelungen.

»Ein Buch voller weitergewisperter Geschichte, voller erschütternder Lebensläufe. Ein glänzendes Beispiel des Slow Journalism.« Geert Mak

»Wer etwas von der DDR und der deutschen Geschichte verstehen will, der kommt nicht um dieses Buch herum.« Cees Nooteboom

Aus dem Niederländischen
von Waltraud Hüsmert

Geb., 320 Seiten
978-3-940888-04-4
weissbooks.com

weissbooks.w

Jeroen Brouwers
Das Holz
Roman
Aus dem Niederländischen von Christiane Kuby
unter Mitarbeit von Herbert Post

Die Originalausgabe erschien 2014 unter dem Titel
Het Hout
bei atlas contact, Amsterdam /Antwerpen

Konzept Design
Gottschalk+Ash Int'l

Umschlaggestaltung
Julia Borgwardt, borgwardt design
auf Basis eines Entwurfs von Roald Triebels
unter Verwendung eines Motivs von
Giovanni Bellini, Darstellung Jesu im Tempel (Ausschnitt)

Foto Jeroen Brouwers

Druck und Bindung
CPI Clausen & Bosse, Leck
Printed in Germany
Erste Auflage 2016
ISBN 978-3-86337-110-4

Dieses Buch ist auch als eBook erhältlich
ISBN 978-3-86337-131-9

weissbooks.com
jeroenbrouwers.be

Dieses Buch wurde auf FSC®-zertifiziertem Papier gedruckt. FSC® (Forest Stewardship Council®) ist eine nichtstaatliche, gemeinnützige Organisation, die sich für eine ökologische und sozialverantwortliche Nutzung der Wälder unserer Erde einsetzt.

FSC www.fsc.org MIX Papier aus verantwortungsvollen Quellen FSC® C083411